걸음마다 비우다

걸음마다
비우다

서울에서 고흥까지 520킬로미터의 사색

김학배 지음

책머리에

업무에 시달리느라 달력의 빨간날조차 마음 놓고 쉴 수가 없었던 어느 날, '지금 나에게 한 달의 휴가가 주어진다면 무엇을 할까?'라는 고민을 심각하게 한 적이 있었다. 갖가지 생각들이 앞다투어 튀어나와, 나는 짜릿한 망상을 잠시 즐겼다. 그중에서 으뜸은 아무 목표도 방향도 시간도 정하지 않고 기분 내키는 대로 한없이 걸어보자는 것이었다. 모든 것을 내던지고 '완전한 자유'를 만끽하고 싶다는 생각이었다. 그날 이후 이 망상은 가끔씩 안부를 물어왔고, 그때마다 나는 조금씩 구체적인 답을 내놓아야 했다. 성큼성큼 다가오는 정년퇴직을 주시하다가 결국, 현직을 떠날 때 서울에서 고흥까지 걸어가자고 마지막 답을 했다.

왜 하필 고흥인지, 그 먼 길을 굳이 걸어서 가야 하느냐 묻는다면, 30년이 넘는 직장 생활을 마무리하는 의식으로서, 나의 탯

줄이 묻혀 있고 육체가 성장하고 정신이 태동했던 곳, 언젠가는 되돌아가야 할 곳으로 가보고 싶은 원초적인 욕망 때문이다. 이왕지사 갈 것이라면 부모에게 물려받은 두 다리로 걸어가 고향 땅에 잠들어 계신 부모님께 무사 귀환을 알리고 싶다. 지금처럼 교통이 발달하지 않았던 옛날에는 아무리 먼 길도 괴나리봇짐에 짚신을 여러 켤레 짊어지고 걸어서 가야 했다. 지체 높은 양반들이야 하인들이 메는 가마를 타고 갔을 것이고, 형편이 되는 사람들은 말이나 나귀도 탔을 것이지만, 대부분은 걸어서 갈 수밖에 없었다. 멀쩡한 두 다리를 가진 내가 그들이 갔던 길을 못 갈 이유가 없다. 이전까지는 치열한 삶의 경쟁에서 밀려나지 않으려고 시간을 쪼개 '의무적으로' 고향에 다녀왔지만, 이제 현직을 떠나면 가진 것이 시간뿐이니 문명의 이기에 매이지 않고 김삿갓이 되어 자연을 벗 삼아 구름이 흘러가듯 여유를 부려보자는 것이다. 걷다 보면 많은 것을 보고 생각할 수 있을 것이다. 두 발로 걷는 여행은 힘들고 시간도 오래 걸리지만, 속도가 느릴수록 시야는 넓어지고 생각은 깊어지지 않겠는가. 지금까지 살아온 과정을 되돌아보게 되고 남은 생은 어떻게 살 것인가를 생각해 볼 기회가 되지 않을까 하는 그럴듯한 이유도 있지 않은가. 또 다른 이유를 들자면, 몸을 혹사하면서라도 단조로운 일상에서 크게 한번 벗어나 보자는 것이며, 한 살이라도 젊을 때 새로운 도전을 해보려는 것이다.

그렇다면 어느 길로 고흥까지 걸어갈 것인가? 모바일 앱의 내비게이션으로 서울에서 고흥의 집까지 자동차 길을 검색하면, 경부고속도로를 거쳐 403킬로미터 거리에 4시간 30분 정도 걸린다고 나온다. 고속도로를 걸을 수는 없다. 자동차를 피해서 걸어가는 가장 빠른 지름길은 무엇일까? 옛날에는 고흥에서도 한양으로 과거시험 보러 오가는 사람들도 있었을 텐데, 그 사람들은 어떤 길을 걸었을까? 서울에서 고흥까지 지도에 자를 대고 직선으로 그으면 대략 수원, 천안, 공주, 전주 그리고 곡성이 포함된다. 이곳을 통과하여 걸을 수 있는 최단 거리를 찾아 연결해야 한다. 옛사람들도 그렇게 가지 않았을까? 편리한 교통수단을 거부하고 굳이 걸어가겠다는 사람이, 조금 돌아가면 어때서 최대한 가까운 지름길을 고집하는 이유는 나도 모르겠다. 아무튼 옛길을 찾아야 한다.

출발 2년여 전부터 관련 자료를 찾아보고 인터넷 포털사이트의 지도를 검색하여 나만의 보행 지도를 만들면서 상상 속에서 걷는 재미에 빠져들었다. 고산자 김정호의 『대동지지』(1866)에는 한성에서 전국 팔도로 나가는 10대 간선도로가 있다. 그중에 충청도·전라도·경상도의 삼남지방으로 가는 길을 삼남대로 또는 삼남길이라고 한다. 삼남길은 이순신 장군이 파직당했다가 백의종군하여 합천으로 가는 길과 상당 부분 겹치고, 소설 『춘향전』에서 이몽룡이 과거 급제 후 어사가 되어 남원으로 내려가는 어사길(춘향길, 금의환향길이라고도 한다)도 이 길을 따라간다. 전략적으로 나의 고흥길을 감히 이들 경로에 끼워 넣는다. 이순신 장군, 암행어사 이몽룡, 시대를 잘못 만난 유배객들, 그리고 헤아릴 수도 없을 만큼 다양한 사연을 지닌 민초들과 함께 그 길을 걷고 그들의 생각을 어렴풋이나마 공유한다는 것은 가슴 떨리는 일이다. 그들은 나의 먼 여행길에 흥미를 더하고 지혜와 용기를 북돋아 주며 따뜻한 길동무가 되어줄 수도 있다. 그들과 함께라면 전혀 외롭지 않을 것이다. 고흥길은 삼례를 지나면서 삼남길과 작별하고, 전주를 지나면서 남원으로 향하는 장군과 이도령을 보내드리며, 섬진강의 속살을 보기 위해 옥정호 쪽으로 길을 잡는다. 구례를 지나 순천으로 가는 길목에서 다시 장군을 만나고, 낙안과 벌교를 거쳐 고흥반도로 들어간다. 이렇게 해서 천 리가 넘는 441킬로미터의 고흥길이 완성되었다.

서울에서의 출발 일자는 여러 사정을 고려하여 2018년 5월 9일로 정했다. 이때가 사회 적응을 위한 공로연수 기간이라 시간이 많고, 일 년 중 장거리 도보여행에 가장 적합한 날씨로 생각했다. 사방천지에 꽃이 흐드러지게 피고 신록이 우거지는 계절이고 혹시 노숙을 하더라도 춥지 않을 날씨이기 때문이다. 이 길을 걷기 위해 마음의 준비는 물론 체력을 비축하기 위해 나름대로 노력했다. 평소에도 꾸준히 운동을 하지만 하체 운동에 더 무게를 두었고, 시간이 허락되면 웬만한 거리는 걸어서 다녔다. 거사한 달 전쯤에는 제주 올레길에서 혼자 걷기 예비 훈련을 하여 자신감도 길렀다. 제한적이지만 인터넷과 책자에서 선배 국토종주자들의 체험담을 찾아 간접 경험을 넓히고, 진행 경로상의 지리와 주변 환경, 역사 등을 살펴봤다. 뒤져볼수록 흥미가 배가되어 공부하는 재미가 쏠쏠했고, 낯선 풍경을 빨리 만나고 싶은 생각이 용솟음쳤다.

출발 2주 전부터 복장과 휴대용 물품을 준비했다. 설마 고흥까지 걸어서 가겠느냐고 반신반의하던 아내도 이제는 현실로 받아들이고, 봄볕에 그을리면 당신을 알아보지 못한다면서 모자와 선크림 등을 적극적으로 챙겨주었다. 복장은 가벼운 등산용 바지에 반소매 티셔츠와 팔토시, 얇은 점퍼, 벙거지 모자, 선글라스, 마스크와 면장갑 등으로 준비했고, 여분으로 바지, 셔츠, 스포츠용 속옷 각 1벌씩만 챙겼다. 세면도구와 구급약, 보조배터리, 비닐 우의, 등산용 스틱, 무릎보호대 등을 챙기고 신발은 가다가 닳아지면 버릴 요량으로 수명이 다해 가는 가장 편안한 런닝화를 신고 여분 한 켤레는 배낭에 담았다. 아침 식사 겸 비상식량인 선식과 물 두 병을 포함하여 배낭의 무게는 10킬로그램을 넘지 않도록 내용물을 줄이고 또 줄였다.

이렇게 해서 싱그러운 5월의 아침 햇살을 받으며 서울의 집을 나섰다. 걷다 보니 441킬로미터의 고흥길은 일부 경로가 추가되고 변경되어 478킬로미터가 되었고, 실제 걸었던 거리는 520킬로미터가 되었다.* 한 시간에 4킬로미터 정도의 속도로 하루 평

---

* 여행 준비 단계에서 계획한 경로는 네이버 지도 앱을 이용해 작성했고(441.9킬로미터), 여행 중에는 전체 이동 시간과 경로가 자동으로 기록되는 '산길샘' 앱을 이용했으며(520.4킬로미터), 실행 거리는 여행 종료 후 'RouteEditer' 앱으로 작성했다(478.1킬로미

균 9시간씩 걸어 15일 만에 고흥 집에 도착했다. 물론 풍경에 취해 시간 가는 줄 모르고 해찰하기도 하고, 해가 저무는 벌판에서 시속 6~7킬로미터의 속보로 서두르기도 하고, 하루 12시간 이상 50킬로미터를 넘게 걸을 때도 있었다. 숙박은 예약 없이 곧바로 이용할 수 있는 모텔을 주로 이용했고, 민박과 숯가마찜질방, 템플스테이, 친구의 농막 등 상황에 따라 적절한 시설을 활용했다. 아침 식사는 평소와 마찬가지로 여러 가지 곡식을 갈아 만든 선식을 우유에 타 먹었고, 점심과 저녁은 경로를 벗어나지 않는 선에서 맛집을 검색해 한 끼도 거르지 않고 먹었다.

목표 지점을 향해 그저 하루하루를 걸었다. 때로는 아무 생각 없이 멍하게 로봇처럼 걸을 때도 있었고, 깊은 생각에 빠져들기도 했으며, 온갖 잡념들이 들락거리기도 했다. 혼자 걷기에 자연과 대화하는 시간도 많았다. 평소 무심코 지나치던 사물의 모습도 다시 볼 기회가 되었다. 모든 여행이 그렇듯이 도보여행도 설렘과 우연이다. 눈이 소복이 쌓인 길에 첫 발자국을 남기는 것처럼 지금까지 내가 한 번도 가보지 않았던 길을 가면서 마주치는 산과 들, 도시의 풍경과 그곳에 서려 있는 이야기들은 호기심과 설렘을 주고, 예상치 못한 사건들은 적당한 긴장감과 재미를 더해 준다. 우연히 마주친 사람들한테서 그들의 이야기를 듣고

터). 걸음 수와 거리가 기록되는 삼성헬스 앱은 걸음 수는 정확하나 보폭에 따라 거리가 달라진다는 문제가 있다(630.0킬로미터). 이후 이동 거리는 산길샘 앱에 기록된 거리로, 중복된 거리와 목적지 도착 이후 이동 거리는 제외했다.

인생을 배운다. 새로운 경험은 생각의 지평을 넓혀주고 삶에 풍미를 더해 준다. 또한 살아가는 데 활력소가 되기도 하고 자신감을 고양하며 나만의 특별한 추억이 된다. 그래서 누구나 그 특별한 추억을 고이 간직하고 싶어 한다. 그 소중한 경험을 보존하기 위해 길을 가면서 보고 듣고 느낀 것들을 틈틈이 기록하고 사진으로도 남겼다.

이 책은 그 기록들을 나중에 정리하고 보완한 것이다. 글을 쓴다는 것은 매우 어렵고 대단한 인내심을 요구한다. 서울에서 고흥까지 걸어가는 동안의 생각과 느낌을 글로 정리하는 정신적 고통은 그 길을 직접 걷는 육체적 고통에 절대로 뒤지지 않는다. 내 발은 매우 빠르나 손은 매우 느렸다. 서울에서 고흥까지 15일 만에 걸어간다는 것을 사람들이 의아해할 정도로 발은 빨랐다. 그러나 글을 쓰는 내 손은 너무 느려터져 6년이란 세월을 훌쩍 넘겨 버렸다. 시간이 이토록 지체된 이유는 퇴직 후 다시 공직에 취업하여 글쓰기가 중단된 점도 있지만, 게으름이 첫째일 것이다. 나만의 개인적인 기록을 책으로 펴내 공개하려는 욕심이 발동한 것이 다음 이유였다. 쉽다고 할 수는 없지만, 마음만 먹으면 누구나 할 수 있는 특별한 경험을 이 책을 읽는 사람들과 공유하고 싶고, 도보여행을 준비하는 사람들에게 조금이라도 참고가 되었으면 한다.

걷는 동안 나를 응원해 주신 모든 분들께 감사드리고, 국회 공무원 31년과 정년퇴직 후 선물 같은 6년의 공직 생활을 무사히 마칠 수 있도록 묵묵히 뒷바라지해준 아내에게 감사의 마음을 전한다. 또한, 아들 민석과 딸 민경이가 아버지의 뿌리인 고흥의 어영 마을을 잊지 않기를 바란다.

2024년 11월

목차

고흥길과 남도길

	고흥길	삼남대로	백의종군길	암행어사 남원길
제1일 (5.9)	목동-안양-의왕-수원	숭례문-과천-인덕원-수원	숭례문-과천-인덕원-수원부(1일차)	남대문-과천-인덕원-수원
제2일 (5.10)	화성-오산-진위-평택	중미-오산-진위-갈원	오산-진위-평택현-운선교(2일차)	중미-진위-소사-성환역
제3일 (5.11)	성환-직산-천안-목천	소사-성환-직산-천안	아산(외가, 본가: 현충사)(3~16일차)	천안-도리치(목천)-덕평-원터(광덕)
제4일 (5.12)	소정-광덕-차령-정안	소정-광덕-차령-정안	금곡-보산원(광덕)-정안-광정역-일신역(공주)(17일차)	
제5일 (5.13)	광정-유구-마곡사	광정-궁원-모로원-금강진-경천(계룡)	정천동(경천)-이산현(노성)(18일차)	정안-광정-공주-어미널티(계룡)-경천
제6일 (5.14)	사곡-우성-공주-계룡			
제7일 (5.15)	상월-부적-은진-연무	노성-부적-은진-연무	풋개(광석)-은원-황화정-여산(19일차)	노성(논산)-풋개(광석)-은진-황화정-여산읍
제8일 (5.16)	황화정-여산-왕궁-삼례	황화정-여산-왕궁-삼례	탄현(왕궁)-삼례역-전주(추천교-덕진-풍남문)(20일차)	통새암(왕궁)-삼례
제9일 (5.17)	전주(삼천)-구이-모악산		신리(완주)-오원역(관촌)-임실현(21일차)	
제10일 (5.18)	구이-운암-강진-덕치-구담마을	금구	오수역-율치-남원부동면(22일차)	
제11일 (5.19)	순창(동계-유등-대강)-남원(금지)-곡성	원평교 태인	응령역-여원치-운봉(남원)(23일차)	
제12일 (5.20)	압록-구례-황전-월등	정읍	여원치-남원부-구례현(24일차)	전주(주엽쟁이-가리내-신금정-숲정이-공북루-서문-남문)-임실-남원
제13일 (5.21)	승주-선암사-낙안-벌교	장성 나주	황전-월등-송치-순천(25일차)	
제14일 (5.22)	동강-남양-운대-고흥	영암	순천(25~37일차) 구례(38~45일차) 악양(46일차) 하동(47~48일차) 단성(산청)(49일차) 삼가(합천)(50~51일차) 합천(52일차)	
제15일 (5.23)	풍양-문관-학동-어영	해남 우수영		
총 길이	478킬로미터	460킬로미터	680킬로미터	

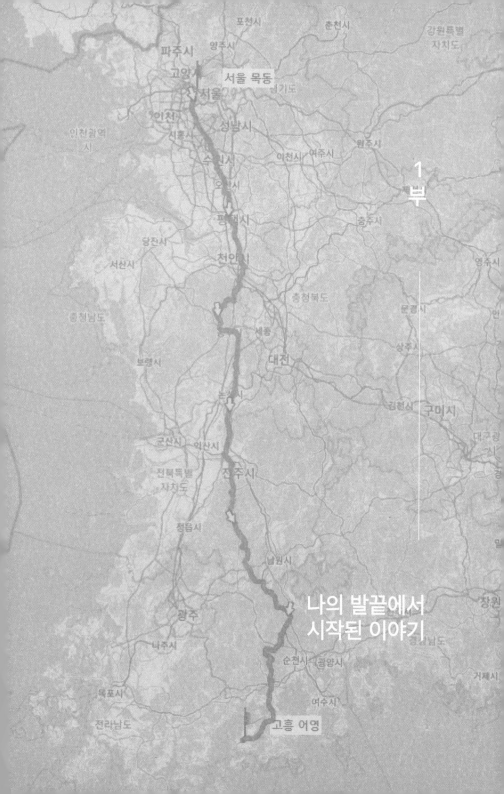

서울 목동

1
부

나의 발끝에서
시작된 이야기

고흥 어영

1장 가슴 설레는 출발

첫걸음

5월 9일 아침 7시 10분이다. 아파트 숲 사이로 비치는 이른 아침 햇살이 눈부시다. 하얀 도화지에 쪽빛 물감을 흥건히 적셔 놓은 듯 파란 하늘이 가을보다 깊다. 자, 이제 출발이다. 마침내 첫걸음을 뗀다. 떨리는 마음으로 현관문을 나서며 이것이 현실임을 다시 한번 확인한다. 청명한 하늘에는 하얀 구름이 몇 점 떠 있고 시원한 바람이 상쾌하다. 화사했던 꽃잎을 눈송이처럼 날려버리고 짙은 녹음으로 무장한 벚나무 사이로 언뜻언뜻 햇살이 비친다. 발걸음이 가벼워진다. 오랜만에 느껴보는 가슴 설레는 기분이다. 나이가 들수록 감정이 메말라가는지 요즘 웬만해서는 이런 기분을 느껴보지 못했다. 아주 어릴 적에 삶은 달걀 하나를 주머니에 넣고 도시락 메고 소풍 가던 날에 맞먹는 설렘이다. 아니, 거기에 비장한 결기를 깔고 약간의 흥분과 긴장감을 살짝 끼얹은 기분이랄까.

엊저녁에는 아침에 가능한 한 빨리 출발할 수 있도록 배낭과 스틱, 모자, 겉옷, 양말까지 거실에 주욱 늘어놓고 잠을 청했다. 하지만 평소와 달리 깊은 잠에 빠지지 못했다. 자꾸만 시간을 확인하다가 결국 알람보다 먼저 일어났다. 아내가 식사를 준비하는 동안 휴대품을 몇 번이고 다시 확인한다. 여러 날 꼼꼼히 준비했는데도 뭔가 빠진 것 같다. 인터넷으로 충분히 확인할 수 있음에도 섬진강 부근의 관광 지도를 휴대폰에 담는다. 그 지도는 임실군과 남원시, 곡성군에 요청하여 우편으로 받은 것이다. 섬진강 지역은 이전에 많이 접해 보지 않은 두메산골로, 이번 여행에서 가장 기대되는 곳이다. 든든히 먹어야 한다면서 아내가 지극정성으로 차려 준 아침을 대충 욱여넣는다. 벌써 출발하여 길을 가고 있는 생각을 다시 붙잡아 오고는 한다. 아들을 군대에 보내는 양 걱정스러운 아내의 얼굴을 뒤로하고 집을 나선다.

안양천 제방길로 접어들기 위해 횡단보도를 건넌다. 이른 시간인데도 차들이 도로를 가득 메우고 있다. 멈춰 선 차의 모든 운전자가 나를 주시하고 있는 것 같다. '제가 지금 천 리가 넘는 길을 걷기 위해 이제 막 출발했는데 많은 응원을 부탁합니다'라고 외치고 싶지만 아무도 나에게 관심이 없을 것이다. 몇 개월 전에 가까운 주위 사람들에게 대장정 계획을 자랑삼아 얘기한 적이 있었다. 여러 사람에게 미리 알려놓으면 중도에 포기하기가 쉽지 않을 것이라는 전략적 측면도 있었다. 한 친구가 동행을 제안했지만, 결국 혼자 길을 가기로 했다. 걷는 목적에 나만의 여러 의미를 부여하고 있는데, 함께 걸어간다면 그 의미가 많이 퇴색될 것 같았기 때문이다. 또한 서로의 체력이나 신체적 조건이 달라 속도 조절에도 문제가 생길 수 있다.

제방 아래 천변 길에는 많은 사람이 갖가지 복장과 자기만의 스타일로 아침을 시작하고 있다. 반바지와 후드티에 이어폰을 끼고 걷는 젊은이가 있는가 하면, 불편한 다리를 재활시키려 안간힘을 쓰면서 걷는 어르신, 강아지와 함께 한가로이 산책하는 아주머니, 뒤뚱거리며 열심히 달리는 아저씨, 그룹 지어 뛰는 동호회 회원들, 심각한 표정으로 얘기하면서 걷고 있는 중년 부부도 있다. 산책로 옆 자전거 도로에는 멋진 고글에 날렵한 헬멧을 쓴 건각의 청년이 걷는 사람들을 휙 스쳐 지나간다. 뒤를 이어 사이클 부대가 우르르 질주한다. 컬러 아스콘으로 산뜻하게 꾸며진 산책로와 자전거 도로를 오가는 사람들의 모습은 예전에는 구미 선진국에서나 볼 수 있는 풍경이었는데 언젠가부터 우리 곁 보통 시민들의 일상으로 자리잡았다.

이곳 목동과 신정동의 아파트촌은 1960년대와 1970년대 이후 도심 지역의 철거민들과 지방에서 상경한 사람들이 많이 살던 곳으로, 해마다 여름이면 제방이 넘쳐 주택가가 침수되는 일이 잦았다. 1980년대 초 목동 신시가지가 조성되면서 제방을 굳

안양천 둔치 자전거 길, 서울 양천구 목동.

게 쌓았고, 점차 시민들의 휴식 공간으로 탈바꿈했다. 집에서 걸어 5분이면 도착하는 안양천은 생활 속에서 익숙한 곳이다. 아이들이 어렸을 때는 함께 자전거나 롤러스케이트를 배우고 잠자리를 잡던 곳이고, 주말 아침이면 나의 조깅 코스가 되기도 하고, 저녁 시간이면 가족들과 함께 산책도 하는 곳이다. 안양천을 따라 남쪽으로 가다 보면 1호선 전철이 가로지르는 안양천 철교가 있다. 그 부근에 지천인 목감천이 남서 방향에서 유입되고 서쪽으로는 광명시가 시작된다. 동쪽으로는 기아대교 아래까지가 서울의 행정 구역이다. 안양천 제방 위쪽 길은 아스팔트로 덮인 아래쪽 산책로와 달리 서울에서 밟아보기 힘든 흙길이다. 흙과 모래로 덮여 있어 촉감이 부드럽고 발이 편하다. 적당히 습기를 머금은 길은 먼지도 없다. 양쪽으로 잘 자란 벚나무는 시원한 그늘을 만들어주고 촘촘하고 키 작은 개나리는 차량의 매연과 소음까지 막아준다. 걷기에 매우 훌륭한 환경이다.

출발한 지 벌써 2시간이 휙 지났다. 철산대교를 지나고 금천교가 얼마 남지 않았다. 드디어 출발했다는 생각에 들떠 있어 덤벙거리며 왔다. 쉬지 않고 너무 많이 걸었나 보다. 마음을 차분하게 가라앉힐 필요가 있다. 몇 날을 걸어야 할 텐데 다리가 적응할 수 있도록 여유를 갖고 목도 축이면서 잠시 쉬었다 가자. 시야가 확 트이는 제방 위의 정자에 자리를 잡고 배낭을 벗는다. 제방길에는 구청에서 설치한 정자가 드문드문 있어 강의 경치를 즐기면서 쉬어갈 수 있다. 나뭇잎을 희롱하고 정자를 툭 건드리는 바람이 시원하다.

시간이 흐름에 따라 길에서 마주치는 보행자들의 모습이 달라진다. 조금 전 8시 무렵부터는 운동하고 산책하는 사람들이 점점 줄어드는 대신 제방길을 따라 출근길에 나서는 사람들이 하나둘씩 눈에 띈다. 대부분 젊은 사람들이다. 가방을 둘러메고 씩씩하게 바쁜 걸음으로 걸어가는 청년도 보이고, 위태로운 하이힐을 신고 눈을 아래로 깔고 패션모델처럼 당당하게 걷는 아가씨도 보인다. 복잡한 교통편 대신에 신선한 아침 공기를 마시면서 흙으로 덮인 한적한 오솔길을 두 발로 걸어 출근하는 이들의 얼굴에서 행복감이 느껴진다.

9시 30분이 지난 지금은 보행자들이 40~50대 중년 여자들로 바뀌었다. 새벽부터 부산을 떨면서 아이들 밥 먹여 학교 보내고, 남편 회사에 출근시키고, 이 시간이 되어서야 여유들이 좀 있나 보다. 아내 얼굴이 떠오른다. 꼭두새벽부터 학원 가는 딸내미 챙겨주고, 괴나리봇짐 짊어지고 집 나가는 남편 챙겨주고, 학교 가는 아들 녀석 밥 챙겨주고, 자기 밥은 챙겨나 먹었는지……. 지금은 빵 한 조각에 커피 한잔하면서 쉬고 있을까? 아내는 며칠 전부터 몸이 좋지 않다고 했는데, 그런 사람을 두고 나만의 시간을 위하여 혼자 여행을 떠나는 것이 미안하다.

금천교에 다다르자 기분 좋게 걸어오던 제방길이 끊어지고 사거리 신호등이 앞을 가로막는다. 기아대교까지 제방길이 있다고 했는데? 여기서부터는 아래쪽 둔치의 산책로로 방향을 잡아보자. 둔치에는 구름 한 점 없는 하늘에 제법 따가워진 5월의 햇살을 가릴 만한 나무 그늘이 없다. 대신 갈대숲이 우거지고 각종 야생화가 피어 있으며 생태습지공원과 체육 시설이 있다. 툭 트인 전망과 살랑거리는 강바람이 기분을 달래주기는 하지만 딱딱한 아스팔트는 앞으로 길게 펼쳐질 고행길을 암시하는 것 같다. 지금껏 들떠 있던 기분이 대장정을 무사히 마칠 수 있을지 모르겠다는 걱정으로 바뀐다. 그런 생각을 해서일까 아니면 상상통일까? 얼마 지나지 않아 오른쪽 무릎에 희미한 이상 신호가 감지된다. 덜컥 겁이 난다. 이제 출발인데 벌써? 과민반응이겠지.

해가 중천으로 솟아오르면서 청명했던 하늘빛의 채도가 점

안양천 자전거 길과 산책길, 경기 광명시 하안동.

점 낮아져 간다. 아파트와 빌딩 숲을 소재로 줄기차게 이어져 오던 도시의 건축 군락이 모자이크 조각처럼 조금씩 흩어져 간다. 내달리는 차량과 갖가지 기계들의 소음과 천만 시민의 생활 소음이 혼합된 아스라한 굉음을 배경으로 돌아가는 서울이라는 거대 도시를 한 발씩 빠져나가고 있다. 행인들이 모두 사라지고 내 발걸음 소리만 들리는 조용한 아스팔트 길에 고요와 적막이 흐른다. 서해안고속도로와 제2경인고속도로가 교차하는 일직JC 부근에서 안양천을 벗어나 안양 시내로 진입한다.

　싱그러운 5월의 길가에는 여름을 재촉하는 꽃들이 길손의 마음을 빼앗는다. 석수체육공원 주차장의 이팝나무는 파란 하늘

뭉게뭉게 하얀 백설기 같은 꽃으로 뒤덮인 이팝나무, 경기 안양시 석수동.

을 배경으로 이파리가 보이지 않을 정도로 뭉게뭉게 하얀 백설
기 같은 솜털을 뒤집어쓰고 있다. 꽃이 피는 시기가 한창 보릿고
개를 넘기는 춘궁기라, 얼마나 배가 고팠으면 꽃을 보고 쌀밥을
생각했을까? 또 하나, 5월의 풍성한 흰색 꽃은 바로 아까시꽃이
다. 전국의 산하 어디에서나 볼 수 있어 이팝나무꽃보다 더 친숙
하다. 길가 아까시나무에는 연둣빛이 살짝 비친 하얀 꽃송이가
조랑조랑 무리를 지어 탐스럽게 매달려 있다. 할머니 한 분이 안
간힘을 다해 까치발을 곤두세우고 꽃을 따서 바구니에 담고 있
다. 반사적으로 꽃과 함께 그 모습을 휴대폰에 담았더니 할머니
는 "신고하려고 사진 찍어요?" 하신다. "아, 아닙니다. 꽃송이가

너무 좋아서 찍었어요. 지울까요?" 했더니 괜찮다면서 깜짝 놀랐다고 하신다. 스틱을 거꾸로 잡아 꽃이 많이 달린 가지를 휘어 잡아 주었더니 고마워하신다.

안양천 대나무 숲길의 정취

오전 11시 40분이다. 생각했던 것보다 일정이 순조로워 다소 여유가 생겼다. 어느 글에서인가 '우리나라에서 걸어서 하는 국토 종단 여행은 자살 길'이라는 말을 본 적이 있다. 그만큼 도보 여행 환경이 좋지 않다는 것이다. 지금까지 미뤄 왔던 여행자보험에 가입하려고 농협, 은행, 우체국 등을 거쳐 다섯 번째 은행에 들어간다. 하지만 또 실패다. 은행으로서는 돈이 되는 상품이 아닌가 보다. 가야 할 길이 먼데 1시간 이상을 허비하고 포기한다. 안양시장 부근을 지난다. 여기는 사람 냄새가 나서 좋지만, 길을 오가는 사람들이 너무 많아 어깨가 부딪히고 속도를 낼 수 없다. 경주 모드에서 산보 모드로 전환하여 이곳저곳을 기웃거리며 행인들의 물결을 따라 흘러간다. 길가의 무질서한 가판대에서 꾸밈없는 서민들의 생활이 그대로 보인다. 자연의 멋진 경치도 좋지만, 전통시장의 북적거림도 몸으로 느껴볼 수 있는 여행의 묘미다. 바나나가 너무 싸고 맛있어 보여 한 꼭지를 사서 간식거리로 비축한다.

고향의 정취를 풍기는 안양천 대나무 숲길 산책로, 경기 의왕시 고천동.

안양시와 군포시의 경계인 구군포교에서 다시 안양천으로 접어든다. 안양천은 여기에서부터 약 2킬로미터 정도 군포시를 통과하다가 이내 의왕시로 이어진다. 이곳은 작은 개천이지만 자전거 길과 산책길이 잘 닦여 있다. 옻우물교를 지나 고천4교를 향해 걷다 보면 천변 산책로에 남부 지방에서나 볼 수 있는 푸른 대나무 숲길이 조성되어 있어 매우 인상적이다. 길 양쪽에 자연스럽게 배치된 대나무가 제법 어우러졌다. 길지 않은 대나무 숲길은 독특한 시골의 정취를 풍기면서 진한 향수를 느끼게 한다.

너무 오래되어 잊고 있었던 어릴 적 기억이 되살아난다. 고향집 뒤편의 2천 평 남짓한 큰 밭에는 초등학교 다닐 무렵까지

대나무가 가득하여 숲을 이뤘다. 어려서는 무엇이든지 크게 보인다. 대밭은 너무 넓었고 대숲을 가로질러 끝까지 가보는 것은 일종의 탐험이었다. 대밭은 우리 집의 상징이었다. 동네 사람들은 우리 집을 '대밭 안집'이라 불렀다. 밀림 같은 대나무 숲에서는 수천, 수만 가지의 소리가 들린다. 여름날 대청마루에 누워 있으면 대나무 사이로 부는 시원한 바람과 댓잎이 사그락거리는 소리가 스르륵 잠을 불러왔고, 새벽녘에 오줌이 마려워 잠이 깰 때면 대밭에서 들려오는 스산한 소리가 무서워 이불 속으로 기어들어 다시 잠을 자다가 대나무 숲에 숨겨져 있을 법한 보물 지도를 그리기도 했다. 아침이면 대밭에서 온 동네 새들의 시장이 열리는지 소란스럽기가 그지없고, 해가 지고 어둑어둑해질 때면 먼 산을 헤매던 비둘기들이 잠자리를 마련하느라 대숲에서 푸드득거렸다. 태풍이라도 오는 날이면 대나무들은 넘어지지 않으려고 서로를 부여잡고 큰 파도를 이루면서 버틴다. 그때 내지르는 신비한 함성 소리는 별똥별이 떨어지는 소리이거나 태초에 우주가 만들어질 때 나는 소리가 아닐까 생각했다. 5월의 지금 이맘때쯤 대밭에는 팔뚝만 한 굵기의 죽순이 여기저기서 땅을 헤치고 불쑥불쑥 솟아오른다. 이곳에서 뛰어놀다 아버지께 혼이 난 적도 있다. 대나무는 곧 돈인데 죽순이 부러지면 대나무로 자라지 못하기 때문이다.

동네 사람들은 잔칫날이나 명절에 쓰려고 집집마다 술을 담갔다. 조상님께 제사 지낼 술을 담그는 것도 언제부터인지 나라

님의 허가를 받아야 했는데 대부분 몰래 제조한 밀주이다. 이따금 세무 당국에서 기습적으로 밀주를 단속하러 나오지만, 대밭에 미리 파놓은 구덩이에 술독을 넣고 댓잎으로 덮으면 감쪽같이 숨길 수 있었다. 어수선했던 해방 정국의 소용돌이 속에서 불행했던 민족사의 한 페이지였던 여수·순천 사건의 여파는 시골 동네까지 미쳤다. 아버지와 삼촌들은 대나무숲에 몸을 숨겨 화를 면하기도 했다고 한다. 1년에 한 번씩 하는 대나무 간벌은 온 동네 사람들이 동원되는 큰 행사가 되었고 아버지는 제법 큰 목돈을 만질 수 있었다. 대나무는 일상생활에 없어서는 안 될 중요한 재료였다. 대나무로 각종 바구니도 만들고 갈퀴도 만들고 농작물을 지탱하는 지주대로도 쓰였다. 특히 남해안 지역에서 매우 중요한 소득원인 김 양식장의 도구들은 대부분 대나무로 만들었다. 이처럼 유용하고 추억이 많았던 대나무가 초등학교 몇 학년 때인가 처음 보는 꽃을 피우더니 모두 죽어갔다. 아버지는 대밭을 복원하려고 새로운 대나무 종자를 사다 집 주위에 심었다. 그러나 아버지의 꿈은 이루어지지 못했다. 대부분의 대나무 제품이 값싸고 편리한 플라스틱으로 대체되어 대나무의 수요가 급감했기 때문이다. 대밭은 더는 커 나가지 못하고 명맥만 유지한 채 밭에는 보리나 콩이 자리를 대신했다.

삼남대로의 골사그내와 지지대고개

오후 4시다. 의왕IC 부근에서 안양천을 벗어나 1번 국도의 경수대로로 접어들면 골사그내 마을이고 수원시와 의왕시의 경계인 지지대고개가 바로 앞이다. 옛 삼남대로의 경로에 들어선 것이다. 삼남대로는 조선시대 한성에서 전국 팔도로 뻗어나간 10개 대로 중 하나로, 충청도와 경상도·전라도의 삼남지방으로 가는 옛길이다.* 예로부터 이 길은 사람과 물자가 이동하는 중심 길이었다. 이곳 삼남대로는 임금의 행차 길이자 공납과 군역이 올라오는 길이고, 선비들이 과거 시험을 보러 가는 길이고, 상인들이 장터를 옮겨 다니고 백성들이 생계를 위해 다니던 길이다. 또한 이순신 장군이 백의종군하던 길이고, 다산 정약용과 추사 김정희 등의 남도 유배길이고,『춘향전』의 이몽룡이 금의환향하는 길이기도 하다. 이순신 장군과 유배객들과 이몽룡은 숭례문과 동작나루를 건너고 남태령을 넘어 이곳으로 왔고, 나는 목동에서 안양천을 따라 여기까지 와서 같은 행로에 들어섰다. 이들

---

* 1770년 신경준의 『도로고』 6대로 체계는 한성을 기점으로 평안도의 의주로와 함경도의 경흥로, 강원도의 평해로, 경상도의 동래로, 전라도의 제주로, 그리고 강화로가 있다. 1861~1866년 김정호의 『대동지지』에는 6대로 중 제주로에서 해로를 따로 구분해 해남로라 하고, 봉화로, 수원별로, 충청수영로, 통영로를 추가하여 10대로가 되었다. 삼남대로는 조선시대 중기 이후에 일반적으로 통용되는 용어이나 노선 정보가 불명확하다. 한국관광개발연구원은 한성에서 해남으로 가는 해남로를 삼남대로의 원형으로 설정했다 (문화체육관광부, 「삼남대로 노선발굴 및 콘텐츠 개발」, 2011 참조).

은 말이나 당나귀를 타기도 하고, 짚신을 신고 터덕터덕 걷기도 했을 것이다. 누구는 가마를 타고 누구는 그 가마를 메고, 형틀에 묶인 채 수레에 실려 가기도 하고 그 수레를 끌기도 하고. 그 많은 사람이 각기 다른 시간에 똑같은 길 위에 무수한 발자국을 남기면서 과연 무슨 생각들을 하면서 갔을까? 나는 그들을 생각하며 걷는다.

오늘의 목표는 목동에서 지지대고개까지 약 31킬로미터다. 이 고개를 넘으면 수원이다. 지지대고개와 수원 사이에서 숙박할 생각이다. 왕복 8차로의 경수대로에는 대형 트럭과 버스와 승용차들이 뒤섞여 달리면서 삼남대로의 명성을 유감없이 발휘하고 있다. 대로 가장자리에 의탁해 가는 인도에 발을 내딛으면서 이제 본격적인 고행이 시작되는구나 하는 생각이 든다. 오르막이라 그런가? 무릎이 팍팍해지고 허벅지 뒤쪽 윗부분이 서서히 당겨온다.

골사그내와 지지대고개는 뭔가 그럴듯한 사연이 있을 법한 지명이다. 골사그내를 한자로 '곡사천(谷沙川)'이라고 하니,* 사그내는 모래(沙)가 많은 내(川), 모래내 골짜기인가? 지지대고개는 정조가 부왕인 사도세자의 현륭원 전배를 마치고 환궁하는 길에 이 고개를 넘으면서 현륭원 쪽을 되돌아보면서 떠나기를 아

---

* 의왕시 문화관광 사이트 우리 고장 소개, http://www.uiwang.go.kr/culture/ UWTOURINF0405

골사그내 가는 길의 삼남길 이정표, 경기 의왕시 왕곡동.

쉬워했기 때문에 그 행차가 느릿느릿했다 하여 '지지대고개[遲遲峴]'라 부르게 되었다 한다. 당파 싸움의 정치적 혼란 속에서 목숨을 잃은 비운의 사도세자를 아버지로 둔 정조의 애틋한 효심이 느껴진다. 안양에서 시간을 많이 허비했으나 지지대쉼터에 도착하니 오후 4시 반이다. 쉼터의 관광 안내소에는 안내하는 사람이 없이 문이 굳게 닫혀 있다. 대형 입간판에 그려진 관광 안내 지도에는 수원시 관할 구역의 삼남길과 효행길 그리고 수원 둘레길이 나란히 서 있다. 이들은 얼핏 서로 다른 별개의 길로 보이지만, 자세히 살펴보면 삼남길의 일부 구간이 효행길이라는 것을 알 수 있다.

이제 숙소를 잡아야 하는데 인터넷 검색을 해봐도 근처에는 숙박할 만한 곳이 없다. 아직은 시간적인 여유가 있고 체력도 거뜬하니 내일의 분량을 미리 걸어두자. 다음 경유지인 수원화성으로 방향을 정하고 걸음을 옮긴다. 1시간을 넘게 걸어 시내 깊숙이 장안문까지 들어오자 모텔들이 눈에 띄어 잠자리 걱정은 한시름 놓는다. 주변에 식당도 많으니 아예 저녁을 먹고 숙소에 드는 게 나을 성싶다. 여기저기 기웃거리다가 체력을 비축할 요량으로 고깃집으로 들어간다. 메뉴판의 생삼겹살에 구미가 당긴다. 식당은 규모가 작지 않은데 손님이 별로 없어서 그런지 안주인은 어디 가고 60대 아저씨 혼자서 매우 바쁘다. 2인분 이상만 판매한다는 주인을 설득해서 1.5인분을 주문했는데 결국은 다 먹지 못하고 몇 점 남긴다. 소주 한잔하면서 안주 삼아 먹으면 다 먹을 수 있으련만 첫날부터 그럴 수는 없다. 컨디션을 잘 유지해야 한다.

생삼겹에 소주 한잔이 못내 아쉬워 숙소에 들어가면서 캔맥주 한 통을 고이 모셔간다. 땀에 찌들어 소금이 맺힌 모자와 옷들을 빨아 헹궈 널고 침대에 걸터앉아 맥주를 한 모금 한다. 시원한 청량감과 함께 가벼운 알코올 기운이 살짝 퍼지면서 온몸이 노곤해진다. 오늘 여정을 대략 기록하고 나니 밤 9시가 조금 넘었다. 이른 시간이지만 일찍 자자. 걷기에 적응되기 전까지 며칠간은 다리가 점점 무거워지고 갈수록 힘이 들겠지.

오늘의 여행을 갈무리해본다. 목동에서 수원화성 바로 앞까지 36킬로미터를 왔다. 실제로는 여기저기 둘러보면서 걸었던 거리와 시간이 모두 기록되는 '산길샘' 앱의 기록으로는 40.52킬로미터를 9시간 18분 동안 걸었다. 애초 계획보다 5.7킬로미터를 더 걸었으니 목표를 초과 달성했다. 첫출발이 좋다.

【목동-안양천(신정교-고척교-철산대교-기아대교)-석수IC-석수체육공원-안양대교-안양중앙시장앞-만안구청앞-군포시 산본동-유통단지사거리-호계동-안양천(구군포교-애자교-고천4교)-의왕IC-골사그내-수원시 경계-지지대쉼터-파장동-정자1동사무소-수원화성(안성장)】

55,550 걸음

43.50 km   2,291 Kcal

2장 배낭이 무거워지고 다리는 아파 오고

수원천에서 만난 시인 한하운

아침 5시 반에 일어나 어젯밤에 사다 놓은 우유에 선식을 타서 마신다. 6시 40분에 숙소를 나선다. 상쾌한 5월의 아침 공기가 뺨을 스친다. 건물 사이로 햇살이 부드럽게 비치기 시작한 수원 시내의 이른 아침 거리는 평화롭기 그지없고 한산하기까지 하다. 수려한 건축미를 자랑하는 장안문이 깨끗한 하늘을 배경으로 나타난다. 이른 시간이라 매표소는 아직 문을 열지 않았고, 산책하는 사람들이 하나둘 보인다. 입장료가 천 원밖에 되지 않지만 그냥 들어가는 것이 조금 불편한 기분이 들면서도 얼리버드의 혜택을 누리는 짜릿함이 있다.

수원화성은 조선 정조 때 건축한 계획도시로, 팔달산 아래

수원화성 방어벽(위)과 팔달산 정상의 서장대(아래), 경기 수원시.

수원 시내가 한눈에 내려다보이는 팔달산의 정상에는
서장대가 눈부신 아침 햇살을 온몸으로 받아들이면서 장
엄하게 서 있다.

평지에 자리 잡고 있다. 이 성은 왕이 거처할 수 있는 행궁과 백성들이 생활하는 상가와 시장 등의 도시기반시설을 갖추고 있으며, 그 주위를 빙 둘러 5킬로미터가 넘는 방어벽을 축성했다. 일반적으로 궁궐은 남문이 정문이지만, 수원화성은 북쪽 대문인 장안문이 정문이다. 왕이 북쪽에서 행차하기 때문이다. 성문을 보호하는 반달 모양의 옹성으로 둘러싸인 장안문을 지나 곧바로 오른쪽으로 방향을 잡아 팔달산으로 이어지는 성곽길을 따라 오른다. 성을 한 바퀴 둘러보고 싶지만, 첫 일정부터 시간을 지체할 여유가 없다. 수원 시내가 한눈에 내려다보이는 팔달산의 정상에는 서장대가 눈부신 아침 햇살을 온몸으로 받아들이면서 장엄하게 서 있다. 수원화성의 축성 계기가 된 정조의 효심과 축성에 활용된 정약용의 실용주의적 학문을 생각하면서 서쪽 성곽을 따라 남쪽 대문인 팔달문 쪽으로 화성을 빠져나간다.

팔달문을 지나 매교삼거리에서 도로 아래쪽 수원천 산책로로 내려간다. 수원천은 안양천의 수계 너머 광교산에서 발원해서 수원 화성을 관통하고 남쪽 도심을 거쳐 황구지천으로 흘러드는 2.72킬로미터 길이의 하천이다. 수원천은 조선시대부터 버드나무가 많아 유천(柳川)이라 불렸다. 그래서 천을 건너는 다리들의 이름에 유천교, 버들교, 버드네교, 세류대교 등 버드나무가 들어 있다. 수원천은 성큼성큼 징검다리 몇 개면 건널 수 있는 아담한 크기로 정감이 있는 개천이다. 세류동 부근에는 서민 주택들이 밀집되어 늘어서 있고, 작은 하천 양쪽으로 소박한 산책길이 나 있다.

한적한 시골길 같은 수원천의 산책로, 경기 수원시 세류동.

이곳 산책로에도 부지런한 시민들이 활기찬 아침을 시작하고 있다. 얇게 덮인 파릇한 아스콘이 해져서 군데군데 시멘트가 드러나 보여 넓고 깨끗하게 정비된 어제의 안양천 산책로와 비교된다. 산책하는 사람도 이른 시간 걸어 출근하는 사람들 몇 외에는 대부분이 나이 지긋한 노인분들이다. 길가에 여러 가지 화초들이 많은 걸로 보아 집 앞의 화단처럼 주민들이 직접 가꾸면서 정성 어린 손길을 많이 주었으리라 생각된다. 중간중간 몸을 풀 수 있는 운동시설도 설치되어 있다. 유천교를 지난 천변에 전혀 예상치 못한 광경과 마주친다. 잘 다듬어진 네모난 대리석에 한하운의 「보리피리」가 새겨져 있다. 아, 「보리피리」! 이 시비가 왜 여기에 있지? 얼어붙은 듯 그 자리에 서서 대리석 판을 찬찬히 들여다본다. 가슴이 먹먹해지면서 또 하나의 「보리피리」가 차디찬 대리석 위에 오버랩된다.

한하운이 쓴 「보리피리」는 고흥의 소록도에도 있다. 소록도의 「보리피리」는 누런 너럭바위에 새겨져 있다. 그 바위에는 멸시와 천대의 절규를 토해내는 한센병 환자들의 아픔이 절절히 서려 있다. 일제 강점기에 악명을 떨친 일본인 소록도 병원장은 공원을 조성하면서 한센병 환자들을 강제노역에 동원했다. 완도 등지에서 수십 톤이 되는 커다란 바위를 배로 실어 옮겼다. 바위를 옮기면서 '목도를 메면 허리가 부러져 죽고, 목도를 놓으면 채찍에 맞아 죽는다' 해서 '메도 죽고 놓아도 죽는 바위'라는 별명이 붙은 바위가 되었다. 바로 그 바위에 「보리피리」가 새겨져 있다. 1973년에 그의 사회적 공로를 기리는 뜻으로 소록도에 시비(詩碑)가 세워졌고, 2017년에는 그가 살았던 인천 부평의 집 인근 백운공원에도 시비가 세워졌다. 이곳 수원천의 시비 옆에 서 있는 안내판에는 "한하운(韓何雲, 1919.3.20.~1975.3.2.), (……) 1948년에 월남, 1949년 세류동의 정착촌인 하천가에 살았다. 1950년 부평에 있는 나환자촌으로 거처를 옮겼으며 (……) 수원천변에 머물다 간 시인을 영원히 기억하기 위하여 「보리피리」 시비를 세운다." 라고 쓰여 있다. 천형이라는 한센병에 걸리고 끝없는 유랑 생활을 하다가 길가 보리밭 언덕에 기대앉아 어린 시절을 회상하며 보릿대 꺾어 만든 피리 소리가 얼마나 절망스럽고 애절했을지

수원천변에 세워진 한하운의 「보리피리」 시비와 안내문, 경기 수원시 세류동.

머릿속에 그려진다. 한하운은 기구한 운명과 처참하게 버림받은 한센병 환자들의 처절함을 노래하기도 했지만, 강압적으로 인간이기를 포기할 수밖에 없었던 상황 속에서도 끊임없이 희망을 노래하기도 했다. 한하운의 시를 통하여 같은 하늘 아래에서 병에 대한 무지와 사회적 편견으로 인간으로서의 기본적인 인권마저 유린당하며 철저하게 사회에서 격리되었던 환자들의 마음을 조금이라도 이해할 수 있을 것 같다. 이들의 아픈 가슴을 어루만지며 편견과 차별 없는 세상을 요구한 한하운의 활동에 경의를 표한다.

아침 산책길의 노부부

착잡한 마음을 애써 가라앉히고 무거워진 발길을 돌린다. 세류대교를 지나고 경부선 철도가 지나는 다리 밑을 통과한다. 그늘에 가려 있어 시원하고 호젓한 천변 산책로는 얼마 안 가 햇살 가득한 제방길로 이어진다. 오밀조밀하던 주택가 풍경도 비닐하우스 가득한 농경지로 변했다. 천변길을 벗어나 제방길로 올라선 지 5분도 되지 않아 철조망으로 무장한 담장이 길을 가로막는다. 휴대폰 지도에서도 수원천이 사라져 버렸다. 그 순간 전투기의 굉음이 귓전을 때린다. 그제야 근처가 군사 지역임을 알았다. 수풀 속으로 뱀이 사라지듯이 수원천은 철조망 담장 밑으로 조용히 흔적을 감추고 있다. '길 없음' 안내판을 달아놓지 않은 그 누군가를 향해 투덜거리며 갔던 길을 되돌아온다.

앞에 70대 노부부가 천천히 걷고 있다. 가까이서 보니 할아버지는 온갖 세상 풍파를 다 겪은 듯한 도인의 모습이고, 할머니는 짧은 보폭으로 열심히 움직이는데 거동이 매우 불편해 보인다. 두 분은 서로 손을 꼭 잡고 미소 띤 얼굴로 나를 물끄러미 쳐다본다. "할아버지, 남쪽으로 가려는데 길이 끊겼네요. 혹시 어느 길인지 아세요?" 물었더니, 대답 대신 어디서 왔는지, 어디까지 가는지 되묻는다. 지금까지 혼자서 걷다 이야기 상대를 만난 것이 반갑기도 해서 속도를 맞춰 걷는다. "어제 서울에서 출발했는데 아랫녘 남쪽 끝까지 가보려고 합니다." 할아버지는 자신도 젊었을 때 많이 걸어 다녔다면서 걷는 것이 건강에 최고가 아니냐 하신다. "그래서 우리도 매일 아침 하루도 빼먹지 않고 서너 시간씩 산보하고 있어. 저기 앞에 기찻길 밑을 지나서 오른쪽으로 가면 남쪽으로 가는 길이 있어. 우리는 거기서 계속 가야 하니 알려 줄게."

편치 않은 다리로 매일 서너 시간을 걷는다는 할머니의 의지도 대단하고, 그런 할머니와 보조를 맞추며 슬로 모션으로 긴 시간을 함께 걷는 할아버지의 인내심도 대단하다. 부부가 평생을 서로 의지하며 살아오다가 한 몸이 되어버린 것이 틀림없다. 서로가 갈라서는 곳에서 두 분은 "건강 조심하고 땅끝까지 꼭 성공하게나!" 하시면서 격려하신다. "두 분 너무 보기 좋습니다. 항상 행복하시고 오래오래 건강하게 산보하시기 바랍니다." 할머니의 다리가 빨리 좋아져서 더 멀리까지 걸어 다닐 수 있으면 좋겠다는 말이 목까지 올라왔지만, 왠지 다리 얘기는 할머니의 자존심 문제인 것 같아 속으로 삼키고 만다. 노부부와의 짧은 만남을 뒤로하고 그분들이 알려준 길을 따라 서서히 걸음의 속도를 올린다.

철조망에 가로막힌 통행 제한 구역을 우회하여 세류역을 지나고 비행장삼거리를 지난다. 수원천은 1시간여 만에 대황교에서 다시 모습을 드러내지만, 멀지 않은 황계교 밑에서 황구지천에 흡수되어 버리고 만다. 황계교와 나란히 하는 담장 너머로 활주로가 시작되는지 멀리서 선회하던 전투기가 무시무시한 날개를 편 익룡처럼 굉음을 내며 달려오다가 바로 담장 안으로 사라진다. 일정한 간격으로 어디선가 또 다른 익룡이 나타났다 사라진다. 비행 훈련을 하는 모양이다.

이제 답답한 도회지를 벗어나 녹음이 짙어진 야산과 가슴이 탁 트이는 논밭들을 구경하면서 갈 수 있겠다는 기대를 한다. 그러나 황구지천과의 짧은 만남이 있었을 뿐 길은 다시 덤프트럭이 날리는 흙먼지를 잔뜩 뒤집어쓴 아스팔트 길로 치환되고 분주한 자동차 행렬만 도로에 가득하다. 팔레스타인 장벽처럼 이어지고 있는 간이 담장을 보니 대단위 도시개발이 진행되고 있는 것 같다. 동탄 신도시 개발 바람이 여기까지 불어와 도시와 도시 사이의 녹색 평화지대가 점점 사라지고 있다. 이제는 눈여겨 살펴보아도 지역 간의 경계를 인식할 수 없을 정도로 수도권은 거대한 하나의 회색 유기체로 묶여 가고 있다. 가슴이 답답해지고 목이 말라 온다.

아침에 숙소에서 출발한 뒤 이 시각까지 쉬지 않고 3시간을 넘게 걸었다. 마땅히 쉴 만한 곳이 없어 계속 걷다 보니 여기까지 왔다. 조금만 더 가면 전철역이 나오는데 거기 대합실에서라도 잠시 쉬어가야겠다. 8킬로그램 남짓한 배낭은 내용물이 어떤 조화를 부렸는지 돌덩이 같은 무게감으로 어깨를 짓누른다.

역사 2층의 한적한 커피숍이 반갑다. 산뜻하고 쾌적한 커피점의 분위기가 나 같은 도보 여행객에게는 오히려 사치스럽게 느껴진다. 의자가 딱딱한 벤치이기는 하지만 구수한 빵 냄새와 진한 커피 냄새가 어우러져 이국적인 편안함을 준다. 언제부터 이러한 냄새에 길들여 있을까? 향이 진한 커피를 한잔 마시고 싶지만, 당을 보충해야 한다는 생각이 들어 과일주스를 주문한다. 한쪽 구석 자리에 돌덩이로 변한 배낭을 내팽개치듯 내려놓는다.

11시 반이 지나가는 시각에 오산시로 접어든다. 병점역을 출발한 지 얼마 되지 않아 왼쪽 무릎 안쪽에 약간의 통증이 느껴졌는데 시간이 갈수록 점점 심해지고 있다. 이제 곧 오전 목적지인 궐리사까지 2~3킬로미터 정도가 남아 있는데 걷기가 거북스럽다. 통증의 진행 상태가 예사롭지 않아 신경이 곤두선다. 이제 겨우 이틀째이고 아직은 시작에 불과하다. 아침에는 컨디션이 매우 좋았는데 단 몇 시간 사이에 문제가 생긴 것이다. 출발 전에는 장거리 도보에 가장 약한 부위로 무릎과 허리를 꼽았는데, 무릎 관절이 고장 난 것일까? 어제 너무 무리했었나? 이 상태가 계속된다면 계획이 틀어질 수도 있겠다. 충분히 쉬면서 하루에 10킬로미터씩만 굼벵이처럼 꿈틀거리며 가더라도 계속해서 진도를 나가야 한다.

궐리사에 거의 다 왔다고 생각했는데 건물이 보이지 않는다. 게으른 놈이 밭고랑만 센다고 다음 쉴 곳만 자꾸 찾아본다. 공공시설로 보이는 건물로 들어가 길을 묻는다. 길을 몰라서라기보다는 잠깐만이라도 시원한 휴식처가 필요해서다. 청소년 '문화의 집'이다. 한적한 쉼터가 너무 깨끗하고 편안해 보인다. 한참 동안 쉬고 나서 지척에 있는 궐리사로 올라간다. 이곳은 공자를 모신 사당이다. 조선으로 이주한 공자의 후손들이 집성촌을 이루고 살던 이곳에 공자가 태어난 중국 산동성 곡부현의 실제 지명인 '궐리(闕里)'를 붙인 것으로, 봄·가을에 지방 유림들이 모여 제사를 지낸다고 한다. 경내에 큰 나무 그늘과 잔디밭이 잘 조성되어 현장 수업을 받기에 딱 좋은 장소인가 보다. 햇병아리 같은 유치원생들이 옹기종기 모여서 공부하는 모습이 귀엽다.

오후 1시 반이다. 점심시간이 지나 배가 출출하기도 하지만 제대로 된 충분한 휴식을 위해 궐리사 아래 한산하고 깔끔해 보이는 추어탕집으로 들어간다. 예상대로 고슬고슬한 영양솥밥에 얼큰한 추어탕이 잘 어우러져 입맛을 돋운다. 다소 아쉬운 점은 반찬의 가짓수는 많은데 먹을 게 없고, 가게 이름에 붙은 '외할머니'답지 않게 손이 그리 크지는 않다. 고추와 양파의 값이 비싸지는 않을 텐데 달랑 풋고추 한 개와 양파 서너 쪽이 올려진 접시는 궁색해 보인다.

청소년 쉼터와 궐리사, 그리고 이곳 식당에서 두 시간 정도를 보내고 나니 다리 상태가 어느 정도 회복된 것 같다. 출발하기 전에 오늘의 숙소를 찾아봐야 한다. 아침부터 벌써 23킬로미터를 넘게 걸었으니, 앞으로 9킬로미터쯤 더 걷다가 진위면 소재지 부근에서 숙박하면 적당하겠다. 시간상으로는 거기에서 한두 시간을 더 갈 수도 있으나 다리가 성할 것 같지 않다. 그러나 인터넷에는 면 소재지에 숙박 시설이 보이지 않는다. 일단 가면서 찾아보자. 풀어헤친 장비와 휴대품을 하나씩 챙겨 다시 행로에 올라선다. 오산 시내를 통과하면서 진위면사무소에 전화로 민박집이 있는지 알아본다. 아니나 다를까 면사무소 소재지인데도 숙박할 곳이 없단다. 오산 시내를 조금 벗어난 진위역 부근에 여관이 하나 있을 뿐이란다. 진위역까지 한 시간이면 간다. 거기에서 일정을 마무리하기에는 시간이 너무 많이 남는다. 앞으로 가야 할 길이 아득한데 가능한 한 멀리 가야 한다. 사람 사는 곳에 내 한 몸 거처할 잠자리 하나쯤 없을까. 부딪쳐 보자. 어떤 상황이 발생할 것인지 여러 경우를 상상하면서 걷다가 오산역쯤 지날 때 뭔가 허전함이 느껴진다. 머리까지 뒤집어쓰는 복면 마스크의 얼굴을 만져보니 선글라스가 사라졌다. 배낭을 다 풀어 헤쳐보고 식당에 전화도 해보지만 오리무중이다. 면사무소 직원과 통화하는 와중에 흘렸나? 왔던 길을 돌아갈 수도 없고, 너무 아쉽지만 포기할 수밖에 없다. 오뉴월의 기세 좋은 태양으로부터 쏟아지는 자외선이 무장 해제된 눈을 후비는 것 같다.

처음 목적지로 삼은 진위면사무소 부근을 배회하면서 여기저기 기웃거려 보지만 숙소는 없다. 얼마 전까지 여관이 하나 있었으나 손님이 없어 문을 닫았다는 정보만 인근 주민에게 얻었을 뿐이다. 이곳은 일제 강점기에 행정구역이 개편되기 전까지만 해도 평택의 중심지였다고 한다. 왕년에는 삼남대로의 중요한 길목이었는데 지금은 숙박하는 여행객조차 없는가 보다. 몰락해 가는 양반집을 보는 느낌이다. 아직 오후 4시 40분이다. 완전히 어두워지기까지는 3시간이 넘게 남았고, 평택 시내까지는 13킬로미터, 3시간을 더 가야 한다. 무릎에 통증이 더해 온다. 평택을 향해 직진이다. 진위천을 건너 들판으로 들어선다. 작은 들판을 꿰뚫고 삼남로라 이름 지어진 317번 지방도가 쭈욱 뻗어 있다. 이제 본격적으로 목가적인 풍경이 펼쳐지면 걸을 만하지 않을까 기대해 본다. 그러나 도로변에는 거대한 창고와 주유소 등이 수시로 나타나 기대했던 그림에 재를 뿌린다. 도시화로 오염된 농촌 풍경이 피로감을 더해 준다.

너무 친절한 관광버스 기사님

마산리를 지나 산이 있는 오르막길로 접어들자 갑자기 4차선 도로변의 인도가 끝이 났다. 우회로는 안 보인다. 계속 가야 하는가? 4차선 도로의 갓길을 걸어서? 자동차들이 휙휙 지나가는 도로에서 최대한 갓길에서조차 멀어지도록 노력하면서 부지런히 발걸음을 옮긴다. 분명히 보행로가 있을 텐데 이상하다. 잔뜩 조바심하고 400~500미터 걸어가다 보니 길 건너편에 인도가 보인다. 중앙분리대가 시야를 가로막고 있어 건너 쪽 상황을 미처 파악하지를 못했다. 아까 마을을 벗어나기 전에 횡단보도를 건너 길 좌측으로 들어서야 했었다. 조금만 더 가면 옆으로 빠지는 길이 있지 않을까 기대하고 전진하자 고갯마루쯤에서 설상가상으로 터널이 나타난다. 갓길로 어두컴컴한 터널을 통과할 수는 없다. 빨리 이 위험 지역을 벗어나야 한다. 포위망에 갇힌 산짐승처럼 한참 동안을 꼼짝하지 않고 서서 이쪽저쪽 상황을 주시한다. 호흡을 가다듬고 기회를 엿보다 양쪽에서 동시에 차 소리가 멎을 무렵 중앙분리대를 뛰어넘어 탈출을 감행한다. 무사히 성공했다. 미리 여행자보험을 들었어야 했다는 생각이 머리를 스친다. 긴장되었던 마음이 금세 평온해진다. 안전하게 걸을 수 있는 보행로의 고마움을 절실하게 느끼면서 태엽을 감아놓은 장난감 로봇처럼 하염없이 발걸음을 옮긴다.

오후 6시가 되었는데도 가끔 농장과 물류창고, 주유소 등만 나타난다. 어디까지 더 가야 할지도 모르는 체념 상태에서 터벅터벅 주유소 앞을 지난다. 대형 관광버스를 세워 놓고 기사님과 주유소 사장인 듯한 사람들 서너 명이 얘기를 나누다가 나를 물끄러미 쳐다본다. 보아하니 해 질 녘이 다 되어 가는데 인적이 드문 고갯길을 향해 절룩이며 걸어가는 모습이 이상해 보였나 보다. "혹시 가까운 곳에 민박집이나 잠잘 만한 곳이 있나요? 잠자리가 좋지 않아도 됩니다. 진위면사무소를 지나 여기까지 오는데 숙소가 없어 계속 가고 있습니다." 보통 주유소는 밤샘 근무하니 여기에서라도 자고 가라고 하면 좋겠다는 기대감이 섞인 질문을 던져 본다. "여기에서 시내까지는 숙소가 없어요. 평택시청 뒤로 가면 싸고 깨끗한 모텔들이 많아요." "네, 고맙습니다. 천천히 가보겠습니다." 한 아저씨는 다시 걸어가려는 내가 답답해 보였는지 "거기까지 걸어서 가기에는 너무 멀어요. 조금만 가면 버스정류장이 있어요."라고 친절하게 알려준다. "감사합니다." 한마디 남기고 길을 재촉한다.

다시 20여 분을 걸었을 때다. 뒤에서 갑자기 자동차 경적이 울린다. 고개를 돌리니 웬 버스가 비상등을 깜빡이고 출입문을 활짝 열고서 천천히 따라온다. 버스 운전기사가 뭐라고 소리친다. "왜 그러시는데요?" 대답하면서 계속 걷자 기사님은 보조를 맞춰 따라오면서 급한 손짓으로 빨리 차를 타라고 한다. 자세히 보니 아까 주유소에서 만났던 사람 중 한 분이다. 뒤에 오는 차들이 빵빵거린다. 얼떨결에 버스에 오른다. 버스 안에는 운전기사만 있고 텅 비어 있다. "내가 평택을 지나가는데 시내까지 태워드릴게." 기사님은 나를 태우자마자 바로 문을 닫고 출발한다. "아저씨, 잠깐만요. 저, 저, 그게 아니라. 일단 세워주세요." "괜찮아요. 다리도 불편한 것 같던데, 시내까지는 아직도 한참 더 가야 해. 거기까지 걸어가면 어두워질걸? 이게 회사 버스라서 아끼는 동료들이 있어 태워준다는 말을 못 했는데, 마침 걸어가고 있는 것을 발견해서 다행이야." 기사님은 차를 멈추지 않고 마치 잃어버렸던 동생을 다시 만난 듯 반가워한다. 차를 타면 안 되는데 생각하면서도 짧은 순간 유혹에 빠져든다. '남의 호의를 너무 무시하면 안 되잖아. 다리가 너무 아프고 하니 잠깐만 타자.' '이제 오늘 목적지까지 거의 다 왔고, 잠깐인데 뭐 어때.' 잠깐 새에 족히 2킬로미터는 지난 것 같다. 기사님께 정색하고 내려달라고 부탁한다. "서울에서 여기까지 오면서 순전히 두 발로만 걸어서 왔고 앞으로도 그럴 것입니다. 차를 이용하면 나의 계획이 다 틀어집니다."라고 얘기하자 그때서야 기사님은 "고집도 세고 의지가 대단하다. 그렇다면 차에 태우지 않았던 것으로 할게요. 건강

조심하고 꼭 성공하세요." 하면서 버스를 세워준다. 세상에는 이런 사람들도 있구나. 남을 위한 배려심이 깊은 기사님이 너무나 고맙다. 하지만, 그분은 나의 여행에 오점을 남겼다. 내 발자국이 찍히지 않은 구간이 생겨버린 것이다. 버스로 온 길을 다시 돌아갔다 와야 하나? 가끔은 융통성이 필요하다고 자신을 합리화해 본다.

언제 해가 넘어갔는지도 모르게 날이 어두워지고 있다. 조급한 마음에 발걸음을 재촉한다. 평택 시내로 들어왔나 보다. 도로 오른편은 택지개발지역으로 휑하니 비어 있으나 왼편으로는 제법 높은 빌딩과 낮은 건물들이 구획 지어 잘 정돈되어 있다. 법원·검찰청으로 안내하는 이정표가 있다. 빌딩과 상가 건물은 각종 민원을 해결해 주는 변호사, 법무사, 행정사 등의 사무실과 신개발지역임을 알려주는 부동산 중개사무소가 즐비하다. 초저녁부터 네온사인이 휘황찬란한 거리에는 저녁 식당을 물색 중인 행인들을 유혹하려는 현란한 안내판과 주차 안내인으로 가장한 호객꾼까지 바쁘게 움직이고 있다. 음식점과 술집, 노래방 등이 빼곡하다. 내가 먹고 자야 할 곳은 어디인가? 사방을 두리번거리며 빠른 걸음으로 거리를 훑고 지나간다. 모텔이 몇 개 눈에 띈다. 이쯤에서 짐을 풀고 배를 채운 다음 누워야 하는데 밤이 깊어질수록 흥청거리는 취객들의 주사도 심해질 것만 같다. 이 지역은 벗어나자. 시내 쪽으로 조금만 더 움직여보자. 주유소 아저씨들 얘기가, 시청 쪽에 싸고 좋은 숙박 시설이 많다고 하지 않았는가. 아직 건물이 들어서지 않아 컴컴한 벌판 같은 개발 지역이 끝나는 사거리에서 조금 벗어난 대로변에 조용히 서 있는 모텔이 있다. 더는 걸어갈 힘이 없다. 시장기가 온몸을 흐늘거리게 한다. 오늘은 저곳에서 쉬기로 하자.

아침 6시 40분에 숙소를 출발하여 저녁 7시에 새로운 숙소로 들어온다. 숙소에 짐을 풀고 나서 다시 1킬로미터 떨어진 식당까지 걸어간다. 아까 버스를 탔던 구간이 이 발자국으로 메꿔지기를 바라면서. 내일 아침 식사를 위한 우유 한 팩과 피로회복제 겸 수면제로 캔맥주 한 통을 안고 숙소로 돌아온다. 오늘도 숙소 때문에 상당히 무리한 행군을 했다. 당초 계획은 수원화성에서 진위향교까지였으나 실행 결과는 평택 시내까지 무려 45.25킬로미터에 10시간 40분을 걸었다.

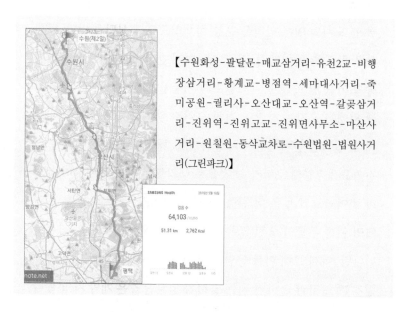

【수원화성-팔달문-매교삼거리-유천2교-비행장삼거리-황계교-병점역-세마대사거리-죽미공원-궐리사-오산대교-오산역-갈곶삼거리-진위역-진위고교-진위면사무소-마산사거리-원칠원-동삭교차로-수원법원-법원사거리(그린파크)】

3장 세월을 낚는 성환천 할아버지

풀 내음 물씬한 들판 길

6시 10분, 운동화 끈을 다잡아 매고 배낭을 짊어진다. 잠이 덜 깬 도시의 이른 아침은 온통 회색빛으로 우울해 보인다. 날씨가 잔뜩 흐린 탓이겠지. 거리에는 아침 운동 하는 어르신들과 형광 조끼를 입고 잿빛 아스팔트의 어둠을 털어내고 있는 청소부들 외에는 오가는 사람이 거의 보이지 않는다. 오늘은 걷기 3일째다. 걷기를 준비하면서 예상하기를, 처음 이틀 정도는 무난할 것이고 3~4일째 고비가 될 것으로 생각했는데, 이틀째부터 예상이 벗어났고 오늘은 더 힘들 것 같다. 숙소를 나온 지 10분도 안 되어 왼쪽 무릎이 좋지 않은 소식을 전해 온다. "주인님, 죄송합니다만, 어제 그제 이틀 동안 너무나 혹사를 당했는데 오늘도 그렇게 계속 가라고 하면 저는 끝까지 임무를 수행할 수가 없습니

넓은 들판에서 홀로 모내기하는 이앙기, 경기 평택시 합정동.

다.”라고. 이놈이 이러다가 진짜 파업할지도 모르겠다. 중도 포
기하고 돌아가야 하는 불상사가 생길지도 모른다. 타협을 위해
속도를 늦춘다. 뭐가 잘못되었는지 헬스장 코치에게서 배운 대
로 걷기 자세를 다시 점검해 본다. 왼쪽 무릎에게 타이른다. “그
래, 오늘은 무리하지 않고 힘닿는 대로 천천히 갈 터이니 부드럽
게 살살 움직여 보자. 네가 힘에 부치면 오른쪽 다리에게 짐을 좀
덜어 주고, 팔과 스틱에게도 짐을 조금 나눠줄게. 그래도 힘이 든
다면 충분히 쉬었다 갈 것이고, 쉬면서 마사지도 열심히 해줄게.
네가 고장이 나면 아무 일도 안 된다. 무릎아, 제발!”

　　평택역과 버스터미널 앞을 지나고 얼마 안 되어 왼편으로는
농경지가 시작된다. 희부연 연무 때문에 차분하게 가라앉은 들
판의 풍경이 제 모습을 보여주기 싫은 듯 숨어 있다. 확장공사를
하느라 어수선한 도로이지만, 도시를 벗어난 것만으로도 한결

기분이 나아진다. 모내기를 위해 중간중간 물을 가득 채운 논들이 회색 하늘빛을 담아 체스판처럼 흰 면과 검은 면으로 교차되고, 멀리 보이는 들판 끝에는 메타세쿼이아 나무가 이가 빠진 거대한 톱니처럼 줄지어 서 있다. 꽤 넓은 들판인데도 일하는 농부들은 거의 보이지 않고, 광야의 선구자처럼 한 군데 논에서만 외롭게 모내기가 진행되고 있다. 큼지막한 이앙기가 홀로 모판을 가득 싣고 네모반듯한 논을 몇 번씩 왔다 갔다 한다. 그러면 모내기는 끝이다. 예전의 모내기 풍경은 온 동네 사람들이 줄지어 논에 들어서서 왁자지껄 떠들면서 구성진 노랫가락을 뽑아가며 모를 심고, 논두렁에는 뛰어노는 어린아이들과 함께 새참 광주리와 막걸리 주전자 등이 즐비하게 마련이다. 옛날 그 모습이 그립다.

7시 20분이다. 무릎을 달래느라 한 시간을 넘게 걸었는데 4킬로미터도 가지 못했다. 경부선 철도와 나란히 안성천을 건너는 좁고 기다란 다리가 나타난다. '안성교'이다. 다리 입구에는 대형 차량이 통과하지 못하도록 사각 철제 시설물이 대문처럼 설치되어 있다. 이 다리에서부터 삼남 중 하나인 충청도가 시작된다. 이 다리는 보행 금지 표시가 없지만, 보행자가 다녀서는 안 되는 위험한 곳이다. 편도 1차선으로 곧게 뻗은 다리 양쪽으로 난간이 설치되어 있는데 갓길이 전혀 없이 난간이 바로 차선폭의 끝이다. 속도를 내면서 달려오는 차들이 위협적이다. 더구나 양쪽에서 달려오는 차들이 교행할 때면 난간에 바짝 붙어 속도를 낮추라고 수신호라도 해야 할 지경이다. 좁고 위험한 길은 다리를 지나서도 한동안 계속되다가 국도 1호선을 만나면서 여유를 찾는다. 국도의 전광 안내판에는 '정안까지, 국도 55분, 고속도로 32분'이라는 실시간 교통정보를 알려주고 있다. 정안은 멀리 떨어진 곳이라 막연히 생각했는데 지척이 아닌가. 나는 내일 오후 늦게쯤이나 그곳에 도착하겠다. 차로 30여 분이면 갈 수 있는 거리를 이틀 동안 걸어서 가야 한다. 왜 아픈 다리를 달래며 걷고 있는가? 무엇을 위해 걷는가? 앞으로도 며칠을 계속 걸어야 할 가치가 있는가? 도로의 전광판이 걷는 사람에게 많은 질문을 던진다.

다시 한번 생각에 잠길 무렵 보행로는 교통량이 꽤 많은 왕복 4차로의 1번 국도에 흡수되어 흔적도 없이 사라지고 만다. 또다시 도로에 갇힌 포로가 되었고 긴장감은 고조된다. 갓길의 가드레일은 달리는 자동차를 보호한다기보다는 어리석은 보행자를 포획하는 도구 역할을 충실히 수행하고, 4차로의 중앙분리대는 건너편으로의 탈출을 봉쇄하여 조건 없는 직진을 요구한다. 성난 짐승처럼 마주 보고 달려오는 괴물들을 예의 주시하면서 걸음의 속도를 최대한 높인다. 성환농협 북부지점이 있는 사거리에 다다르자 횡단보도가 나온다. 앞뒤 생각할 것도 없이 길을 건너 대로를 탈출한다. 1번 국도를 타고 천안까지 가려던 생각을 과감히 포기하고 새 길을 찾는다. 지도를 보니 1번 국도와 경부선철도 사이로 성환천이 나란히 흐르고 있다. 바로 이것이다. 하천에는 반드시 제방길이 있기 마련이다. 우측 길로 꺾어 들어가 1번 국도와 나란하게 방향만 대충 잡고 멀찌감치 떨어진 들판

정비가 잘 된 들판의 부드러운 흙길, 천안시 성환읍 복모리.

길을 택한다.

　잘 정비된 농로는 완전히 딴 세상이다. 조금 과장하자면 지옥을 벗어나 천국에 온 느낌이랄까. 경지 정리가 된 들판 가운데를 가로질러 일직선으로 곧게 뻗은 농로에 들어서자 가슴이 탁 트이고 후련하다. 흙 내음과 풀 내음을 가득 머금은 부드러운 바람이 신선하게 다가온다. 심호흡을 깊게 하여 자연을 들이마신다. 길 한쪽의 넓지 않은 수로는 겨우내 메말라 있는 논을 흠뻑 적시고 채워 줄 생명수의 유입을 기다리고 있다. 길가에는 토끼풀과 쑥, 씀바귀, 엉겅퀴, 쇠뜨기 풀 등 낯익은 풀들이 수북이 자라나 강한 생명력을 자랑하고 있다. 포장되지 않은 부드러운 흙길은 걷는 사람의 기분을 좋게 한다. 이따금 납작해진 풀이 밟히면 카펫처럼 폭신해서 좋고, 작은 돌멩이가 발길에 차여도 엄연한 자기의 존재를 알아 달라는 것 같아 싫지 않다. 시끄러운 자동차의 엔진 소리도 없고 길을 가로막는 신호등도 없다.

성환천 제방길로 올라선다. 바람이 같이 가자고 살랑거리며 따라온다. 그동안 비가 별로 오지 않았는가? 제법 큰 하천인데 수량이 그리 풍부하지는 않다. 천안에서부터 흘러오는 성환천의 제방길은 여기서부터 남쪽으로 10여 킬로미터는 계속되니 한동안 보행로도 없는 지옥 같은 간선도로를 생각하지 않아도 되겠다. 차량은 물론 오가는 행인조차도 보기 어렵다. 논과 하천을 오가면서 먹이를 찾고 있는 왜가리를 만나거나, 상큼한 향기에 팝콘 같은 하얀 꽃송이를 잔뜩 달고 있는 아까시나무를 만날 수 있어 더할 나위 없이 좋다. 호밀이나 이탈리안그라스 등 가축의 사료로 쓰일 풀이 가득한 논들이 있고, 풀을 베어 낸 다음 트랙터로 갈아 놓은 논도 있고, 잡초만 무성한 논도 눈에 띈다. 이따금 가축들에게 먹일 사료를 저장하는 사일리지 작업 광경을 목격할 수도 있다. 트랙터 모양의 대형 기계가 적당히 수분이 함유된 풀을 차곡차곡 걷어 올린 다음, 빙빙 돌리면서 비닐을 칭칭 동여매면 끝이다. 사일리지 만드는 모습이 신기하여 한참을 들여다보다가 산들바람의 재촉으로 발걸음을 옮긴다.

어? 무릎이 이상하다. 기분이 너무 좋은 탓인가? 흙길이 부드러워서인가? 상태가 변했다. 아직도 걷기에 불편함이 남아 있지만, 언제부터인지 통증이 거짓말처럼 호전되었다. 기적이 일어났는가? 이놈이 주인의 하소연을 받아들인 것인가? 살살 달래면서 걷는 것이 먹혀들었나? 생각해 보니 좁고 긴 안성교를 지나면서부터 다리에 신경을 써줄 여유가 없었다. 4차로 국도를 걸을 때 잔뜩 긴장해서 걸음아 날 살려라 하고 경보 선수처럼 급히 걸었는데, 이런 와중에 삐걱거리던 무릎 관절이 제대로 맞춰져 버린 것인가? 긴장감이 고통을 이겨 잠시 감각이 무뎌지도록 몸이 적응한 것일까? 신선한 바람과 평화로운 들판의 풍경에 마취되었나? 아니면, 아프면 안 된다는 생각 때문에 아프지 않은 것처럼 느껴지는 것일까? 아팠던 무릎을 이리저리 눌러도 보고 앉았다가 일어서 보기도 하고 펄쩍 뛰어도 보았으나 조금 뻐근한 정도이다. 다소 불안하기는 하지만 이대로라면 계속해볼 만하다. 아니, 이제 적응되어 점점 더 좋아질지도 모른다. 자동차에 쫓기다가 생각지도 않게 성환천에 들어섰고 이곳 풍경에 흠뻑 빠진 나에게 성환천은 기적을 선사했다. 자연이 주는 치유의 선물이다.

강태공과 주말 농부

발길을 돌려서 얼마 가지 못하고 다시 걸음을 멈춘다. 하천가에 낚시하는 사람이 있다. 무릎 상태가 다시 나빠질 수도 있으니 낚시 구경도 할 겸 쉬엄쉬엄 가자. 하얗게 센 머리에 검은 뿔테 안경을 쓴 할아버지가 나무 막대에 우산을 매달아 만든 파라솔 그늘 아래 쪼그려 앉아 있다. 인기척을 느끼고 돋보기 너머로 힐끔 쳐다보시더니 아무 말 없이 낚시에 미끼를 끼워 물에 휙 던

성환천의 강태공 할아버지, 평택시 성환읍.

지고 찌만 응시한다. "길 가다가 구경 좀 하려고 내려왔습니다. 뭐가 좀 잡히나요?" "없어! 인제 와서 잡은 게 없어요." 건성으로 답한다. 방해가 될까 봐 약간 거리를 두고 조심스레 쪼그려 앉는다. "자전거를 타고 오신 걸 보니 근처 동네에 사시나 봐요?" 계속 말을 걸었다. 할아버지는 대답 대신 여기에는 산도 없는데 배낭을 메고 아침부터 어디를 가느냐고 묻는다. 오랫동안 직장을 다니다 퇴직하게 되어 걸어서 여행하고 있다고 답하자, 젊은 사람이 벌써 직장을 그만두면 어찌하냐면서 걱정을 해준다.

할아버지는 이 동네에서 태어나 젊어서는 장사도 하면서 사방을 돌아다니다 고향에 정착한 지 꽤 오래되었다고 한다. 자식들도 시집 장가 다 보냈고 이제는 세월만 보내고 있다고 한다. 무슨 일을 하다 그만뒀느냐고 물어서 공직 생활을 했다 하자, 대뜸 "미안하지만 나는 공무원을 싫어해. 공무원들은 믿지를 못해." 하신다. 공무원들은 세금만 축내고 한가하게 놀면서 바쁜 사람들을 오라 가라 하고, 자기들이 잘못해도 책임지려 하지 않는단다. 젊은 시절 천안에서 살다가 대전으로 주소를 바꾼 적이 있었는데, 죽을 고생을 하면서 군 복무를 마쳤는데도 다시 징집영장이 나왔단다. 대전 병무청까지 찾아가서 착오라고 주장했으나 받아들여지지 않았다. 또다시 지옥 같은 군대에 갈 상황이었는데 집에 있는 제대증을 찾아내 겨우 위기를 모면했다고 한다. 할아버지에게 불신을 심어준 그때가 언제인지는 모르겠지만, 전쟁과 혁명의 소용돌이가 몰아쳤던 1950~1960년대 우리나라의 정부 행정이 오죽했으랴 하는 생각이 든다. "요즈음 공무원들은 그렇지 않습니다. 옛날과 달리 많이 변해서 봉사 정신도 투철하고 일도 많이 합니다. 저도 30년 넘게 일하는 동안 정시에 퇴근한 적이 그리 많지 않았습니다." "당신 같은 사람한테는 미안하지만 우리나라는 아직 멀었어." 공직자에 대한 할아버지의 인식을 바꾸기는 어려울 것으로 보인다. 이런저런 얘기를 하면서도 할아버지의 손놀림은 매우 분주하다. 잔잔한 강물에 작은 물고기들이 많아 낚싯대를 던지자마자 찌가 반응한다. 툭툭 건드리다 잠잠해지는 것이, 미끼만 따먹고 도망가는 모양이다. 할아버지는 연신 낚싯대를 들어 올려 미끼를 끼우고 다시 물에 담그기를 수 없이 반복한다. 물고기 밥을 주러 오신 것인지 물고기와 놀기 위해 오신 것인지 분간이 안 된다. 그런데 한참을 들여다보니 할아버지는 고기가 잡혔는데도 자꾸만 놓아준다. "씨가 너무 작아 놓아주시는가요?"라고 했더니 "재미 삼아 놀러 온 것이지 물고기 잡으러 온 게 아녀."라고 계면쩍게 허허 웃는다. 하얀 머리 강태공 할아버지의 여유로운 모습이 노년의 삶을 어떻게 보내야 하는지 한 수 알려주는 것 같다. 강가에서 30여 분을 쉬었다가 할아버지께 지금은 열심히 하는 공직자들이 많으니 잘 봐달라고 하면서 길을 나선다.

오가는 차량이나 사람이 거의 없는 성환천 제방길은 강과 논을 사이에 두고 풍광이 확 트여 있어 좋고 부드러운 흙길이어서 좋다. 다만, 그늘이 부족한 게 흠이다. 대로를 피해 나만의 지름길을 택하느라 삼남길을 벗어났는데 뜻밖에도 이곳 제방 위에서 삼남길 표지판을 다시 만났다. 옛날 사람들도 강물을 따라 걷는 것이 좋아서 이 길을 걸었을 것이다. 들판을 가로지르는 하천을 따라 지방에서 한양으로, 또 한양에서 지방으로 오가느라 무수한 발자국을 남겼으리라. 그 위에 나의 발자국을 더한다. 보리 이삭이 무럭무럭 자라 영글어 가고 있다.

2킬로미터 정도 더 가면 천안시 직산역이다. 제방 아래로 1천여 평 남짓한 조그마한 농장에는 70대 초쯤 되어 보이는 부부가 열심히 일하고 있다. 아직은 어린 아로니아 묘목 사이를 부직포로 덮어 잡초가 없이 깨끗하게 정리가 잘 되어 있다. 가까이 가보

니 농막도 있고 올망졸망 여러 가지 채소를 심은 작은 텃밭도 있
다. 농사를 짓는다기보다는 소박한 꿈을 가꾸고 있는 모습이다.
주인아저씨에게 농장이 잘 관리되고 있다고 칭찬을 던지자, "전
문 농사꾼은 아니고요, 아로니아를 심은 지 3년 되었는데 비용
이 만만치 않게 들었어요." 뜻밖에도 이들 부부의 집은 서울이
고 나와 같은 동네 주민이다. 일주일에 한두 번씩 직산역까지 기
차를 타고 내려와 농사를 짓는다는 주말 농부였다. 고향이 이곳
인데 아버지가 돌아가셔서 땅을 상속받았고, 퇴직 후 본격적으
로 관리를 시작했다고 한다. 논이었던 땅을 황토로 돋아 밭을 만
든 다음 나무를 심고 농막도 짓고 하다 보니 5천만 원이나 투자
가 되었다고 한다. 그들은 돈을 벌려는 것보다 부모님의 유산인
토지를 유지 관리하고, 복잡한 도회를 떠나 그들만의 유토피아를
건설하려는 것이 아닐까? 무엇보다 은퇴 후 소일거리로 부부가 함
께 매주 고향으로 농사 여행을 할 수 있다는 것이 부럽다. 비슷한
상황인데 내 고향은 너무나 멀다. 이분들의 나이쯤 되는 10년 후
나는 어디에서 어떤 모습으로 존재하고 있을까 생각하면서 다시
제방 위로 올라간다.

천안삼거리는 어디에

정오가 되어 직산역 앞 1번 국도로 나온다. 정면에 보이는 곰

탕집과 멸치국수집을 두고 저울질하다가 시원한 잔치국수의 국물 맛이 당겨 국수집으로 들어간다. 그러나 정작 식사 주문은 엉뚱하게 제육볶음으로 했다. 옆 테이블 손님이 발갛게 볶아진 돼지고기를 상추에 싸서 볼이 미어지도록 먹고 있는 모습이 체계적인 사고를 마비시켜 버린 것인지도 모른다. 나도 그 손님처럼 크게 한 쌈을 입에 넣는다. 부드러운 육질에서 우러나오는 풍미와 매콤 달달한 양념 맛을 음미하면서 먹는 즐거움을 온몸으로 느껴본다. 천천히 식사를 마치고 커피를 마시면서 벽에 기대앉아 있으니 눈꺼풀이 무거워진다. 잠시 눈을 붙이고 싶으나 분주한 영업집에서 그럴 수는 없다. 가다 보면 적당한 나무 그늘이 있지 않을까 기대하면서 식당을 나선다.

　　이제 다시 1번 국도를 따라간다. 시내가 가까워질수록 자동차와 건물과 사람들이 많아지면서 걷는 재미가 반감된다. 구름이 많은 날씨인데도 가끔 얼굴을 나타내는 5월의 한낮 햇살은 은근히 표독스럽다. 기온은 22도에 불과하나 두 시간을 쉬지 않고 걸었더니 온몸이 땀으로 흥건하다. 참으로 열심히 걸었다.

　　오후 3시쯤 오늘의 목표 지점인 천안시 도로원점삼거리에 도착했다. 그런데 뭔가 이상하다. 색다른 것이 있을 것이라고 잔뜩 기대했는데 보이는 것은 '천안시 도로 원점', '수원 59km, 평택 24km'라는 표지판과 그 아래 3단으로 된 사각뿔 형태의 도로원표가 전부다. 과거부터 우리나라 교통의 핵심 요지라는 천안삼거리가 이런 모습이란 말인가? 옛날의 천안삼거리는 전라

천안시 원성동의 도로원점삼거리.

도와 경상도로 가는 갈림길로 길손들이 이용하는 숙소와 주막이 즐비하다고 했는데, 덜렁 도로원표 하나가 무엇이란 말인가. 여기에서 볼거리가 많으면 하룻밤 묵어 갈 수도 있다 생각했는데 너무 실망이 크다.

　오늘 일정을 여기에서 끝내자니 해는 아직 중천이고, 더 걷자니 아픈 오른쪽 발 앞꿈치가 악화 일로다. 찜질방이나 사우나를 찾아가 쉬려고 시내 쪽으로 30~40분 동안 걸었으나 동네 목욕탕만 있고 기대했던 사우나는 없다. 경로를 약간 벗어나지만 1시간 남짓 거리인 천안JC 부근 가구단지에 모텔이 있다. 찜질방을 찾는 것도 좋지만 지금 가면 5시쯤 숙소에 도착할 수 있으니 빨리 이동하여 편히 쉬는 게 훨씬 낫겠다. 숙소 가까이에 맛있는 곰탕집도 있다고 한다. 바로 출발이다.

삼룡사거리에 이르자 천안삼거리초등학교가 나오고 길 건 너 우측 블록에 천안삼거리 공원이 조성되어 있다. 엥? 이곳 사 거리가 천안삼거리? 교통표지판의 '삼룡(마틴)사거리'의 괄호 속 의미는 또 무엇인지? 그러면 아까 지나왔던 도로원점삼거리는? 천안삼거리에 관한 지도 공부를 덜 했다. 아무 생각 없이 도로원 점삼거리를 원래의 천안삼거리로 인식하는 실수를 했다. 그도 그럴 것이 일제 강점기 신작로 공사와 2000년대 택지개발 등으 로 도로에 변형이 생기면서 지금은 삼거리가 남아 있지 않기 때 문이다. 삼남대로의 분기점이었던 원삼거리는 정확한 위치에 대 한 논란이 있는데, 국도 1번과 21번이 교차하는 청삼교차로 바로 위쪽이라고 한다.

옛날에는 천안삼거리 주변으로 길손들에게 숙식을 제공하기 위한 원과 주막이 발달했다고 하나 지금은 이 한 몸을 거둬 줄 여관 조차 없어 교외로 빠져나간다. 천안 시내를 벗어나서 오르막길을 한참 걷다 보니 발아래로 경부고속도로가 지나가고 있다. 이 길은 삼남대로와 갈라져 경상도 방향으로 가는 옛 동래대로가 아닐까 생각된다.

숙소에 도착하자마자 욕실로 들어가 몸을 흠뻑 적신다. 한 낮에 그토록 찾았던 사우나 대신이다. 땀에 절은 속옷과 양말, 모 자, 바지까지 빨아 헹군다. 기능성 옷이라 물 빠짐이 좋아 아침이 면 입을 수 있다. 숙소 바로 옆 곰탕집에서 원기를 보충하기 위해

호사스러운 꼬리곰탕을 주문한다. 도보 여행자는 비바람만 가릴
수 있는 그런 곳에서 잠을 자고 허기만 때울 수 있는 그런 음식을
먹어야 제격일 것 같은 생각이 들지만, 몸을 혹사하니 먹고 자는
것이라도 풍족하고 편해야 하지 않겠는가.

　　오늘은 평택에서 천안까지 36.33킬로미터 거리를 9시간 32분
동안 걸었다. 오늘도 목표 초과 달성이다. 아직은 비가 내리지 않
은데 밤부터 많은 비가 내릴 것이라는 일기예보다. 종일 비를 맞
으며 걷는 여행은 어떤 기분일까? 감성적인 분위기는 좋겠지만
착착 감기는 옷에 체력이 금방 소진되지 않을까 걱정된다. 내일
은 컨디션이 좋아야 할 텐데.

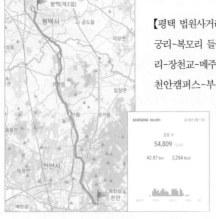

【평택 법원사거리-평택역오거리-안성교-문화촌-안
궁리-복모리 들판 길-성환천 제방길(어름2길-성환
리-장천교-메주교-상덕교)-직산역-모시리-공주대
천안캠퍼스-부성1동사무소-두정역사거리-역말
오거리-도로원점삼거리-충절
오거리-마틴사거리-천안삼거
리공원-천안IC 삼거리가구단지
(알프스장)】

4장 삼남의 관문 차령고개를 넘다

생명을 불어넣는 비가 내린다

새벽 3시다. 어젯밤에는 초저녁부터 기절하듯 곤히 잠들었다. 날씨가 걱정되어 창밖을 내다본다. 불그스름한 가로등 불빛 아래로 희미하게 보이는 시멘트 바닥을 내려다보고 다시 어두컴컴한 밤하늘을 올려다본다. 아직 비는 오지 않는다. 두 시간 만에 또 잠이 깬다. 한두 방울씩 떨어지는 비가 창문의 햇빛 가림막을 툭툭 건드린다. 예보가 빗나가기를 바랐는데 이럴 때는 정확히 들어맞는다. 다시 눈을 붙여보지만, 점점 굵어지는 빗소리에 잠은 벌써 멀리 달아나 버렸다. 어제 많이 쉬었으니 날이 어둡더라도 일찍 출발하자. 궂은 날씨에 어떤 방해물이 나타날지 모른다. 느긋한 가운데 살짝 긴장감이 느껴진다. 면도는 그만둔다. 혼자만의 생활이니 수염에게 자유를 주자. '군자는 홀로 있을 때도 항상 마음가짐을 바르게 해야 한다'는 '신독'이 떠오른다. 오늘 가야 할 길과 묵을 곳을 검색한다. 오늘은 차령고개를 넘어야 한다. 무릎이 많이 호전되었지만 지난 3일 동안 목표를 초과 달성했고 비까지 오니 욕심부리지 말자. 다른 날보다 10킬로미터 이상 목표를 줄여 22킬로미터 떨어진 정안면 광정리까지만 가자. 주섬주섬 옷을 챙긴다. 비를 맞으면 체온이 내려갈 것이니 옷 하나를 더 껴입는다. 꾸물거리다 어제와 똑같은 6시 10분에 숙소를 나선다. 다행히 비가 잦아들어 걷기에 별 지장은 없다. 하늘은 언제라도 한바탕 쏟아부을 태세로 먹구름을 잔뜩 이고 있다.

30분쯤 걸으니 1번 국도가 나온다. 삼성리를 지나면서 한두 방울 내리던 비가 소정면 대곡리에 이르자 점점 굵어진다. 두 시간째 걸어서 잠시 쉬어가고 싶으나 아직 문을 연 가게가 없다. 간이버스정류장에는 등교하는 학생들이 하나둘 보인다. 천안으로 통학하는 학생들인가? 쏟아지는 빗줄기에 스틱을 짚는 팔의 소매로 빗물이 젖어 든다. 비닐 우의 소매 끝을 여미기 위해 고무줄을 구하러 농협 마트에 들어간다. 후줄근하게 젖은 모습이 불쌍해 보였는지 여직원이 따끈한 커피 한잔을 권한다. 종이컵에 담긴 자판기 커피가 이렇게 달콤하고 직원의 마음이 이렇게 따뜻할 수가 없다. 소정리역 앞의 거리는 한산한 시골 풍경이다. 현대식 입간판과 네모반듯한 단층 건물의 새 역사가 길 건너 옛날식 다방과 묘한 대조를 이루고 있다. 수도권과 대도시에는 사람

비내리는 소정리역 앞 거리, 세종시 소정면.

들이 미어터지도록 몰려들고 있지만, 시골은 급속하게 공동화되고 있어 안타깝다. 역이 폐쇄되지 않은 것만으로도 다행이라고 해야 하나? 언제 사라질지 모를 위기에 처한 기차역의 새 역사가 빗속에서 더욱 처량해 보인다.

8시 45분이다. 소정리를 지나 아무도 없는 텅 빈 길가의 간이버스정류장에서 비를 피해 잠시 쉰다. 어제 사둔 방울토마토로 출출한 배를 채운다. 유리 벽에 "행정수도 개헌으로 완성·균형발전과 지방분권을 위한 국민의 선택"이라는 세종특별자치시의 홍보 문구가 붙어 있다. 세종시가 대전 가까이 있을 것이라고 막연히 생각했는데 의외다. 인터넷 지도를 보니 북쪽으로는 천안시와 경계가 닿아 이곳 소정면은 세종시에 들어가고, 남쪽으로는 대전광역시와 경계하는 꽤 넓은 면적이다.

운당교차로를 지나면서 농로를 택한다. 짙은 운무로 꿈속같이 희미한 들판을 지난다. 모내기를 준비하는 농부의 마음을 알아주는 듯 비는 쉬지 않고 내린다. 새로 돋아나는 싹들은 촉촉한 물기를 받아 서로 다투듯 자라난다. 잠시 소강상태인가 싶던 빗줄기가 점점 거세진다. 머리까지 뒤집어쓴 얇은 비닐 우의를 때리는 빗소리가 싸릿대 타는 것처럼 요란하다. 우의를 입었지만, 이제는 무릎까지 다 젖어 물이 줄줄 흐르고 신발도 물속을 걷는 것처럼 질컥거린다. 다행히도 바람은 불지 않는다. 일직선으로 곧게 뻗은 농로를 지나니 좁은 논둑길이 부드럽게 휘어져 있다. 빗물을 가득 머금은 풀들이 발목을 부여잡는다. 모내기하기 위해 깊게 갈아엎은 기름진 논바닥은 유난히 검게 보인다. 사방을 둘러봐도 사람은 전혀 보이지 않는다. 이 빗속에서 누가 무슨 일을 할 것이며 누가 어디로 다닐 것인가. 철저히 혼자임을 느낀다. 궂은 날씨에도 먹고 살아야 하는 왜가리 한 마리가 먹이 사냥을 하다가 낯선 여행객을 흘끔 쳐다본다.

숙소에서 출발한 지 벌써 네 시간이 흘렀다. 세종시에서 다시 천안시 광덕면으로 행정구역이 바뀌었다. 오늘의 목적지에 절반 이상 왔는데 아직 오전 11시도 안 되었으니 마음이 여유롭다. 행정리에 들어서니 '삼거리다방'이라는 찻집이 보인다. 추억의 다방을 볼 수 있다는 것이 왜 그리 반갑게 느껴지는 것일까?

빗물을 가득 머금은 풀들이 발목을 붙잡는 논두렁길, 세종시 소정면 운당리.

비도 피할 겸 느긋하게 쉬어가자. 문이 활짝 열려 있으나 손님은
아무도 없고 주인도 보이지 않는다. 1970~1980년대 시골의 정
취가 그대로 남아 있는 옛날식 다방이다. 물에 빠진 생쥐 꼴인 나
그네가 쉬어가기 딱 좋다. "차 한잔 마실 수 있습니까?" 인기척
을 내고 배낭을 탁자 위에 내려놓는다. 50대 중반의 주인아주머
니가 내실에서 졸다가 나와 추레한 모습의 외지 손님을 보고 당
황해한다. 비에 젖은 모습이 안돼 보였는지 수건을 건네준다. 이
런 날 어떤 차를 마셔야 좋은지 물었더니 따끈한 대추차를 권한
다. 차를 끓이는 동안 배낭을 풀어 헤쳐 젖은 양말을 갈아 신고 신
발 속 물기를 닦아낸다. 휴대폰에 무선 자판을 연결하여 지나온

일정을 간략하게 정리하면서 차 한잔의 여유를 즐긴다. 창 너머 텃밭에는 고추와 상추, 쑥갓, 부추 등 갖가지 푸성귀가 빗물에 젖어 더욱 싱싱해 보인다. 저 정도면 몇 식구가 먹기에 충분하고 이웃에게도 넉넉하게 나눌 수 있겠다. 비 오는 날 한적한 시골 다방의 창가에 앉아 김이 모락모락 올라오는 따끈하고 달달한 차를 마시는 기분을 어디에다 비교하겠는가. 그래, 바로 이거야. 낯선 곳에서의 안락함이 여행의 즐거움과 낭만이 되어 더할 나위 없는 행복감에 젖어 든다. 얼마 전에 책에서 읽었던 "휘게 라이프 (Hygge Life)"가 이런 것이구나 하는 생각이 든다. 휘게는 함께할 때 행복감이 커진다고 했는데, 나는 혼자다.

따뜻한 대추차를 다 마셔갈 무렵 동네 친구 사이로 보이는 할아버지 두 분이 들어오신다. 이분들이 못마땅한 듯한 얼굴로 자꾸 나를 쳐다보는데, 뭐가 잘못되었나? 알고 보니 뜨내기손님인 내가 그분들의 넓은 지정석을 차지한 모양이다. 눈치 빠른 주인아주머니는 내게 양해를 구하고 휴대폰 충전 코드가 있는 구석의 테이블로 자리를 옮겨준다. 창밖에는 처마에서 떨어지는 빗소리가 들리고 한쪽 구석에 낡은 TV는 정치 문제를 토론하며 혼자 떠들고 있다.

녹슨 차령고개와 태조의 훈요십조

대평리에 들어섰다. 왼편에는 넓은 들판이, 오른편에는 산이 보인다. 휴대폰에서 익숙하지 않은 벨 소리가 울린다. 집에서 온 화상통화다. 화상통화를 거의 사용하지 않아 벨 소리가 낯설게 들렸다. 서울에는 비가 많이 온다는데 나의 상황이 궁금한 모양이다. 다행히 이곳은 비가 내리지 않아 주변의 산뜻한 풍경을 보여줄 수 있다. 벙거지에 우의를 덮어쓰고 걷는 모습을 잠시 중계한다. 출발 전부터 아내는 조바심이 가득하여 무리하지 말고 천천히 쉬었다가 가라 하고, 아들은 다리가 불편하다는 말을 들어서인지 무릎을 특히 조심하라고 충고 아닌 충고를 한다. 든든한 응원꾼들이 있어 큰 힘이 되지만, 온 가족에게 걱정을 끼쳐 미안하다.

대평리를 지나자 점점 경사가 가파른 길이 산으로 이어진다. 숲이 우거진 도로의 고갯길에 접어들었는데 난데없이 '노인보호구역, 제한속도 30킬로미터, 속도를 줄이시오'라는 도로표지판이 나타난다. 어린이보호구역은 알고 있는데 이 산길에 노인보호구역이라니 의아하다. 고개를 넘으면 피덕마을인데, 시골에 노인분들이 많이 살고 있어 여기서부터 보호구역으로 지정되었나 보다.

12시 50분쯤 차령고개를 넘는다. 차령은 중부지방과 남부지방의 경계를 이루는 금북정맥이 지나는 곳이고, 공주에서 천안으로 통하는 시 경계로서 호남지방에서 한양으로 넘나드는 삼남

차령고개 올라가는 옛 길, 천안시 광덕면 원덕리.

대로의 가장 큰 고개로 유명하다. 고개 양쪽의 산봉우리가 쌍으로 솟아 있어 옛날에는 쌍용고개라 불렸다. 도롯가에는 백제의 고도 공주에 온 것을 환영한다는 안내판과 천안에 또 오라는 환송의 안내판이 번갈아 인사를 건네고 있는데, 오가는 길손은 나 혼자뿐이다.

고갯마루에는 한때는 명물이었을 것임이 틀림없는 '차령고개'라고 새겨진 커다란 바윗돌도 서 있다. 서울과 남도를 오가는 수많은 사람이 북적거렸을 휴게소 터에는 카페와 식당과 펜션들이 자리를 차지하고 있다. 삼남대로가 지나가던 이 길은 고속도로에 통행인을 내주고, 23번 국도마저 산 밑으로 차령터널이 뚫리면서 인적이 드문 오솔길이 되었다. 활처럼 굽어진 옛 도롯가에는 차령휴게소 표지판이 옛날의 영화를 쉬이 잊지 못하고 무명용사의 철모처럼 녹슨 채 남아 있다. 그리 오랜 세월이 지나지도 않았을 터인데 옛 선인들의 발자취와 사연이 가득한 고갯길이 이렇게 빨리 퇴색할 수도 있을까. 아니다. 사람들의 편의에 따라 길은 쉽게 나기도 하고 아무렇게나 버려지기도 한다. 그만큼 이용했으면 인간 스스로 자연에게 다시 돌려줄 수는 없을까?

차령고개 이야기에서 고려 태조의 '훈요 10조'를 빼놓을 수 없다. '훈요 10조'에는 차령 남쪽 공주강(금강) 밖의 산세가 모두 북쪽을 등지고 달아나서 인심의 변란이 많으니 그쪽 사람들은 비록 양민이라도 조정에 기용하지 말라는 내용이 있다. 후삼국 시대 통일 전쟁을 치르면서 이 지역 사람들에게 곤욕을 치른 왕건이 죽음에 이르러 측근 박술희에게 남겼다는 얘기이다. 그러나 '훈요 10조'가 왕건 사후 50년 이상이 지난 후 신라계 공신의 개인 집에서 나왔다는 점, 태조의 둘째 부인이 나주 사람인 점, 유일하게 임종을 지키면서 태조의 유훈을 받든 박술희나 심복 신숭겸, 그리고 스승인 도선선사 등이 모두 전라도 출신이라는 점, 그리고 후백제 멸망 후 전라도 사람들은 이렇다 할 반역을 하지 않았다는 점에서, '훈요 10조'는 신라계 사람들이 백제계 사람들을 제거하기 위해 조작되었을 가능성이 있다는 위작설이 매우 설득력 있게 다가온다.* 지역 간의 갈등은 언제나 존재하기 마련

---

* 김갑동, 「왕건의 '훈요 10조' 재해석: 위작설과 호남지역 차별」, 《역사비평》 통권 60호

차령고개 밑을 뚫고 지나가는 23번 국도(위)와 폐쇄된 옛 도롯가에 누운 채 서 있는 차령휴게소 표지판(아래), 공주시 정안면 인풍리.

삼남대로가 지나가던 이 길은 고속도로에 통행인을 내주고,
23번 국도마저 산 밑으로 차령터널이 뚫리면서
인적이 드문 오솔길이 되었다.

이고, 이러한 갈등을 잘 관리한다면 오히려 경쟁적 발전과 대통합의 촉매가 될 수도 있었을 것이다. 위작설이 맞다면, 세 나라가 하나로 통합되는 초기에 당연히 존재하는 갈등을 봉합하지는 못할망정 오히려 자기 정파에 유리하도록 이용하는 한심한 정치 세력이 이때도 존재했다는 것이다. 지역 간 갈등의 뿌리는 이렇게 깊다. 남아 있는 지역감정도 차령고개의 표지판처럼 쉬이 녹슬었으면 좋겠다.

산속 황토숯가마 찜질방에서의 절대 자유

오후 1시가 넘었다. 차령고개에서 옛 도로를 따라 내려오는 산기슭에 식당과 참숯가마찜질방이 있다. 오는 도중에 방울토마토를 몇 알 먹긴 했으나 아침을 먹은 지 거의 여덟 시간이 되었으니 시장기가 많이 든다. 이곳은 오리와 닭을 전문으로 하는 식당이다. 닭백숙을 먹고 싶으나 한 마리를 통째로 주문해 혼자 다 먹을 수 없어 삼겹살을 주문한다. 구운 삼겹살에 풋고추와 마늘 한 조각을 얹은 상추쌈이 꿀맛이다. 식당에서 느긋하게 점심을 먹고 세상 부러울 것 없는 포만감 속에서 자판기 커피도 한잔 뽑아 홀짝거린다. 오늘의 목적지는 여기에서 한 시간 정도만 더 가면

(2002년 가을호), 역사비평사, 249~268쪽.

도달할 수 있으니, 미리 잠자리를 예약하고 찜질방에서 두세 시간 쉬었다 가도 되겠다.

그런데 이게 무슨 일인가? 오늘의 숙소로 생각했던 광정리의 모텔에 전화했더니 방이 없단다. 이유인즉 주변 공사장에서 일하는 외국인 일용노동자들이 방을 모두 차지했기 때문이다. 급히 다른 숙소를 검색해 보니 경로에서 18킬로미터 떨어진 공주까지 가야 숙소가 나온다. 앞으로 네 시간을 더 걸어야 한다. 차라리 잘 되었다. 오늘 일정을 여기에서 마무리하고 찜질방에서 자고 가라는 운명이다. 그러나 식당 주인은 찜질방은 주인이 따로 있고, 밤 10시면 문을 닫는다고 한다. 식당에서 잠을 잘 수 있느냐고 조심스럽게 부탁했더니 답은 예상대로 'no'이다. 마곡사 쪽으로 가면 숙박시설이 많으니 그쪽으로 가라고 한다. 비는 쏟아지는데 갑자기 비상 상황이 되어 머리가 혼란스럽다. 마곡사는 언제든지 가보고 싶은 절이다. 검색해 보니 거리가 공주보다 먼데다 경로에서 많이 벗어나 있다. 옆 테이블의 아저씨가 딱한 사정을 듣고 있더니 귀띔해 준다. 찜질방이 밤에 문을 닫지만, 예전에는 24시간 운영했었고 숯가마 사장님이 기거하고 있으니 부탁해 보면 혹시 재워 줄지 모른다고.

비는 그칠 기색이 없다. 기대에 부풀었던 참숯가마찜질방으로 올라가는 발걸음이 무겁다. 서울에서 출발하기 전부터 이곳에 꼭 들러 보리라 눈여겨보고 있었다. 난생처음 들어와 본 숯가마찜질방이다. 비에 젖은 옷 대신 사우나복으로 갈아입는 것만으로도 기분이 좋아진다. 찜질방에는 주말인데도 손님이 많지 않다. 나이 지긋한 부부 두 쌍과 노모를 모시고 온 젊은 부부 한 가족, 이렇게 10여 명이 전부다. 이 빗속에 손님이 많을 리가 없다. 몇 개의 방이 보이는데, 저온방, 중온방, 꽃방이 있고, 방 가운데 숯불을 피워 놓은 숯방이 있다. 꽃방의 문을 열자 지옥의 불꽃이라도 나오듯이 열기가 훅 뿜어져 나온다. 너무 뜨거워 들어갈 수가 없다. 분주히 움직이고 있는 사장님에게 숯가마에 대해 이것저것 물어보기도 하고 먼저 호감을 보이면서 의도적으로 접근한다. 그는 서울에서 살다가 3년 전에 숯가마를 인수하여 직접 숯을 굽는다고 한다. 훤칠한 키에 미남형이어서 그런 일을 할 사람으로 보이지 않는다. 오늘 여기에서 묵으려면 이 사람을 잘 설득해야 한다.

여기는 가마가 모두 다섯 개인데 매주 하나씩 순차적으로 숯을 굽는다. 찜질방은 구워진 숯을 빼낸 가마의 남은 열기를 이용하는데, 어제 막 숯을 뺀 방은 불꽃이 아직 살아 있는 듯하여 꽃방이란 이름이 붙여졌다. 매주 금요일에 숯을 빼낸다고 하는데 고온방은 1주일 전에, 저온방은 2주일 전에, 숯방은 3주일 전에 숯을 빼 방마다 단계적으로 온도 차이가 난다. 한 가마에서 500킬로그램 정도의 숯이 나오는데 참나무가 자그마치 5톤이나 들어간다고 한다. 이런저런 얘기를 하다 본론을 꺼낸다. 결국 이용료를 몇 푼 더 내고 아무도 없는 찜질방에서 하룻밤 묵고 가는 것으로 승낙을 받았다. 숙소가 해결되니 모든 걱정이 일시에 눈 녹듯이 사라져버리고 마음의 평화가 찾아온다. 지금이 오후 3시인데 내일 아침까지 지루할 정도로 많은 시간이 확보되었다. 비 내리는 고즈넉한 산속 숯가마 찜질방에서 마음껏 뒹굴어도 된다. 온도가 각기 다른 방을 기분 내키는 대로 오가면서, 원적외선이 가득하다는 황토 숯가마 속에서 열기를 즐기면 된다.

아무런 구속이 없는 절대적 자유는 관념적으로만 존재하겠지만, 지금이 여기에 가장 근접하지 않은가 하는 생각이 든다. 따끈따끈한 찜질방에서 한참을 지져대고 나면 무릎의 통증과 비염이 모두 사라졌으면 좋겠다. 땀이 비 오듯 흘러나온다. 처음엔 이마에 삐죽삐죽, 다음엔 콧잔등에 송글송글, 다음엔 가슴팍에 간질간질. 땀은 이제 더 거리낄 게 없다면서 이마를 타고 주르륵 흘러내리고 가슴골에도 가느다란 땀줄이 생겨 줄줄 흐른다. 나흘 동안 120킬로미터를 걸으면서 쉼 없이 습한 열기를 배출했던 땀구멍들이 물 만났다는 듯이 일제히 문을 활짝 열어젖혔다. 땀으로 옷을 얼마나 적실 수 있는지, 몸은 열기를 얼마나 버틸 수 있는지 끝까지 견뎌보자. 누가 이기나 보자. 아니, 이러다가 탈진할 수도 있겠다. 더운 것은 참겠는데 온몸의 진기까지 모두 빨려 나가는 것 같아 이쯤에서 타협해야겠다. 숯가마 밖으로 뛰쳐나왔다. 휴게실의 엷은 비닐문 밖에는 아직도 굵은 빗방울이 두둑두둑 내린다. 땀으로 흠뻑 젖은 옷에서는 김이 모락모락 피어오른다. 한바탕 쏟아낸 땀으로 그동안의 피로가 다 풀린 것 같다. 문틈으로 불어오는 시원한 산바람이 너무나 상쾌하다. 발갛게 달아

장대 같은 빗줄기 속에 하룻밤 묵어간 황토 참숯가마찜질방, 공주시 정안면 인풍리.

오른 뺨이 어린아이의 볼처럼 보드라워졌다. 휴게실 평상에 앉아 비닐 창 너머로 줄기차게 쏟아지는 빗방울을 멍하니 바라본다. 어릴 적 행랑채 초가지붕 위에 추적추적 내리던 빗소리가 떠오른다.

이제 남은 일은 저녁밥을 먹고 자는 것뿐이다. 찜질방에서 오후 내내 호사를 부리다가 저녁 7시쯤 다시 식당으로 내려간다. 식당에는 손님이 없어 주인과 주방 아주머니가 식사하고 있다. 주방 아주머니는 낮에 한 번 봤던 손님이라고 메뉴에 없는 반찬까지 듬뿍 가져다주고 오래전부터 아는 사람처럼 대해 준다. 아무도 없는 찜질방에서 지내는 것보다 사랑방 같은 식당에서 한

두 시간 동안 놀다 가는 것이 낫겠다. 잠시 후, 인근에서 사는 마을 농부 한 분이 작업복 차림으로 들어온다. 밤농사를 짓는다고 한다. 3만 5천 평의 산에서 한 해 몇백 가마의 밤을 수확하는데, 이것도 인건비와 산짐승 때문에 힘들다고 한다. 요즘 노는 사람이 많다고는 하지만, 밤나무 가지 치는 인부의 하루 노임이 17만 원이고 잡부도 13만 원이란다. 멧돼지 피해도 크다. 이놈들이 어떻게 아는지 벌레 먹거나 작은 밤은 입도 대지 않고 잘 익어 반질반질 윤이 나고 알이 굵은 일등품만 기가 막히게 골라 먹어 버린다고 한다. 뻥뻥 총소리를 내는 동물 퇴치기를 설치했는데 이마저 고장이 잦아 멧돼지 가족에게 당하기 일쑤란다. 낯선 사람들과 한 공간에서 그들이 사는 얘기를 듣는 것도 여행의 큰 재미이다.

찜질방으로 다시 올라오니 노모를 모시고 온 젊은 부부만 남았는데, 이들마저 떠날 채비를 하고 있다. 문 닫을 시간이 다 되어가고, 하나둘 찜질방의 불이 꺼진다. 창밖의 외등은 사선으로 빗겨 내리는 빗방울을 놓치지 않으려고 불빛을 세밀히 투사하고 있다. 주인은 벌써 자는지 외출했는지 기척이 없다. 손님들이 모두 빠져나간 텅 빈 찜질방의 휴게실이 오늘의 잠자리이다. 오락가락 내리는 비는 이따금 장대비로 변하여 바람과 함께 몰아치기도 한다. 이 비가 언제 그치려나. 숯가마찜질방의 원적외선 덕분인지 몸의 컨디션은 거의 회복된 것 같다.

내일 경로를 어떻게 할 것인지 고민이다. 낮에 식당에서 들었던 마곡사가 종일 뇌리에 남아 있다. 생각이 많아진다. 경주하듯이 남으로만 내달리면 뭐 하나. 서쪽으로 살짝 비켜 가서 마곡사의 정기를 받아 가는 것도 좋지 않을까? 누가 시킨 것도 아니고 나 스스로 정한 길인데 경로를 수정해도 괜찮다. 이 기회에 절에서 하룻밤 묵는 것도 좋은 경험이다. 비록 거리상 후퇴하더라도 대가는 충분할 것이다. 하루가 지연되더라도 내일 마곡사에 가보자. 혹시 스님들로부터 좋은 말씀이라도 들을 수 있지 않을까? 아직 창밖에는 비바람이 거세지만 마음은 벌써 마곡사에 도착한 듯 고요하고 평화롭다.

오늘 숯가마찜질방 일정은 3일간의 강행군 후에 취한 보약 같은 값진 휴식이었다. 출발점에서 차령고개 너머 숯가마찜질방까지 20.37킬로미터를 걸었다. 하루 목표보다 10여 킬로미터를 덜 걸었다. 그래, 좀 쉬어갈 때도 있어야지!

【천안IC-응원리-남천안IC-도장리-소정면 대곡리-소정육교삼거리-소정면사무소-소정리역-KCC 앞-운당교차로-중보들-광덕면 구정사거리-행정2리-행정교차로-대평1리(대평원)-피덕마을-원덕2리(원터)-차령고개-정안면 인풍리(밤골농장 참숯가마찜질방)】

5장 정적이 흐르는 산사의 밤

섣부른 용기

아무도 없는 산중의 숯가마찜질방에서 홀로 밤을 보낸다는 생소함 때문에 잠을 자면서도 귀는 반쯤 열려 있다. 계속 뒤척이면서 빗소리가 점점 작아지는 소리를 들었다. 어둠이 어딘가로 내몰리는 소리를 듣고 있다. 아직은 어둠이 천지를 지배하고 있지만, 분명히 새벽이 오고 있다. 눈은 점점 말똥말똥해지고 온몸의 근육이 더는 늘어져 있을 수 없다고 일제히 아우성치는 바람에 자리를 박차고 일어난다. 첫새벽에 숯가마에 들어앉아 땀을 흘리면서 명상에 잠기는 것도 좋겠다. 찜질방이 온전히 내 차지다. 전등 스위치를 찾지 못해 희미한 어둠 속에서 숯가마로 간다. 그 순간 바로 앞에서 무언가 휙 스치고 지나간다. 산짐승일까?

머리카락이 쭈뼛 서고 온몸에 소름이 쫙 돋는다. 남아 있던 잠도 사라져버린다. 상황을 보니 불쌍한 고양이가 평소와 같이 아무도 없다고 생각하고 따뜻한 숯가마에 등을 기대고 늘어지게 잠을 자고 있었던 모양이다. 나도 어지간히 놀랐는데 그놈도 기겁했으리라 생각하니 미안하다. 가슴을 쓸어내리고 숯가마 속 멍석 위에 가부좌를 틀고 앉아 도인의 흉내를 내본다. 절간보다 몇 배 더 고요하고 적막하다. 밖에는 진즉 비가 그치고 산들바람이 불고 있으나 등줄기와 가슴팍에는 바람 한 점 없이 다시 빗물이 흐른다. 오금이 저리다 못해 마비된 듯하다. 저린 발을 겨우 끌고 밖으로 나와 땀에 흥건히 젖은 몸을 새벽바람에 맡긴다. 형언하기 어려운 상쾌함이 온몸에 절절히 배어든다.

행장을 꾸리고 운동화를 신는데 신발 바닥의 고무가 조각나 떨어져 나간다. 헬스장에서 5년 넘게 신었던 신발이다. 걷다가 헤지면 언제든지 버릴 생각으로 배낭에 운동화 한 켤레를 여분으로 넣어뒀으니 전혀 문제는 없다. 찜질방을 나서니 7시 10분이다. 오늘 출발은 다른 날보다 한 시간 늦었다. 마곡사까지는 반나절이면 갈 수 있는 거리이다. 하늘이 잔뜩 찌푸리고 있으나 걷기에는 오히려 좋은 날씨다.

광정리로 가는 길가 가로수에는 삼남길 여행자들이 묶어놓은 초록과 주황색 리본이 매달려 있다. 광정삼거리에서 유구로 향하는 604번 지방도로 접어든다. 마곡사 가는 길은 가끔 차 한두 대가 오가는 한가한 도로이지만, 편도 1차로 길이고 속도를 내

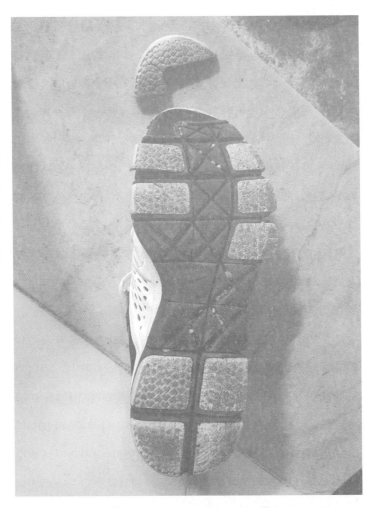

고무 조각이 떨어져 버린 신발, 줍나 궂지 정인면 인중린.

광정리 길가 가로수에 묶어놓은 삼남길 리본, 충남 공주시.

서 질주하는 차들이 가끔 있는지라 방심할 수 없는 길이다. 이럴 때마다 자동차를 피할 수 있는 샛길이나 농로가 없는지 두리번거리게 된다. 지도를 보니 도로는 산을 크게 돌아서 북서쪽으로 5킬로미터 정도 가다가 다시 남서쪽으로 휘어 내려오고 있다. 저 산허리를 넘을 수 있다면 차도 피하고 시간도 단축될 텐데. 산이 꽤 높아 보이나 그 너머에도 마을이 있으니 틀림없이 산을 넘는 길이 있을 것이다. 산길이 다소 험할 수도 있으나 가지 못할 길이 어디 있으랴. 한번 도전해 보자.

산 아래 월산리까지 길 양옆으로 논이 계속된다. 지나가던 동네 할머니께 길을 물었다. "할머니, 저기 보이는 산을 넘는 길이 있나요?" "뭔 길이 있겠어." 하시면서도 "저기 안골까지 가면 그 뒤로 넘어갈 수는 있을걸? 왜 산을 넘으려고 해? 등산 왔는감?"

월산마을에 들어서자 모내기를 하려고 경운기에 모판을 잔뜩 싣고 있는 젊은 부부를 만났다. 저 산을 넘어서 마곡사로 갈 수 있느냐 묻자 되돌아가서 버스를 타는 것이 좋을 것이라고 한다. 이미 2킬로미터 정도 들어왔으니 돌아가기는 너무 아쉽다. 한참 더 들어가자 지도상으로 막다른 길에 다다르기 직전에 구세주 같은 할아버지 한 분을 마주쳤다. "할아버지, 이 산을 넘으려는데 혹시 길이 있을까요?" 할아버지는 손을 이마에 올리고 옅은 안개구름이 흘러 다니는 산골짜기를 가리키면서 "지금은 안개가 가려서 잘 안 보이는데 저기 세 번째 골짜기로 들어서면 넘어가는 길이 있어. 예전에 산 너머 사람들이 정안으로 장 보러 다니던 길이지." 산 너머 유룡리가 할아버지 외갓집이어서 젊었을 때는 자주 다녔다고 하신다. "쭈욱 올라가면 포장길이 끝나는데 거기서 조금 더 가면 키가 큰 아름드리 낙엽송이 나올 것이여. 낙엽송을 끼고 오른쪽 길로 개울을 따라 올라가야 해. 두 번째 골짜기는 무시하고 계속 가다가 세 번째에서 우측 계곡을 따라 올라가. 그러면 유룡리로 넘어갈 수 있어." 산을 넘는 데 얼마나 걸리냐고 물었더니, "젊은 사람이니 골짜기에서 꼭대기까지 한 20분이면 될 거여. 그런데 지금은 사람들이 다니지 않아 가시덤불이 많을 텐데…… 내려가는 길은 산을 쳐내서 쉽게 갈 수 있어." 할아버지는 마치 엊그제 다녀온 것처럼 명확하게 말씀하신다.

너무나 생생하고 확실한 정보다. 산을 넘는 데 30~40분이면 될 것 같다.

　포장도로가 끝나고 본격적인 산행이 시작되는 지점에 페인트가 다 벗겨진 등산 안내판이 풀숲에 숨어 있다. 갈미봉이라는 이름만 희미하게 남아 있을 뿐, 다른 부분은 알아볼 수가 없다. 주변을 살펴보니 등산로인 듯한 길이 있지만, 풀과 나무가 자라 어디가 길인지조차 구분하기 어렵다. 한참을 가도 할아버지가 말씀하신 낙엽송은 나오지 않는다. 길은 뚜렷하다가도 희미해지고 사라졌다가 다시 나타나기도 한다. 첫 번째와 두 번째 골짜기를 무시하고 세 번째 골짜기로 우회전한다. 물길인지 등산로인지 분간이 어렵지만 어렴풋한 계곡 길을 헤치며 올라간다. 숲이 점점 어두워지는 것을 보니 산이 깊어지고 있다. 계곡이 끝나가면서 급경사가 시작된다. 길의 흔적이 사라진 지 오래여서 동물적 감각만으로 숲을 헤친다. 곧 고갯마루가 나올 것이라 생각했지만, 30분을 넘게 등산했는데도 여전히 오르막이다.

　할아버지 말씀대로라면 벌써 고갯마루에 올랐다가 내려가야 할 시간인데, 뭔가 잘못된 것 같다. 경사는 갈수록 급해져 산짐승들의 미끄러진 발자국이 선명하다. 주변에 뾰족한 발굽 자국이 많고 진흙이 파인 것으로 보아 멧돼지 발자국임이 틀림없다. 땀으로 뒤범벅이 된 얼굴을 훔치고 잠시 경사면에 등을 기대고 거친 숨을 몰아쉰다. 목을 축이면서 휴대폰을 확인한다. 지도에는 내 위치가 첩첩산중에 파란 점으로 표시되고 있다. 방위는 알겠으나 어디가 길인지 알 수가 없다. 오전 시간이고 휴대폰이 정상적으로 작동되고 두세 끼 먹을 미숫가루와 물도 있으니 크게 걱정은 없다. 얼마나 체력 소모를 덜 하고 여기를 빠져나가는가가 문제이다. 곱게 포장된 아스팔트 길을 두고 이 무슨 고생인지 헛웃음이 나온다. 산을 쉽게 보았던 대가이다. 산등성이를 타는 것이 좋겠다. 대부분의 산길은 계곡이나 능선으로 나 있기 때문이다. 빽빽한 나무숲 사이로 하늘이 보이는 능선을 향해 전진을 계속한다. 이제는 애초에 넘으려던 고갯마루보다 갈미봉 정상이 더 가까워졌다. 어느 계곡에 길이 숨어 있는지 알 수가 없으니 차라리 정상으로 가자. 일단 정상에 도착하면 살아 있는 등산로를 만날 수도 있고 상황 파악이 쉬울 것이다. 천신만고 끝에 능선에 올라섰다. 난데없이 고라니 한 마리가 쏜살같이 도망간다. 화들짝 놀라 등산 스틱을 곧추세운다. 엊저녁 찜질방의 고양이처럼 갑자기 나타난 불청객 때문에 심히 놀랐으리라. 예상했던 대로 평지와 다름없는 완만한 경사에 선명하게 보이는 길이 나타나고 곧이어 갈미봉 정상에 다다른다. 해발 515미터의 정상에는 꽤 넓은 마당이 있고 헬기 착륙장도 있다. 아쉽게도 짙은 구름이 앞을 가려 내려가는 길을 파악하는 데 큰 도움이 되지 않는다. 정상에서 등산로를 따라 남쪽으로 어느 정도 내려왔다고 생각되자 지도상으로 확인되는 가장 가까운 서쪽 도로를 향하여 다시 한번 미끄럼 타듯 내리막길 모험을 감행한다. 경사도가 45도 이상 될 것 같다. 계곡으로 들어서니 작년에 떨어졌던 낙엽이 아직 썩지

과수원 언덕배기에 노랗게 핀 양지꽃 무리, 충남 공주시 사곡면 유룡리.

않고 수북이 쌓여 무릎까지 빠진다. 계곡을 따라 한참을 내려가
자 사방댐이 나타나고 드디어 자동차 바퀴 자국이 선명한 임도
가 나타난다. 무사히 탈출에 성공했다는 안도의 한숨이 나온다.
야트막한 야산의 과수원에는 감나무 새싹이 파릇파릇 돋아나고,
언덕배기에는 노란 햇병아리 같은 양지꽃이 흐드러지게 피어
있다. 소박한 꽃들이 모여 화려한 광경을 연출하는 모습을 보니
지금까지의 고생이 눈 녹듯 사라진다. 혼자 보기가 아까워 사진
을 아내에게 보낸다. 위대한 자연은 사람의 마음을 들었다 놨다
한다.

12시쯤 다시 604번 도로에 합류한다. 자동차를 피해 지름길

미륵사 입구 운암마을의 수호신인 장승(큰 이름을 가진 석장승과 무장승 두 쌍이 서있다), 충남 공주시 사곡면 운암리.

로 간답시고 길도 없는 500고지를 기고 뒹굴다시피 오르내리면서 두 시간 남짓한 거리를 거의 세 시간에 걸쳐 걸어왔다.

마곡사 순례

마곡사 입구의 계곡을 따라가는 길가에는 운암리 마을의 수호신을 모시는 장승 제단이 있다. 제단 좌우로 커다란 당산나무가 있고 나무 아래는 마을을 지키는 수호 장승 넷이 서 있다. 돌과 나무로 만든 같은 이름의 장승 두 쌍이 서로 마주 보고 서 있다. 목장승의 수명이 짧아 내구성이 강한 석재로 장승을 만들었고 신구 장승이 임무 교대를 하는 것인지 궁금하다. 20여 년 전 처음 마곡사에 왔을 때, 계곡을 따라 올라가는 절 입구의 풍경은 화려하지도 않지만 은은한 아름다움이 있었고, 사찰의 건물 역시 꾸미지 않고 온갖 비바람을 이겨내면서 나이가 들어간 잿빛 기둥들이 천년 역사의 진솔함을 보여주었던 것으로 기억된다. 이렇게 소박한 정취와 고즈넉한 산사의 분위기가 좋다. 봄꽃들이 어우러지고 나무에 새순들이 돋아나는 마곡사의 봄 경치가 얼마나 아름다우면 "춘마곡(春麻谷) 추갑사(秋甲寺)"라는 말이 생겼을까.

오후 2시 55분이다. 일주문을 들어서자 큰 행사가 끝났는지 휴일 인파가 줄지어 빠져나가고 있다. 어제와 오늘 이틀 동안 산

마곡사에서 가장 오래된 건물 영산전(위)과 마곡사 대웅보전을 향하는 냇길의 징검다리(아래), 충남 공주시 사곡면.

길게 늘어진 색색 가지 연등 행렬도 징검다리를 따라 함께 건너고 있다.
내를 건너 낮은 비탈에 오르면 산으로 날아갈 듯한 대웅보전의 모퉁이로
연결된다.

사 음악회와 야생화 전시회, 먹거리 마당 등이 마련된 '마곡사 신록축제'가 있었다. 대중과 함께하는 종교라야 살아 있는 종교이고 중생과 유리된 절은 스님들만의 절이라 생각되지만, 왠지 절과 축제라는 단어가 썩 잘 어울리지 않는다는 생각이 든다.

번뇌에서 벗어난다는 해탈문(解脫門)과 동서남북의 불법을 수호하는 사천왕상이 있는 천왕문(天王門)을 지나면, 영산전이라는 오래된 전각이 있고 바로 옆에는 스님들이 좌선 수행하는 태화선원이 있다. 영산전은 과거칠불과 현겁의 천불이 봉안되어 천불전이라고도 하는데, 마곡사에 있는 건물 중 가장 오래되었다. 영산전 앞마당에는 젊은 외국인 부부가 겨우 걸음마를 떼고 있는 아이를 데리고 사진을 찍고 있다. 주한 미군인데 한국의 자연과 사찰 풍경들이 너무 좋아서 주말이면 여기저기 찾아다니면서 휴일을 즐긴다고 한다.

극락교를 건너지 않고 연등이 늘어선 계곡을 따라 좀 더 올라간다. 짙은 녹음 아래로 산사를 감싸 흐르는 물길이 평지처럼 낮고 넓어지는 지점에 내를 건너는 징검다리가 있다. 대웅전 쪽으로 가는 샛길이다. 길게 늘어진 색색 가지 연등 행렬도 징검다리를 따라 함께 건너고 있다. 내를 건너 낮은 비탈에 오르면 산으로 날아갈 듯한 대웅보전의 모퉁이로 연결된다. 대웅보전은 임진왜란 때 소실되었다가 조선 효종 2년인 1651년에 중수되었다. 외관상으로는 2층 건물이나 내부는 하나의 공간이다. 전각 내부에 있는 싸리나무 기둥을 안고 돌면 아들을 낳는다는 재미있는 설화가 전해진다.

색다른 사람들을 만난다. 남미풍의 구레나룻이 거뭇거뭇한 외국인들 여남은 명이 개량 한복인 황토색 템플스테이 단체복을 입고 건물 안팎을 둘러보면서 연신 사진을 찍는다. 멕시코에서 온 치과의사 20여 명이 의학 세미나에 참석차 한국에 왔다가 1박 2일 템플스테이를 한다고 한다. 이들 눈에는 우리나라의 전통 사찰이 어떤 모습으로 비칠까? 유럽의 성당이나 교회는 사람들이 찾아가기 쉬운 도시 인근에 자리 잡고 있으나 우리나라의 절은 인적이 거의 없는 깊은 산중에 위치한다. 경주의 황룡사지나 익산의 미륵사지처럼 통일신라 이전에는 사찰이 주로 도심 평지에 있었으나 조선시대의 억불 정책으로 인한 불교 탄압으로 절이 산중으로 내몰렸다고 한다. 그러나 훨씬 이전 신라나 고려 때 건립된 절들도 대부분 깊은 산중에 있으니 정확한 답이라 할 수 없다. 도교의 영향으로 산은 우리 민족이 예로부터 신성하게 여기던 곳이고 불교의 교리 자체가 속세의 영달이나 욕심을 떠나 자기 수양을 통해 불도를 깨우치는 것이므로 스님들에게는 산중이 수행하기에 가장 적합한 장소로 여겨졌을 것이다. 대중을 교화하는 포교의 관점에서 보면 신앙의 수요자인 대중보다는 공급자 중심의 사고가 반영된 결과라고 생각된다.

대웅보전에서 오색연등 터널 장식의 계단을 따라 내려가면 마곡사의 중심 법당인 대광보전이 자리한다. 자연석을 다듬어 쌓은 기단 위에 정면 다섯 칸, 측면 세 칸 규모의 팔작지붕 건물로

마곡사의 중심 법당 대광보전, 충남 공주시 사곡면.

대웅보전과 마찬가지로 채색이 오래되어 소박하게 보인다. 이중 처마와 아름드리 기둥 위에 얹힌 섬세한 처마 장식은 백발의 노 신사처럼 건물의 품격을 조용하게 드러내고 있다. 그러나 건강 이나 시험 합격, 승진, 득남득녀, 사업 번창 등의 소망을 축원하 기 위하여 인등*을 밝히고 기도를 유도하는 안내문과 함께 축원 기도비 금액이 식당의 메뉴판처럼 커다랗게 벽에 붙어 있는 것 이 아쉽다. 그것도 생일과 49일, 백일, 1년 등 기간에 따라 가격이

---

* 인등은 일 년 내내 밤낮으로 꺼지지 않는 불을 부처님 전에 밝히는 진리의 등불로 부처 님의 가호력에 힘입어 소망을 담아 가족 한 사람 한 사람이 건강하고 평안하길 발원하 며 정성으로 기도하는 것이 바로 인등을 켜는 의미이다.

다르고 관음전과 나한전 등 불전에 따라 가격이 매겨진다는 것이 산사의 고결함을 한순간에 뭉개버린다. 돈으로 소망을 살 수 있을까?

대광보전 옆에는 대한민국 임시정부 주석이며 독립운동 지도자인 백범 김구 선생이 1898년 원종(圓宗)이라는 법명으로 잠시 출가 수도했다는 백범당이 있고, 그가 심었다는 향나무가 있다. 1896년 명성황후 시해에 대한 분노로 황해도 안악에서 일본군 중좌를 살해한 혐의로 투옥되었던 백범이 인천교도소를 탈옥해 이곳 마곡사에 은거했고, 광복 후 이곳을 다시 찾아 그때를 회상하며 향나무 한 그루를 심었다고 한다. 조선시대의 도참비결서인 『정감록』에서는 마곡사 일대를 전란을 피해 몸을 보전할 수 있는 열 군데의 장소, 즉 십승지지(十勝之地) 중 한 곳으로 기록하고 있다. 백범 선생이 은거 장소를 이곳으로 택한 이유가 될 법도 하다. 태화산으로 올라가는 계곡에는 백범 선생이 승려가 되기 위해 삭발했던 터가 있다. "나는 중이 되기로 승낙했다. 얼마 뒤에 사제(師弟) 호덕삼(扈德三)이 머리털을 깎는 칼을 가지고 왔다. 냇가로 나가 삭발진언(削髮眞言)을 쏭알쏭알 하더니 내 상투가 모래 위로 툭 떨어졌다. 이미 결심은 했지만 머리털과 같이 눈물이 뚝 떨어졌다."*

---

* 김구, 도진순 주해, 『백범일지』, 도서출판 돌베개, 2013, 153쪽.

이방인들의 템플스테이

극락교 바로 옆에는 범종루가 있고, 공양간과 종무소를 비롯하여 여러 채의 요사채가 들어서 있다. 오후 4시가 다 되었다. 이제 잠자리를 부탁해야 한다. 하룻밤 묵어가는 것을 쉽게 허락하지는 않겠지만 사정을 얘기하고 읍소를 하면 큰 절에서 이 한 몸은 거두어주지 않겠는가. 템플스테이를 담당하는 보살님은 지금은 여분의 자리가 없다고 한다. 예상했던 말이다. 마곡사를 좋아하고 서울에서 며칠을 걸어왔으니 꼭 하룻밤을 묵고 싶다고 간청하자 누구에겐가 전화한다. 뭔가 되어가고 있는 느낌이다. 숙박을 허용하면 어떻게 보답해야 하나 생각한다. 대웅전 불전함에 성금을 넣을까 아니면 불사 증축 기와를 좀 사줘야 할까? 보살님은 전화를 끊고 조금 망설이더니 새로 지은 별채에 청소가 안 되어 있지만, 거기에서라도 자겠느냐고 묻는다. 말이 떨어지기가 무섭게 "당연하지요, 어디든지 좋습니다. 감사합니다."라는 말이 나도 모르게 연발로 나온다. 보살님은 사무적인 말투로 템플스테이 1박 요금이 5만 원이고, 여기에는 세 끼 식사까지 포함되어 있다고 한다. 공짜 숙박을 기대한 것은 아니지만 자발적인 시주 대신 요금을 통보받으니 숙박업소에 투숙하는 것 같아 실망감이 들고, 괜한 고민을 했다는 생각이 든다. 하지만 민박보다는 괜찮은 편이다. 요금을 계산하자 보살님은 나를 숙소로 안내한다.

숙소는 아까 건너왔던 징검다리 개울을 다시 건너 널찍한 평지에 신축한 한옥 수련원 건물의 대문간 방이다. 넓은 자갈마당을 사이에 두고 본채와 마주 보는 사랑채는 대문 좌우로 각각 2개의 작은 방이 배치되어 있다. 보살님은 "정학"이란 방 이름이 붙은 문간방을 배정해 준다. 바로 옆에 나란히 붙어 있는 방을 제외한 모든 방이 비어 있다고 한다. 옆방에는 여자 손님 한 분이 며칠째 묵고 있다고 한다. 그 방문 앞의 댓돌 위에는 낡은 운동화 한 켤레와 우산 한 자루가 세워져 있고 방 주인은 외출했는지 문고리에 자물쇠가 채워져 있다. 행랑채 뒤 별도의 건물에는 공중화장실과 20여 명 이상이 동시에 사용할 수 있는 제법 큰 샤워장이 있다. 새로 지은 건물이어서 그런지 모든 시설이 깨끗하고, 작은 방에 가구라고는 옛 선비들이 사용하던 책상인 조그마한 서안 하나뿐이다. 서안 옆에는 마곡사 템플스테이라고 새겨진 황토색 개량 한복 한 벌이 곱게 놓여 있다.

보살님은 저녁 6시와 아침 6시에 공양간에 와서 식사하라고 안내해 준다. 정해진 프로그램이 있느냐 물었는데 예약을 하지 않았으니 모든 것을 알아서 하면 된단다. 마곡사의 불교 철학을 알려주는 예불이나 스님과의 차담, 108배 체험 등을 예상했는데 프로그램이 아무것도 없다는 것이다. 이것은 완전한 자유 또는 방임이다. 조용한 산사에서 좀처럼 끝날 것 같지 않은 억겁의 자유시간이 주어진 느낌이다.

예전에 난생처음 경험했던 산사의 밤이 생각난다. 30년 전 직장 새내기 때 선배들의 권유로 직장 불교동호회의 사찰 순례

행사에 따라간 적이 있었다. 불교에 관심이 있어서가 아니었다. 강원도 민통선 안쪽 산골 깊숙이 자리하고, 부처님의 치아 진신 사리를 모셨다는 절이다. 처음 접하는 고승들의 위엄과 사찰의 엄숙함이 어둠과 함께 분위기를 압도했다. 초여름인데도 산중의 밤공기는 서리를 부린 듯 차가웠다. 밤 10시와 새벽 4시에 예불에 참여해야 한다고 했다. 그러나 당시 순례객들 일부는 '염불보다는 잿밥'이라고, 관광이 목적이었음을 숨기지 못했다. 이름도 알 수 없는 여러 가지 산채 나물에 고소한 참기름을 두르고 고추장에 비벼 먹는 저녁 공양은 꿀맛이었다. 맛있는 저녁을 마치고 자유시간이 주어지자 일탈을 즐기려는 사이비 순례자들이 몰래 준비해 온 곡차를 나눠 마셨다. 신선한 공기와 은밀한 곡차에 취기가 오른 몇 사람은 예불에는 별 관심도 없는 데다 소중한 시간을 그냥 보내기가 아까웠다. 버스를 타고 오면서 봐둔 산 아래 식당에 가서 예불을 대신하자고 누군가 제안했고, 같은 방 사람들 몇 명이 핫바지에 방귀 새듯 조용히 절을 빠져나왔다. 깜깜한 산길을 한참 걸어 내려가 식당으로 들어갔다. 집에서 키우던 토종닭을 요리하여 파는 집인데 술이 없을 수가 없다. 남들은 예불을 드리고 있는 시간인데 그것도 불교에서 금하는 육고기에 술을 먹고 있으니 죄를 지으러 절에 온 것 같았다. 몰래 먹는 사과가 맛있다고 토실토실한 토종닭이 그렇게 맛있는지 몰랐다. 밤늦게까지 곡차를 마시고 아무 일도 없었던 것처럼 조용히 절로 올라가 잠자리에 들었고 새벽 예불은 꿈속에서 드렸다. 그날의 일탈은 이후 끈끈한 직장 동료로서의 정을 담보하는 촉매가 되었다.

오늘은 어제에 이어 푹 쉬면서 체력을 비축하고 마음을 다잡는 날로 삼아야겠다. 동네 목욕탕만큼 넓은 공동샤워장을 황제처럼 독차지하며 무한한 행복을 느낀다. 시원한 물줄기가 정수리에 꽂히면서 오늘 산속에서 쌓인 피로가 몽땅 쓸려 내려간다. 어제 비 맞은 옷들과 산을 헤매면서 땀에 전 옷들을 빨아서 햇빛이 잘 들고 바람이 선들거리는 뒷마당에 널어놓는다. 저녁 공양 시간이 조금 남았다. 템플스테이 마크가 찍힌 황토색 개량 한복을 입고 선사들처럼 뒷짐을 지고 내 집처럼 여기저기 둘러본다. 공양간에는 아까 보았던 멕시코 의사들 외에 내국인은 네댓 명뿐이다. 절에서 식사할 때는 복잡한 공양 예절이 있는 것으로 아는데 여기서는 절차를 과감히 생략하고 뷔페식으로 큰 접시에 먹을 만큼 담아다 먹고, 사용한 그릇은 본인이 씻어 반납한다. 외국 손님들 덕을 보는 것 같다. 멕시코 의사들에게는 처음 접하는 절밥이 신기할 것이다. 젓가락질해보려고 애쓰는 모습이 재미있기도 하고 안쓰럽기도 하다. 그들에게는 아마도 수술을 집도하는 것보다 훨씬 어려울 것임이 틀림없다. 나도 공양간 식사가 30년 만에 처음이라 젓가락질 말고는 서툴고 어색하기가 이들과 다름없다.

식사를 마치고 경내를 다시 구석구석 돌아본다. 북적이던 관광객들의 발길도 모두 끊겼다. 어둠이 산 아래에서부터 계곡을 타고 올라와 조용히 산사를 점령하더니 이제는 방문 앞에 와 있다. 앞쪽 송림에서는 가느다란 실바람이 솔잎을 스치는 소리가 들리고, 뒤쪽 개울에서는 여름을 재촉하는 청량한 계곡물 소리가 들린다. 높지 않은 하늘에서는 바삐 집을 찾아가는 새들의 울음소리가 들리고, 어디에서 들려오는지 근원도 알 수 없는 우주의 심오한 속삭임과 아우성까지 한데 어우러지고 있다. 귀 기울여 보면 저 멀리 별나라에서 날아오는 거대한 소음이 여기까지 도달한 것 같기도 하다. 마곡사의 어둠은 이 모든 자연의 소리를 한데 버무려 더할 나위 없는 고요와 적막을 만들어 낸다.

산사의 분위기에 맞춰 조용히 생각을 가다듬어 본다. 그러나…… 마음뿐이다. 자연 이외에 아무런 방해물도 없는 이곳에서는 자연스레 명상에 잠기게 되고 심오한 철학이 탄생할 법한데, 오만가지 잡생각만 많아진다. 명상하는 방법도 모르겠거니와 깊은 산중에 혼자 있다는 인식이 기저에 깔려서인지 어떤 생각도 오래 지속되지 않고 하나로 모아지지도 않는다. 하나의 생각에 다른 생각이 꼬리를 물고, 금방 지나갔던 생각이 다시 불쑥 튀어나오기도 하고, 과거와 현재와 미래가 뒤섞이기도 한다. 분위기만 그럴듯하고 잔뜩 폼만 잡았지 온갖 생각이 두서없이 떠올라 머릿속에서 뒤죽박죽이다. 한 가지 생각에 몰두하고 그것을 정리하려면 많은 훈련이 필요하다. 불도에 정진하는 스님들도 모든 생각을 떨치고 무상무념의 경지에 다다르기 위해 많은 인고의 시간을 보내고 있지 않은가. 스님 흉내를 내보려다 이내 포기한다. 오늘은 모든 생각이 마음대로 뛰어놀도록 놓아 준다. 지금 상황에서는 도저히 이들을 통제할 수가 없다. 아니, 새벽이 오지 않을 것같이 깊어만 가는 시간에 천방지축으로 날뛰는 갖가지 사색의 향연을 오히려 즐기고 있다. 이것도 일종의 해탈이려나? 시간이 멈춰 버린 마곡사의 밤은 한없이 적막하기만 하고 간간이 지나가는 바람이 나무를 흔들어 깨우는 소리만이 괴괴하고 고요한 정적을 깨트릴 뿐이다.

오늘은 아침 7시 반 참숯가마찜질방에서 출발하여 갈미봉 정상을 거쳐 마곡사 숙소까지 7시간 14분 동안 23.65킬로미터를 걸었고, 조용한 산사에서 고급스러운 휴식을 취했다.

【정안면 인풍리-사현1리-광정교차로-광정교-대산2리-월산교-월산1리-갈미봉-용수골 사방댐-유룡리 턱골-월가리-현학동입구-운암1리-운암삼거리-마곡사 입구-마곡사(템플스테이)】

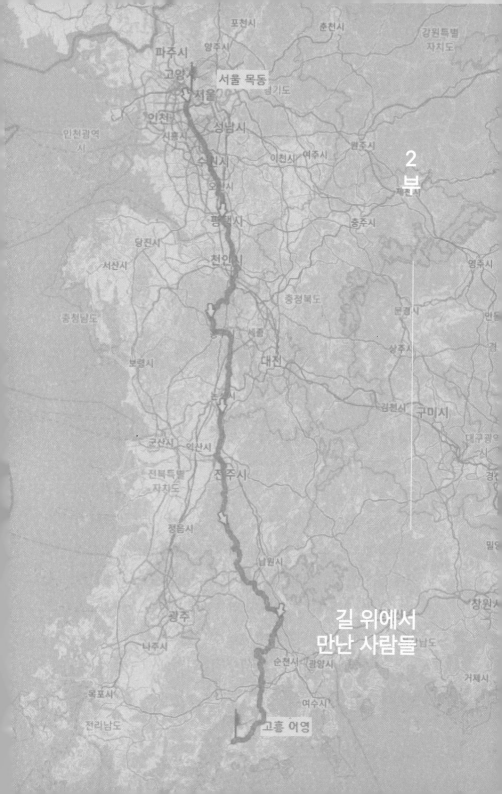

2부

길 위에서
만난 사람들

6장 공주 금강을 건너서

계실리의 환영 인사

행장을 꾸리고 방문을 열자 산속의 차가운 새벽 공기가 스님이 내리치는 죽비처럼 정신을 번쩍 들게 한다. 산허리에서 내려온 옅은 안개는 고색창연한 산사 사이에 요리조리 흩어져 아침을 재촉하고, 오랜 세월 앞마당을 지켜온 5층 석탑과 키다리 백송은 아직 잠에서 덜 깨어 취한 듯 서 있다. 아침 공양 시간이 이르다 싶었는데, 멕시코 의사들은 아직 공양간에 오지 않았다. 접시에 쌀밥을 넉넉히 퍼 담고, 두부 두 쪽과 버섯나물, 취나물, 갓김치, 볶은 배추김치, 깍두기, 그리고 자반김 등 반찬을 골고루 접시에 올린다. 건더기가 거의 없는 정갈한 된장국도 한 그릇 뜬다. 오랜만에 밥과 국으로 아침밥을 먹는다. 든든히 배를 채우고 나니 온몸에 기운이 충만하여 빨리 길을 떠나고 싶다. 어제 그제

연이틀을 거의 반나절씩 쉰 덕분에 무릎과 발의 컨디션도 매우 좋다. 쉬지 않고 밤이 될 때까지 계속 걸을 수 있을 것만 같다. 들뜨 있는 기분을 차분히 가라앉히고 진중하게 초심으로 돌아가자. 남아 있는 거리로 보면 아직도 시작에 불과하다.

오늘의 숙제는 남동쪽으로 비스듬히 공주대교까지 진행하여 다시 계획된 경로로 복귀하는 것이다. 공주로 가는 길을 검색해 보니 629번 지방도와 32번 국도를 지나 서공주로 진입해야 한다. 그런데 사곡면 신영리 부근에서는 긴 터널 때문인지 멀리 돌아가는 길로 안내한다. 32번 국도가 자동차 전용도로인가? 터널을 피해 가는 가까운 길이 분명히 있을 것이다. 길이 없으면 어제처럼 산을 넘든지 터널을 통과해야 한다. 터널에 작업용 인도가 있을 것이고, 산길로 가도 상관없다. 설마 산짐승들의 밥이야 되겠는가. 마곡사를 벗어나면서 이른 아침 산책을 나오신 동네 할아버지와 마주친다. 아는 길도 물어가라 했는데 잘 만났다 싶어 할아버지께 공주까지 걸어가는 길을 물었다. 할아버지는 대뜸 "저기서 버스가 있는데 왜 걷는 길을 물어?" 하시면서, 화월리로 넘어가는 길이 있는데 숲이 우거져서 지금은 다니지 못한다고 한다. 어제 정안의 월산리에서 만난 할아버지와 똑같은 대답이다. 길은 있지만, 멧돼지가 많아 사람들이 다니지 않는단다. 보통 멧돼지들은 사람을 보면 도망치는데, 새끼를 가진 멧돼지는 도망가지 않고 사람을 공격한다고 한다. 어제 갈미봉 깊은 계곡의 비탈길에 선명하게 찍힌 발톱 자국의 주인이 괴물처럼 떠오른다. 할아버지 말씀을 참고는 하겠지만 내가 생각한 길을 가야겠다.

중간 목적지를 서공주IC에 두고, 629번 도로에서 화월리 방향으로 가는 길로 들어선다. 논밭과 마을이 계속 연결되고 버스가 통행하는 아스팔트 도로가 이어지고 있다. 도화동삼거리를 지나고 산막골과 딴산넘어골 앞을 지나간다. 민가는 거의 보이지 않고 이따금 커다란 축사만 나타난다. 지도를 자세히 살펴보면 주변으로 족골, 얻은골, 집무탱이골, 물한이골, 뱁새골 등 오래된 설화집에서나 만날 수 있는 이름들이 눈에 띈다. 갈미봉에서 남쪽 무성산으로 이어지는 산줄기의 골짜기들이다. 무슨 뜻을 지니고 언제부터 이렇게 불렸는지 알 수 없지만, 언제까지 이러한 이름들이 남아 있을지 우려된다. 개발이라는 횡포 앞에서는 한순간에 사라지고 말기 때문이다. 이를 증명하듯 산골 마을에 대규모 공사가 진행 중이다. 입구에는 대지면적 약 16만 평에 소방방재교육 연구단지와 국토정보교육원 건립공사 안내판이 서 있다.

공사장을 지나 한적한 마을 앞에 다다르자 뜻밖에도 길가에 주욱 늘어서 있는 환영객들이 신선한 충격을 준다. 기기묘묘한 장승들이 무섭고도 익살스러운 표정으로 지나가는 나그네에게 인사를 한다. 사곡면 계실리 효도마을이라는 표지석이 있다.

굽어지고 갈라지고 비틀어진 나무들의 특성을 잘 살려낸 개성 넘치는 표정들이 흥미롭기도 하다. 장승은 지역 간의 경계를 표시하거나 이정표의 역할을 하고, 잡귀를 쫓는 마을의 수호신

공사장을 지나 한적한 마을 앞에 다다르자 뜻밖에도 길가에
주욱 늘어서 있는 환영객들이 신선한 충격을 준다. 기기묘묘한 장승들이
무섭고도 익살스러운 표정으로 지나가는 나그네에게 인사를 한다.

역할을 하기도 한다는데, 그들은 각자가 맡은 마을의 수호신 역할을 충실히 수행하고 있는 것 같다. 어떤 이는 하회탈 같은 밝은 미소로 '다리도 아픈데 쉬었다 가시게나!' 하면서 환영 인사를 하는가 하면, 어떤 이는 '왜 이곳에 왔나?' 시비를 걸며 험상궂은 얼굴로 눈을 부릅뜨고 쳐다본다. 마곡사 입구에서도 장승을 보았는데, 이 지역은 장승 문화가 잘 보존되어 있는가 보다. 계실리에서는 매년 음력 정월 14일에 마을의 안녕과 평화를 기원하기 위해 산신제와 거리제를 지낸다고 한다.* 동네 사람들은 마을 뒷산 무성산의 산신령께 제를 올리고 나서, 좋은 나무를 골라 장승을 깎아 마을 입구에 세우고 거리제를 지낸다.

장승들의 사열을 받으면서 걷는 계실리의 들녘 풍경은 여러 가지로 다채롭다. 모내기 준비를 위해 물을 잔뜩 가두어 둔 논이 있는가 하면 네모반듯한 모판에 가녀린 모가 융단처럼 깔린 논도 있고, 모내기가 벌써 끝나 모가 제법 자리를 잡아가는 논도 있다. 알이 굵어진 마늘밭이 있고, 하얀 꽃이 가득한 밭도 보인다. '소금을 뿌려 놓은 듯한' 메밀꽃이 아닌가 하고 다가가서 보니 흰색과 연보라색의 무꽃이 만발했다. 어릴 때 기억에 의하면 씨를 받기 위해 무나 배추 몇 포기를 남겨두면 '장다리'라 부르는 줄기가 높게 솟아 나온다. 장다리에서는 하얀 꽃들이 피고 기다란 콩깍지 모양의 주머니에 열매가 열린다. 이것을 고이 받아 다음 해

* "계실리 산신제와 거리제", 조훈성, 한국향토문화전자대전, http://www.grandculture.net/

밭농사의 씨앗으로 삼는다. 이곳 무 꽃밭에서 종자를 생산하는 농사를 짓는가 보다. 백색의 순결함과 생명의 고결함이 느껴진다.

　비록 한적하고 매끄러운 아스팔트 길이지만 가끔 위압적인 트랙터나 요란스러운 경운기가 고요한 아침의 정적을 깨트리곤 한다. 졸리는 듯한 안락함이 그 어떤 소란도 포용해 버리는 이런 시골 마을의 분위기도 이제 웬만큼 익숙해졌다. 온통 초록으로 둘러싸인 시골길을 저벅저벅 걷다 보니 동네가 나타난다. 화월리 마을이다. 이 동네는 어떤 사람들이 살고 무엇으로 생계를 유지하고 분위기는 어떤지 궁금하다. 네모반듯하게 붉은 벽돌로 지은 2층 건물의 마을회관은 현대식 건물이지만, 정중앙에 흰 바탕에 검정색 굵은 고딕체로 쓰인 '화월1리 새마을회관'이라는 간판이 붙어 있다. 이름은 그렇다 치더라도 페인트가 많이 벗겨져 있어 상당한 시간이 흘렀음을 알려준다. 마을 안쪽 길은 아스팔트로 포장되어 깨끗하다. 길가 시멘트 벤치에 걸터앉아 물 한 모금 마시면서 휴식을 취한다. 한참 있어도 주민들은 보이지 않고 논일 나가는 작은 트럭 한 대가 농기구를 싣고 휙 지나갈 뿐이다. 동네를 벗어나니 논이다. 넓지 않은 들판의 끝 녘에서 계실천이 유구천으로 흘러든다. 이곳 합류 지점에는 현대 토목건축 기술의 한 단면을 보여주는 거대한 시멘트 구조물이 자연경관을 무시하고 서 있다. 당진-대전 간 고속도로의 새들교이다. 최고 42미터나 되는 아찔한 높이의 교각 위로 길이 800미터의 교량이 비껴 날아가고 있다. 점점 지쳐가는 두 발로 들판 끝에 이어진 고갯길을

당진-대전 간 고속도로의 새들교, 충남 공주시 사곡면 회월리.

오른다. 고속도로 밑을 통과하는 굴다리를 지나 고갯길은 산으로 향한다. 산으로 향하던 길이 갑자기 사라진다. 아침에 마곡사 할아버지께서 말씀하신, 멧돼지가 많아 사람들이 다니지 않는다는 길인가? 어제의 고행길이 반복되려나? 신발 끈을 고쳐 맨다. 걱정은 되지만 산이 높지 않고 숲도 깊지 않아 해볼 만하겠다. 다시 한번 싸워보자고 각오를 단단히 한다. 고갯마루에서 사라진 길을 어림짐작으로 헤아리며 전진한다. 얼마 가지도 않았는데 발길은 사람들이 심었을 것으로 생각되는 감나무 숲 가운데로 들어와 있다. 폐과수원이다. 지금은 사람의 손길이 끊긴 지 오래되었지만, 한때 이곳 주인도 상당한 수입을 올렸을 감나무 과수원이다. 경사지를 따라 내려가니 바로 민가가 나타난다. 험한 산길에 고생할 각오를 단단히 했는데 이번 싸움은 의외로 싱겁게 끝나고 말았다. 인터넷 앱은 큰길만 안내할 줄 아는 기계답지 않게 폐쇄된 산속 지름길을 안내하기도 한다. 이제야 기계도 내 마음을 알아차렸나?

금강 자연 미술 비엔날레

마곡사에서부터 거의 네 시간을 걸었다. 우성면 단지리의 마을회관과 경로당을 지나고 방문리를 지난다. 발가락이 불편하다. 오른쪽과 왼쪽의 넷째 발가락에 물집이 크게 잡혔다. 쉴 자리가 마땅치 않아 내친김에 더 걷자고 한 것이 과했나 보다. 지난 이틀간 많이 쉬어 오늘은 아침부터 팔팔 날 수 있을 것처럼 좋은 컨디션이었다. 먼 길 가려면 몸을 사리고 조심해야 한다고 납작 엎드린 때가 불과 사흘 전이었는데 그 사실을 새까맣게 잊어먹었다. 오래 걸으면 당연히 찾아오는 손님이지만, 진로를 방해하는 상처로 발전하지 않기를 바랄 뿐이다.

점심때가 살짝 지나고 있다. 다시 천안논산고속도로가 지나가는 고가도로 아래를 통과하니 도로변에는 제법 넓은 휴게소가 나타난다. '로컬푸드직매장'이란 간판이 걸린 농협 하나로마트로 급히 들어선다. 청량한 기운이 땀에 전 옷 속을 파고들어 가슴

속까지 깊이 스며든다. 먹고 싶은 것이 많아 과자가게에 처음 간 어린아이처럼 두리번거린다. 부드러운 크림 쿠키 아이스크림 한 개와 싱싱한 방울토마토 한 팩, 그리고 길 가면서 주전부리로 먹을 아몬드 한 봉지를 챙겨 나온다. 마침 바람이 살랑거리는 그늘에 벤치가 있다. 양말을 벗어 던지고 세상에서 가장 편안한 자세를 취한다. 아이스크림과 방울토마토가 어디로 들어갔는지 마파람에 게 눈 감추듯 사라졌다.

옆 건물에 해물칼국수집이 보인다. 식당은 밖에서 보기와는 달리 널찍하고 시원한 데다 손님도 그리 많지 않아 좀 눌러앉아 쉬어 가도 되겠다. 구석에 배낭을 풀고 휴대폰 충전기부터 꽂는다. 메뉴판에는 언제 먹어도 질리지 않는 콩국수가 있다. 이런 곳에서 먹는 푸짐하고 걸쭉한 콩국수는 거의 행운이라 할 정도로 반갑다. 콩국수를 흡입하다시피 먹는다. 배가 부르니 왕도 부럽지 않다. 휴대폰이 충전되는 동안 여행 메모를 몇 자 끄적거리고 있으니 졸음이 마구 밀려온다. 위내시경 검사를 받을 때 마취제를 흡입한 것처럼 정신이 몽롱해지고 몸이 부웅 떠오르는 느낌이다. 한 무리의 사람들이 왁자지껄 떠드는 소리와 그릇이 부딪치면서 쨍그랑거리는 소리, 주방을 향해 주문을 전달하는 주인장의 우렁찬 목소리가 뒤섞인다. 이 소란은 화음이 잘 어울리는 자장가가 되어 아득하게 멀어져 간다. 식탁에 앉은 채로 기절하듯 깜빡 졸았나 보다. 들어올 땐 한두 테이블에만 손님들이 있던 식당은 빈자리가 없이 꽉 차 있다. 두 발 쭈욱 뻗고 한숨 자고 갔으면 좋

겠으나 눈치가 보여서 어서 일어서야 하겠다. 어설프게 졸다가 깨어나서인지 몸이 추욱 늘어지고 발이 더욱 무거워졌다.

이제 조금만 더 가면 공주 시내가 나올 것이다. 질마고개를 지나 공주보 쪽으로 길을 택하니 다시 오르막길이다. 편도 1차로의 아스팔트 길이지만 가는 방향에는 경계석으로 인도가 잘 구분되어 걷기에는 안성맞춤이다. 연미산 고갯길에는 곰 조형물과 함께 '연미산 자연미술공원'이라는 안내판이 있다. 오른편으로 허름한 창고 모양의 높다란 천막 건물이 있고, 앞마당에는 꽃사슴 한 마리가 쇠붙이와 양철판으로 만든 몸통에 파이프로 만든 뿔을 달고 서 있다.

자연미술이라는 주제 그대로 전시 작품들이 숲속 여기저기에 배치되어 어디서부터 어디까지가 전시장인지 알 수 없다. 동네 뒷산에 솜씨 좋은 개구쟁이들이 자기만의 상상력으로 멋진 작품들을 만들어 놓은 것 같은 분위기다. 몇 년 전에 설치된 작품은 비바람에 훼손됨으로써 시간의 흐름을 보여주는 것도 있고 새로 수리된 것도 있다. 지금 시간에도 회원들로 보이는 대여섯 명의 작가들이 골짜기를 오르내리며 새 작품을 만들고 있는 모습도 보인다. 색다른 전시회를 덤으로 구경했다. 전시회 명칭에 비해 작품 수가 많지 않아 다소 실망하고 숲속을 나와 다시 길을 간다. 그런데 그것이 끝이 아닌가 보다. 고갯마루를 지나 시야가 확 트이면서 금강이 내려다보이는 길가에도 몇 점의 작품들이 나도 좀 봐 달라는 듯이 서 있다.

나른한 금강 둔치길

연미산 고갯길을 내려오면 바로 금강 둔치길로 접어든다. 공주시를 두 동강 내며 서쪽으로 흐르는 금강은 연미산에 막혀 90도로 꺾여 흐른다. 잘 다듬어진 둔치공원이 상류 쪽으로 백제큰다리와 금강교를 지나 공주대교 너머까지 계속 펼쳐져 있다. 둔치의 널따란 풀밭에도 공간을 마음껏 활용한 기하학적 철제 조형물이 연미산 자연미술공원의 목마름을 달랜다. 강을 가로지르는 금강교에는 이국적 모양의 조각배 카누가 대롱대롱 매달려 있고, 길 잃은 기린은 목을 길게 빼고 누군가를 기다리고 있다. 카누 위에 위태롭게 걸터앉아 있는 정체 모를 뱃사람들은 아프리카 잠비아 강 위에나 떠 있어야 할 것 같은데, 누가 만든 함정에 빠졌는지 아니면 하늘을 날다가 거미줄에 걸렸는지 아직도 낯선 백제 땅에 잡혀 있다.

강 건너편에는 웅진시대 백제의 왕궁을 수호하기 위해 축성된 공산성의 성곽과 정자가 멀리 그림처럼 서 있다. 금강 둔치에는 하천 개발과 시민들의 휴식 공간 조성을 위해 많은 예산과 노력이 투입된 흔적이 보인다. 잘 닦인 자전거 도로와 산책로, 주차장, 잔디밭, 그리고 체육시설 등 선진 외국이 부럽지 않을 정도이다. 그러나 쉬어 갈 나무 그늘은 아직 형성되지 않았다. 일직선으로 곧게 뻗은 금강 둔치는 풍경만으로도 걷는 이를 지치게 한다. 시민공원이라고는 하지만 가끔 지나가는 자전거 외에 마주치는

금강교에 매달려 있는 조각배 카누, 충남 공주시 신관동.

사람이 없다. 하기야 월요일 한낮에 그늘도 없이 지루한 강의 둔치를 한가로이 거닐 사람이 어디 있겠는가.

오후 2시를 갓 넘겨 농익은 5월의 태양이 벙거지 모자를 뚫으려는 기세로 집요하게 내리꽂는다. 카뮈의 『이방인』에서 주인공 뫼르소가 느꼈던 지중해 백사장의 태양만큼 강렬하지는 않겠지만 '하늘에서 쏟아붓는 햇볕의 비'가 내리는 것 같다. 더욱이 회백색 콘크리트와 붉은 아스콘 포장에서 반사되는 햇빛은 선글라스를 잃어버린 나의 눈을 자꾸만 감기게 한다. 직선의 포장길에 일정한 리듬으로 기계처럼 반복되는 걸음은 아무런 생각을 못 하게 몽롱한 의식의 반수면 상태로 인도한다. 나무 그늘이 있으면 앉아 눈이라도 붙이고 싶다고 생각했는데 하늘이 무심치 않다. 공주대교를 오르기 직전 강둑에 조그마한 정자가 기다리고 있다. 벙거지와 겉저고리를 벗어 던지고 배낭을 베개 삼아 드러눕는다. 땀에 젖은 셔츠가 마룻바닥에 몸의 형체를 그리는 동안 잠시 눈을 감았다. 순간의 단잠을 기대했지만, 정자 그늘에 살랑거리는 바람은 토막잠을 걷어가 버리고 정신이 점점 말똥거리기만 하다. 목을 축이고 다시 짐을 챙긴다.

공주대교를 건너 왼쪽으로 시가지를 벗어난다. 이순신 장군은 평택에서 아산 본가에 들렀다가 정안을 거쳐 16일 만에 공주대교 부근 나루에서 금강을 건넜다. 어사 이몽룡은 평택에서 곧장 천안, 정안을 거쳐 이틀 만에 이곳으로 왔다. 나는 마곡사를 들러 오느라 나흘 만에 공주대교를 건너 이 길에 들어선다. 나도 일행이 되었다는 생각에 어깨가 우쭐해지고 발걸음이 가벼워진다. 강변도로를 타고 가다 소학회전교차로에서 논산 가는 23번 국도 쪽으로 간다. 소학동은 효자 마을로 이름이 나 있는 동네로 '효자향덕비'가 세워져 있다. 신라 경덕왕(742-765) 때 심각한 기근이 전국을 휩쓸고 전염병까지 나돌았는데, 향덕이란 사람이 가난과 병마에 시달리는 부모의 병을 낫게 하려고 자기의 허벅지 살을 베어 봉양함으로써 병을 낫게 했다고 한다. 이때 향덕의 피가 흘렀던 동네 앞의 내를 혈흔천이라 불렀는데 지금의 혈저천이다.*

---

* 김기혁 외 14인, 『한국지명유래집』 충청편, 국토지리정보원, 2010.

왔던 길을 다시 가라고?

오후 4시 반이다. 계룡면에 접어들었다. 차령산맥을 관통하고 금강을 건너서 남쪽으로 기세 좋게 뻗어 내리는 23번 국도가 터덕터덕 홀로 걷는 옛길을 비웃듯 달리고 있다. 천천히 가는 옛길은 몸과 마음을 쉬게 하고 볼거리도 제공한다. 길가의 표지석에는 '화은2리, 꽃이 숨어 있는 마을, 가마울'이란 동네 이름과 함께 "미움은 다툼을 일으켜도 사랑은 모든 허물을 가리우느니라"라는 문구가 새겨져 있다. 가마울에는 꽃을 좋아하는 시인이 살고 있으리라. 범상치 않은 사람들이 살 것 같은 거사동, 향포 점골 마을을 스치고, 23번 국도를 건너는 토끼굴을 지나 기산리에 다다른다.

도로변에 화사한 봄꽃들로 가득한 손바닥만 한 미니 정원이 눈길을 사로잡는다. 삭막한 아스팔트 도로와 담벼락 사이의 좁다란 정원에 여러 종류의 화초들이 피어 있다. 시간의 흐름에 따라 피고 지는 꽃이라지만 집주인의 정성 어린 손길이 느껴진다. 담벼락을 훌쩍 넘겨 자란 붉은병꽃나무는 빨갛게 물들인 인동초 모양의 꽃들을 주렁주렁 매달아 집안을 살짝 가려주고 있다. 흰빛을 두른 분홍빛 작약은 탐스럽고 큼직한 꽃봉우리로 길손을 유혹한다. 뾰족한 잎들을 고슴도치처럼 무성하게 피워내고 있는 붓꽃 무리는 반쯤 열린 초록 꽃주머니 속에서 고귀한 보랏빛 꽃잎을 수줍게 열어 보인다. 또 한편에는 접시꽃나무 줄기가 무성한 잎을 달고 기세 좋게 솟아오르고, 나리꽃 줄기들도 행여 뒤질세라 목을 뽑아 여름을 준비하고 있다. 뒤쪽 담벼락에 붙어선 철쭉은 벌써 한바탕 흥건한 잔치를 벌였는지 말라붙어 버린 꽃잎의 흔적을 초록의 이파리 사이에 아직도 매달아두고 있다. 화단 앞쪽에도 고들빼기 한 무리가 가냘픈 노란 꽃잎을 할랑거리며 작은 정원의 향연에 끼어들고 있다.

봉명교차로에 이르러 차도와 나란히 가는 농로로 접어든다. 모내기가 끝나 한산해 보이는 작은 들이다. 도로변 언덕 비탈에는 꽃양귀비가 선홍빛 꽃잎을 바람에 한들거리며 화려함의 극치를 보여주고 있다. 이제 계룡면사무소까지는 20여 분이면 도착한다. 온몸에 피로감이 몰려오고 다리도 팍팍해지고 감각이 무뎌져 온다. 6시가 되었다. 해가 조금 남았으나 이만하면 하루 일정을 충분히 소화한 셈이다. 도로 양쪽으로 미용실과 이용원이며 다방 등이 다닥다닥 붙은 가게들이 있고 '버스여객정류소'도 있어 1970~1980년대로 돌아간 것 같은 분위기다. 행정복지센터 앞에는 임진왜란 때 최초로 승병을 일으켜 왜군과 싸웠다는 영규대사의 정려비가 서 있다. 이제 숙소를 찾아보자. 갑사 부근에는 숙소가 많이 있고 여기에서 그리 멀지 않을 것으로 생각했는데 그게 아니다. 4킬로미터나 떨어져 있다. 지친 다리로 한 시간을 더 걸을 엄두가 나지 않는다. 어처구니없게도 가장 가까운 모텔은 이미 지나왔던 길에 있다. 몇십 미터 전진하기도 힘든 판국에 거꾸로 되돌아가야 한다니 짜증이 나고 다리에 힘이 풀린다. 관광지를 낀 면 소재지라 여기는 좀 다를 줄 알았는데 마찬가지다.

이왕지사 이렇게 된 것 저녁 식사라도 맛있게 먹자. 왔던 길을 되짚어가다가 나란히 있는 장어구이집과 소머리국밥집을 보고 순간 갈등이 일어난다. 곰삭은 깍두기 생각에 발길은 소머리국밥집으로 향한다. 저녁 시간이 이른지 식당에는 손님이 아무도 없다. 후덕하면서도 귀티 나 보이는 여사장님은 텅 빈 식탁에 앉아 부채질하다가 반갑게 맞아준다. 아저씨는 주방 안에서 땀을 흘리며 곰국을 끓이고 있다. 시장기가 느껴져 고기 한 점이라도 더 먹을까 하는 생각에 "몸보신해야 하니 소머리국밥에 고기 좀 많이 넣어 주세요."라고 주문한다. 왜 이리 손님이 없냐고 묻는 순간 이제 막 농사일을 마친 듯한 손님들 서너 명이 들어온다. 아주머니는 "손님이 왜 없어유? 아저씨 따라서 이렇게 손님들이 들어오시잖아유." 하면서 주방을 향해 "이 아저씨 국밥에 고기 잔뜩 넣어 줘유!" 소리치고는 활짝 웃는다. 아주머니의 애교 넘치는 말투에도 주방에서는 답이 없다. 그래도 마님의 말씀을 새겨들었는지 정말로 고기 반 국물 반의 뚝배기를 차려 내놓는다. 찐득거리는 느낌이 날 정도로 잘 고아진 뼈다귀 국물과 부드럽고 기름진 머릿고기는 씹지 않아도 입안에 살살 녹는다. 아삭거리는 깍두기와 새콤한 김칫국물도 기대를 저버리지 않는다. 배가 부르면 많은 것이 용서되나 보다. 아까의 짜증은 눈 녹듯이 사라지고 한층 가벼워진 발걸음으로 왔던 길을 되돌아간다. 아침 7시가 못 되어 걷기 시작했는데 숙소에 도착한 시간이 저녁 7시가 훨씬 지났다. 38.5킬로미터를 걸었다.

【마곡사-운암1리-가교1리-도화동삼거리-사곡면 계실리-화월리-신영리-우성면동대리-단지리-방문리-상서휴게소-질마삼거리-연미산자연미술공원-금강둔치길(쌍신공원-금강교)-공주대교-옥룡동강남교차로-소학동회 전교차로-효자향덕비-효포초등학교-계룡면 화은 2리-기산리-원동교-봉명교차로-계룡면사무소-봉명리(명성모텔)】

7장 들판 길의 서정

세 번을 지나가야 보이는 것들

6시 반에 가벼운 마음으로 숙소를 나선다. 대지를 짓누르고 있는 희뿌연 연무 때문에 이른 햇살이 아직 기를 펴지 못하고 있다. 하지만 이것이 물러가면 상당한 기세를 떨칠 것 같은 5월의 아침 날씨다. 어제 갔던 길을 다시 걸어간다. 잠을 충분히 자고 일어났기 때문인지 기분이 상쾌하다. 컨디션이 좋으면 생각도 바뀐다. 어제는 왔던 길을 되돌아가는 걸음이 헛되고 짜증스럽다는 생각이 들었는데 오늘은 그게 아니다. 같은 길, 같은 대지이지만 햇빛이 다르고 시간이 다르다. 어제의 그 풀들이 아니고 밤새 이슬을 먹고 바람과 별들과 속삭이면서 훌쩍 더 자란 풀들이다. 나 또한 어제의 내가 아니고 밤새 좋은 꿈을 꾸면서 기분이 한층

업그레이드되었다. 어제는 보지 못하고 지나쳤던 것들도 보이고, 그것들에 대한 느낌과 생각도 확연히 다르다. 나태주 시인의 풀꽃처럼, 자세히 보아야 예쁘고 오래 보아야 사랑스럽다. 우리가 살아가는 길도 마찬가지이다. 지름길이 좋은 것만은 아니다. 준비가 부족해서 돌아서 가기도 하고, 길을 잘못 들어 다시 돌아오기도 하겠지만 그것이 단순한 시간 낭비이거나 헛수고만은 아니다. 멀리 갔다 되돌아올수록 자신을 성찰하는 시간이 많아지고, 경험과 사고의 폭이 넓어지고 이웃에 대한 배려와 이해심도 커지기 마련이다. 이렇게 사람은 익어간다. 같은 길을 세 번 지나가며 얻은 교훈이다.

부드러운 흙의 감촉과 피어오르는 풀 내음을 즐기기 위해 아스팔트 길에서 방향을 살짝 틀어 논두렁길로 들어선다. 물기 촉촉한 너른 논에는 왕성하게 어우러지기 시작한 잡초들이 무지막지한 트랙터의 쟁기날에 송두리째 잘리고 뒤집혀 흙덩이에 깔려 있다. 찬 바람이 몰아치는 모진 겨울을 견뎌내고 애써 귀한 생명을 움 틔웠을 텐데 인간의 눈에는 한낱 방해물에 불과하다. 이웃 논의 모판에는 융단처럼 촘촘하게 박힌 여린 모가 아직 비닐로 덮여 바깥 공기와 차단되어 있다. 논 모퉁이에 세워진 막대기 끝에서 뭔가 달그락거리며 세차게 돌아가고 있는 신기한 장치가 눈길을 끈다. 자세히 보니 페트병으로 만든 바람개비다. 누가 고안했는지, 비상한 아이디어 작품이다. 용도는 모르겠으나, 가을 추수 때 새 쫓는 데 유용할 것 같다. 자연의 청정에너지를 이용하

논 모퉁이에 설치된 페트병 바람개비, 충남 공주시 계룡면 월암리.

는 장치라 비용이 들지 않고, 동심으로 돌아가는 재미도 있어 그냥 세워 둔 것 같다. 몇백 배 커지면 바람을 이용하여 전기를 생산하는 풍력발전기가 될 것이다. 꼬마 풍차는 미세한 바람도 그냥 흘려보내지 않고 열심히 돌아가고 있다.

다시 아스팔트 길로 올라선다. 5월은 1년 중 꽃들이 가장 많이 피는 달이 아닐까? 어디를 둘러봐도 금방 꽃을 발견할 수 있다. 도로변 잡초 사이에 유달리 눈길을 끄는 꽃이 보인다. 어제 보았던 꽃양귀비 무리에서 떨어져 나왔는지 선홍빛 꽃 한 송이가 길가에 외롭게 피어 있는 것이 특별한 사연이 있는 여인 같아 보인다. 나란히 가는 길가 밭이랑에 무성히 자라고 있는 작물은 오랜만에 보는 감자다. 하지 무렵에 수확한다 해서 시골에서는 하지감자라 부른다. 하지까지 한 달이 더 남았는데 튼실한 줄기 끝에 꽃이 핀 걸 보니 수확할 때가 그리 멀지 않은 것 같다. 오랜만에 보는 감자꽃이 반가워서 쪼그려 앉아 살펴본다. 먹을 것이 많지 않던 시절에 무쇠솥에서 잘 삶아진 뜨거운 감자를 호호 불어가며 얇은 껍질을 벗기고 소금을 살짝 찍어 먹던 기억이 난다.

어제는 뒤엎어진 잡초도, 페트병 바람개비도, 선홍빛 양귀비꽃도, 추억의 감자꽃도 모두 보이지 않았었다.

무녀의 신전

금대리를 지나면서 도로 오른쪽 야산 기슭으로 자그마한 절과 암자들이 나타난다. 부처님 오신 날이 가까워서 여기저기 오색 연등이 줄지어 매달려 있다. 끝에 잔가지를 몇 개 남겨놓은 대나무 장대에는 태극기와 붉은 깃발이 걸려 있다. 불교 사찰도 있지만 대부분 나름대로 신을 모시고 도를 닦는 도량이나 신당, 또는 점 보는 집일 거라고 생각된다. 사찰은 익숙하지만, 신당은 한 번도 보지 못해 호기심이 몽글몽글 솟아난다. 이 사람들은 어떻게 살까? 깃대가 서 있는 암자로 조심스럽게 접근한다. '○○암'이라는 이름 위에 '기도, 굿당'이라 쓰인 현판이 있는 것을 보니 당집인가 보다. 대문 양쪽에는 2미터쯤 되어 보이는 화강석 돌하르방 한 쌍과 그보다 훨씬 큰 석장승 하나가 서 있다. 주변에는 조그만 석고 불상과 요령, 향로, 부채, 연꽃 모양의 도자기와 각종 불교용품 등이 어지럽게 널브러져 있다. 얼기설기 엮은 원두막 모양의 움막 기둥에는 빨간색으로 동그랗게 절(卍) 표시가 붙어 있다. 간판이 없다면 영락없는 고물상 집이다. 이 암자의 주인이 누구일까? 일반인들이 이해하기 힘든 4차원의 영혼을 가진 사람이 틀림없다. 한참을 망설이다가 마당으로 들어선다. "실례합니다만, 누구 계세요?" 하고 두어 번 소리를 내도 아무런 인기척이 없다. 집안은 더욱더 가관이다. 마당에는 수돗가에 물이 반쯤 담긴 고무대야와 마루와 연결된 평상이 있다. 여기에도 온갖 물품이 배곡하다. 석고나 목각 또는 플라스틱으로 만든 불상과 헤지고 찢어진 탱화, 종이로 만든 연꽃과 연등, 그리고 일반 생활용품도 뒤섞여 있다. 이것이 모두 굿을 할 때 쓰는 용품들일까? 이런 쓰레기 더미를 더 구경할 필요는 없겠다.

발길을 돌려 대문을 막 나서려는데 뒤에서 인기척이 난다. "왜 왔다가 그냥 가는가?" 반말인 듯 허스키한 목소리가 들린다. 작달막한 키에 흩어진 머리는 보라색으로 물들였고, 반짝거리는 쫄바지를 입은 50대 중반의 여자가 부스스 잠에서 막 깬 얼굴로 나온다. 암자의 분위기로 보아 꽁지머리 도인 아니면 머리를 풀어 헤친 광인이 나타날 것으로 생각했는데 보라 머리는 전혀 예상하지 못한 모습이다. 신세대 무당인가? "지나가다가 신기한 물건들이 많아 잠시 구경했습니다."라고 하니, 대뜸 "새벽에 신령님께서 전라도 도인이 올 것이라 하더니 당신인가?" 하지 않은가. 온몸에 소름이 돋고 뭔가 으스스한 기분이 든다. "구경을 왔으면 저기도 보고 가야지." 하면서 안쪽을 가리킨다. 그냥 가자니 물건 훔치다 들킨 것 같은 기분이 든다. "이왕 들어왔으니 마저 보고 갈게요." 하고 마당을 지나 안쪽 모퉁이로 간다. 그녀의 눈총이 뒤통수에 꽂혀 스멀거린다.

쇠 파이프와 천막으로 만들어진 헛간과 다름없는 제단에는 불상과 탱화 등이 있는데, 이곳은 비교적 정리가 되어 있다. 윗부분이 조금 찢어지고 누런 얼룩이 진 달마대사 그림에는 '勉動通博(면동통박)'이라는 글이 큼지막하게 쓰여 있다. 열심히 움직이면 두루 통한다는 뜻일까? 집 뒤쪽, 지붕과 암벽 사이를 연결한 칡덩굴 천장 아래에는 기묘한 제단이 있다. 제단에는 조화로 장식된 해바라기와 무궁화꽃이 담긴 화분, 여러 가지 향로와 요령, 제기들 그리고 싱싱한 참외와 말라붙은 귤이 차려져 있다. 제단 양쪽에는 사람 키만 한 남근상 두 개가 우뚝 서 있는데 매우 사실적으로 묘사되었다. 왼쪽에는 인어 모양의 황토 조각상이 있고, 오른쪽에는 산신령이 커다란 지팡이를 든 채 호랑이를 타고 앉아 있는 석고상이 있다. 곱게 머리를 빗고 하얀 한복을 입은 할머니의 오래된 사진 액자가 있는 것을 보니 이곳은 조상의 제사를 모시는 제단이 아닌가 생각된다. 그런데 왜 제단 양쪽에 남근석을 세웠을까?

이해할 수 없는 요상한 세계에서 빨리 벗어나야겠다는 생각이 앞서서 "구경 잘했습니다." 하고 앞마당을 지나간다. 보라색 머리 여자는 평상에 걸터앉아 물끄러미 나를 쳐다보며 "산에서 내려왔나요?" 하면서 차라도 한잔하고 가라 한다. 벙거지에 수염이 삐죽삐죽 자란 내 차림새가 산에서 내려온 것처럼 보였나 보다. 아니, 그녀는 나를 신령님께서 말한 도인으로 생각하고 있거나 제 발로 걸어들어온 굿 손님으로 생각했든지. 빨리 이곳을 벗어나고 싶지만, 한편으로는 왜 이런 생활을 하는지 어떤 신앙을 갖고 사는지 궁금해진다. "맛있는 차 한잔 주시면 좋지요."라고 동의하자 평상의 물건들을 한쪽으로 밀어붙이고 앉을 자리를 내준다. 나는 산에서 내려온 도인이 아니고 저 멀리에서부터 남쪽을 향해 며칠째 걷는 중이라 했더니, 그러니까 도인이라고 하지 어떤 사람이 도인이냐고 반문한다. 나이와 성을 묻더니, 도량이 매우 깊고 배운 것이 가득 쌓여 있는 것이 훤히 보인다고 말한다. 그녀는 뚜껑에 먼지가 부옇게 내려앉아 있는 커피포트에 물을 부어 전기코드를 꽂는다. 오래된 사기 찻잔을 꺼내더니 마당의 수돗가 대얏물에 한 번 휙 헹구고는 물기가 많이 남아 있는 잔에 막대 커피 봉지를 뜯어 쏟아붓는다. 애초에 고상한 허브차나 한방차를 기대하지 않았지만 믹스커피가 나올 줄이야. 물이 끓는 동안 어색한 분위기를 깨기 위해 집에 물건이 참 많다고 했더니, 손님들이 주는 굿값으로 사 오기도 하고, 오가는 사람들이 갖다 바치기도 하며, 사람들이 쓸 만한 것들을 다 버리니 아까워서

OO암의 신당과 제단, 충남 공주시 계룡면 금대리.

윗부분이 조금 찢어지고 누런 얼룩이 진 달마대사 그림에는
'勉動通博(면동통박)'이라는 글이 큼지막하게 쓰여 있다.
열심히 움직이면 두루 통한다는 뜻일까?

가져온 것도 있다고 한다. 커다란 석상을 제외하면 대부분 주워 온 것일 게다. 미지근한 커피를 마시면서 몇 가지 궁금한 점들을 물어본다. 둘러보니 부처님도 계시고 돌하르방도 있고 남근상과 여러 가지 인형들도 있던데 어떤 신령님을 믿는지, 또 가족 친지들은 없는지, 먹고사는 것은 어떻게 버는지 등등. 여자의 대답은 이랬다.

그녀는 59세로 충북 음성에서 태어나 20대 중반에 결혼했으나 30여 년 전에 출가하여 이곳에 정착했고, 신령님을 모신 지 20년 정도 되었단다. 어머니 태몽에서 산신령이 나타나 무덤을 파보면 밥상과 밥그릇 2개, 국그릇 2개가 나올 것이라 했는데, 이것이 그녀가 신령님을 모시라는 계시라고 믿었다. 외할머니가 신당을 모셨고, 어머니도 새댁일 때 액운 풀이를 한 적이 있는데 아버지가 싫어해 지금까지 평범한 여자로 살고 있다. 신내림이 대물림된 셈인데, 정작 신내림 굿은 하지 않았다고 한다. "모두가 왔다 가는 것이 생이다. 어디에 얽매이지 말고 다 내려놓고 잊어야 한다"고 말한다.

집 뒤편 제단 양편에 세워진 남근상에 대해 그녀는 이렇게 말한다. 5~6년 전 신령님의 계시를 받았다. 신의 계시는 꿈처럼 보여지고 꿈처럼 이루어지기 때문에 인간이 모르는 사이에 느닷없이 나타난다고 한다. 꿈인지 현실인지 명확히 구분되지 않은 상태에서 계시를 받는 것이다. 아침에 자고 일어났더니 어떤 남자가 긴 물건을 양쪽 겨드랑이에 끼고 대문 안으로 들어왔다. 나중에 사람들이 그러는데 신장*님이라고 하더라. 그날 석물 공장에서 남근석을 가져온다고 전화가 왔고, 자기가 주문한 것이 아니라고 했으나 굳이 가져다줘서 모시게 되었다고 한다. 대문 앞에 사람 키보다 크게 세워진 돌하르방에 관한 내력을 묻자, 이렇게 말한다. "행랑 쪽 장독가리** 밑 시멘트 콘크리트에 큰 돌이 박혀 있었는데 그것을 빼버리고 싶은 마음이 계속 들었어. 어느 날 꿈에선가 옆집 아저씨에게 말해 돌을 파내는데 그 돌이 탁 튕겨나오면서 밑에 깔려 있던 하르방이 벌떡 일어섰어. 하르방이 그 속에 갇혀 있어 너무 답답하다고 영신자인 나를 통해 알음장(계시)을 준 것이지. 얼마 후 길을 가다가 그 돌하르방을 보게 되어 얼른 집으로 모셔 왔지."

여자는 신이 나서 한참 얘기를 하다가 "당신은 도량이 깊어 보이니 뒷산의 대나무를 잘라다 바로 저 언덕 위에 집을 짓고 함께 도를 닦으면 잘하겠다."라고 한다. 무슨 소리인가? "나는 신령을 믿지 않을 뿐만 아니라 가야 할 길이 멀다."라고 답하는데, 때마침 택배 아저씨가 화장지 한 묶음을 들고 배달을 왔다. 떠날 틈을 보고 있었는데 지금이 기회다. 자리를 털고 일어나자, "언제 또 올 것이여?" 한다. "신령님께서 부르시면 올게요." 하고 황급히 발길을 재촉한다.

---

* 신장(神將): 귀신 가운데 무력을 맡은 장수신. 사방의 잡귀나 악신을 몰아낸다고 한다.
** 장독가리는 장독대에 있는 터주가리를 말한 것이다. '터주가리'는 집터를 관장하고 있는 터줏대감, 즉, 터주신을 모시고 있는 신표라고 한다.

그 여자의 신전을 나오면서 찻값으로 복채라도 좀 주고 올걸 그랬나 하는 생각이 든다. 그녀 안에 존재하는 '신령님'의 실체가 무엇인지 더욱 궁금해진다. 수많은 사람이 종교라는 신앙을 가지고, 각양각색의 신을 믿고 산다. 그들의 믿음을 부정할 생각은 없지만, 신이란 과연 존재하는가? 신이란 누구인가? 하나님과 부처와 알라는 누구이고, 그리스 신화에 등장하는 여러 신들과 3억이 넘는다는 힌두신들은 무엇인가? 사람이 신을 만들었는가, 신이 사람을 만들었는가? 어떤 사람이 신의 계시를 받고 신령과 대화할 수 있는 무당이 될까? 왜 신령님은 특정한 사람을 골라 계시를 내리는 것일까? 사람이 태어나서 잘났건 못났건, 부자이건 가난하건, 종교가 있건 없건 간에 대부분 보통 사람들과 부대끼며 평범하게 사는데, 이 여자는 보통 사람들은 알 수 없는 자신만의 세계에서 특이한 삶을 살고 있다. 그녀의 신이 그녀를 이렇게 살라고 운명지었는지.

극심한 통증을 삼킨다

아침에 길을 나서기 전 오늘의 목표를 30킬로미터로 잡았다. 숯가마찜질방에서 반나절을 쉬었던 날과 마곡사에 가기 위해 길을 벗어난 날을 포함해도 어제까지 6일간 하루 평균 30킬로미터를 초과 달성했다. 그래서 오늘 숙소는 논산 시내나 은진면사무소 부근으로 정하고, 점심은 중간 지점인 항월리 초포마을 부근에서 짜장면이나 짬뽕을 먹을 수 있으면 좋겠다고 생각했다. 초포에는 점심시간 전에 도착하지 않을까 생각했는데 무당집에서 해찰 부리다가 시간을 많이 허비했다. 이젠 부지런히 걸어보자.

공주시 계룡면과 논산시 상월면의 경계인 원산천을 건너는 다리를 지나고, 다시 토끼굴을 통과하여 23번 국도의 서쪽 길로 접어든다. 9시 반인데도 한낮처럼 햇살이 강렬하다. 태양은 여름으로 달려가는 연습을 게을리하지 않는다. 쉽게 떨쳐지지 않은 암자의 생각들을 들판에 뿌리면서 걷고 있는데 발에 통증이 감지된다. 왼발이 아파서 오른쪽 다리에 힘을 주고 걸으니 이제는 허리가 아프다. 자세가 틀어지니 허리에 무리가 가는가 보다. 감아쥔 스틱에 힘을 더 배분하면서 몸을 추스른다. 걷기가 편해졌다. 팔이 걷는 데 큰 도움이 된다는 것을 처음 알았다. 인체는 오묘하게 그 주인의 의지를 실현하도록 설계되고 진화되어 왔다는 것을 믿는다. 더 걷다 보면 신체의 균형이 잡히면서 발이 괜찮아지겠지 생각했는데, 한참을 걸어도 상태는 나아지지 않는다. 마침 가게가 보인다. 잠시 쉬어 가야 하겠다. 시원한 냉수 두 병과 아이스크림 한 개를 들고나와 그늘진 돌방석 위에 배낭을 내려놓는다. 달짝지근한 크림이 사르르 녹으면서 입안을 황홀경으로 인도한다. 양말을 벗어보니 양쪽 발이 성하지 않다. 두 발 모두 네 번째 발가락에 물집이 잡혔다가 터진 모양이다. 통증을 피하려고 무의

식적으로 발을 비틀어 그리되었을 것이다. 물집 잡힌 발가락에 연고를 바르고 휴지로 감싼다. 발가락 사이가 벌어져 다소 불편하지만, 그 위에 양말을 신고 다시 운동화를 신는다. 다시 천천히 걷는다. 발가락을 감싼 휴지가 자리를 잡아가니 훨씬 나아진 것 같다.

상월면사무소를 지나 2킬로미터쯤 걸으니 노성면사무소가 있는 읍내리가 나온다. 도시의 동사무소도 아닌데 면 소재지가 거의 붙어 있다. 이곳에는 유학자인 명재 윤증의 고택이 있다고 하나 들를 여유가 없다. 본관이 파평인 윤증은 조선 숙종 때 서인이 노론과 소론으로 분리될 때 소론의 영수로 추대되어 스승이었던 우암 송시열과 대립했고, 여러 차례 조정에 천거되었으나 모두 사양하고 부임하지 않았다고 한다.* 노성중학교 부근 압술막교부터 큰대추말을 지나 초포까지 이어지는 길에는 '벼슬로'라는 이름이 붙어 있다. 계룡면사무소 부근 하대에서 경천까지의 '어사길'에 이어 과거에 급제한 선비들이 벼슬을 얻어 금의환향하는 길이라서 붙여진 이름인지, 명재 선생을 기리고자 붙여진 이름인지는 알 수 없다.

발이 잠시 진정되나 싶었는데 다시 아파진다. 특히 왼발 바깥쪽 발등 부위가 심하게 아픈데, 물집이 생겼던 넷째 발가락이 연결된 부분이다. 점점 통증이 심해져 걸음이 절뚝거린다. 이제

---

* 윤증, 한국민족문화대백과사전, 한국학중앙연구원, http://encykorea.aks.ac.kr/Contents/SearchNavi?keyword=윤증&ridx=0&tot=52

는 스틱에 의지하지 않고는 걷기 힘들다. 초포마을에 11시쯤 도착할 예정이었는데 지금 시각은 11시 55분, 아직 30여 분 이상 더 가야 한다. 같이 도를 닦자던 그 무당이 신령님께 부탁하여 도망치듯 빠져나온 나를 붙잡으려고 발에 족쇄를 채운 것인가? 사나워진 햇살은 5월의 태양도 매서울 수 있다는 듯이 사정없이 내리쬔다. 땅꼬마처럼 작아진 내 그림자는 햇볕에 더욱 쪼그라진다. 낮 최고 기온이 29도라는데 체감 온도는 한여름 날씨인 32~33도를 넘는 듯하다. 발의 부담을 분산하려고 스틱을 거머쥔 손에 땀이 범벅되어 미끄러진다. 왼발의 통증을 줄이기 위해 반사적으로 오른발로 지탱하다 보니 며칠 전에 회복되는 듯하던 무릎이 다시 시큰거린다. 총체적 난국이다. 얼굴이 찡그려지고 어금니에 힘이 들어간다. 하도2리 대추말에 이르니 더위와 통증으로 더 걷기가 힘들다. 오늘의 목적지에 무사히 도착하지 못할 것만 같다. 오늘이 문제가 아니다. 전체 일정의 절반도 못 왔는데 발의 상태가 호전되지 않으면 걷기를 중단해야 할지도 모른다는 두려움이 다시 피어오른다. 수원천에서 만났던 한하운 시인의 「전라도길」이라는 시구가 생각난다. 불편한 몸으로 소록도까지 걸었을 한센병 환자들의 고통이 온몸으로 전달되는 것 같다.

"가도 가도 붉은 황토길/ 숨막히는 더위 속으로 절름거리며/ 가는 길······/ (중략) / 앞으로 남은 두 개의 발가락이 잘릴 때까지/ 가도 가도 천리 먼 전라도 길."

가도 가도 검은 아스팔트 길, 고흥 천 리 길. 시인은 한센병으로 아픈 다리로, 나는 걷다 지쳐 아픈 다리로, 시간을 넘어 함께 절뚝거리며 걷는다. 어깨라도 기댈 수 있었으면…… 투지가 많이 약해진 것 같다. 하지만 어렵게 여기까지 왔으니 중단할 수 없다. 한센병 환자들도 걸었는데 멀쩡한 내가 포기할 수는 없다. 그러나 걸음걸이가 갈수록 부자연스러워지고 속도는 급격히 떨어진다. 걷다가 멈추는 횟수가 잦아진다. 200미터를 채 못 가고 멈추다가 급기야 100미터마다 멈춰 선다. 조바심이 커진다. 아무도 나에게 걷기를 강요하지 않았고 감시하지도 않는데 나는 누구와 무엇 때문에 싸우고 있는가? 하도2리 대추말에 이르러 길가에 정자가 나타난다. 털썩 주저앉아 신발을 벗는다. 화장지 덕분에 발가락 물집이 더는 말썽을 부리지 않았다. 얼얼한 발등에 물파스를 바르고 발가락 사이에 석고처럼 틀어박힌 화장지를 빼내니 소름이 끼치도록 시원한 바람이 그 사이로 지나간다.

휴식은 충전이다. 잠시 쉬었더니 땀이 식으면서 에너지가 충전되었다. 다시 움직여 보자. 빨리 가는 것보다 통증을 줄이면서 오래 걷는 것이 중요하다. 속도를 줄이자. 천천히, 천천히! 고양이가 살금살금 사냥감에 다가가듯 발을 부드럽게 착지하여 무릎의 충격을 최소화한다. 스틱에도 힘을 분배하여 다리의 부담을 덜어준다. 그래, 잘하고 있어. 발과 다리의 관절과 근육들을 마사지하듯 리듬을 타면서 천천히 움직이면 된다. 발과 다리와 무릎을 살살 어르고 달래면서 가는 거야. 빨리 갈 필요는 없다. 나에게는 시간이 충분하다. 아무도 나의 걸음을 재촉하지 않는다. 태양 빛이 따갑고 배가 조금 고프지만 여유를 가지고 한 걸음 한 걸음 조심해서 걸어가는 거야. 천천히, 부드럽게, 사뿐사뿐…….

시간이 얼마나 흘렀는지 배에서 꼬르륵 소리가 난다. 꼬불꼬불 이어지는 앞길을 바라보며 쉬어 갈 수 있는 식당이 나오기를 학수고대한다. 오후 1시가 다 되어 겨우 초포마을까지 왔지만, 식당은커녕 구멍가게조차 보이지 않는다. 사람의 왕래가 잦지 않은 이곳에 무슨 식당이 있을까. 지도를 보니 강을 건너 들판을 지나 한 시간을 더 가야 부적면사무소가 있는 큰 마을이 나온다. 성치 않은 다리로 거기까지 가려면 허기가 심할 것 같다. 햇볕에 미지근하게 데워진 물을 벌컥벌컥 마시며 허기를 달래고, 감각이 마비되어 가는 다리도 달랜다.

풋개다리 앞에서 만난 길 위의 동지들

계룡면에서 시작된 월암천은 금대들을 지나 경천에서 용두천을 흡수하더니 곧 노성천에 합쳐진다. 노성천은 압술막들과 노성들을 지나 초포마을 앞에서 다시 연산천을 받아들여 제법 몸집을 키운다. 하지만 노성천도 이내 강경에서 서해로 빠져나가는 금강에 합류된다. 몸도 다리도 천근만근이다. 초포마을 앞 노성천을 건너는 풋개다리가 바로 앞이다. 『열녀춘향수절가』에는 이몽룡이 "공주 금강을 건너 금영에 중화하고(점심 먹고) 높은 한길 소개문, 어미널티, 경천에 숙소하고 풋개, 사다리, 은진, 간 치당이, 황화정, 장애미고개, 여산읍에 숙소 참하고……."라고 노래하고 있다. 나는 비록 절뚝거리며 왔지만, 이몽룡도 금강을 건너 경천을 거쳐 이 길을 지났고, 이순신 장군도 이 길을 지나가셨으니 힘을 내자. 장군과 암행어사와 같이 가는 길인데, 어떤 난관을 극복하지 못하겠는가? 이분들은 앞으로도 은진, 여산을 거쳐 삼례, 전주까지 든든한 동행이 되어줄 것이다.

풋개다리는 초포교의 우리말 이름으로, 옛날에는 돌로 만들어져 마차도 다녔으나 큰물에 자주 유실되어 조선 숙종 때 다시 세웠다는 기록이 있다. 그래도 물에 자주 잠겼는지 최근에 바로 옆으로 튼실하고 높은 새 교량이 건설되었다. 다리를 건너려던 참에 행색이 수상한 사람을 만났다. 등산복 차림의 사내가 다리 반대편에서 벙거지에 배낭을 메고 양손에 스틱을 쥐고 터벅거리며 다가온다. 거리가 좁혀져도 서로 시선을 피하지 않고 너는 누구냐는 듯 쏘아본다. 다리 저쪽에서 두 명이 더 오고 있다. 나와 반대 방향이니 직감으로 서울로 가는 도보여행자? 서너 걸음 사이로 간격이 좁혀지자, "실례지만 어디서 오시는가요?"라고 먼저 말을 건넨다. 그는 나를 똑바로 응시하면서 약간 흥분된 상태로 당당하고 자랑스럽게 말한다. "우리는 해남 땅끝마을에서부터 국토종단 도보여행을 하고 있는데요." 그러면서 뒤따라 붙는 동료들을 돌아본다. "혹시 선생님도 도보여행 하시는가요?" 물어볼 것도 없이 비슷한 복장으로 이 길 위에서 만났으니 내 모습도 금방 알아차린 것이다. "아! 네, 저도 도보여행하고 있습니다만." "아, 그래요? 어디에서 출발해서 어디로 가십니까?" "저는 서울에서 출발해 전라남도 고흥으로 갑니다." 처음 본 사람들인데도 이렇게 반가울 수가 있을까. 방향은 다르지만 같은 생각을 가지고 같은 뙤약볕 아래서 함께 행동하는 동지들이다. 조금 전에 상상 속에서 이순신 장군과 이몽룡을 만났는데 이분들이 나를 응원하기 위해 환생하셨나? 여행을 준비하면서 삼남길을 걷는 사람들이 꽤 있다는 것을 알았고, 은연중에 이들과 마주칠 수도 있다고 생각했는데 막상 이렇게 만나니 신기하기만 하다. 서로 악수를 하고, 누가 먼저랄 것도 없이 우연한 만남을 기념하기 위해 사진부터 찍는다. 일행 중 한 사람이 주위를 둘러보며 "막걸리라도 한 사발 하면서 얘기를 나눴으면 좋겠는데, 땡볕뿐이네요!" 그렇다. 주변에 나무 그늘조차 없다. 아침에 은진면에서 출발한 이들은 경천이 오늘의 목적지라고 한다. 이들은 서울에 사는 친구들로, 서로 시간이 맞을 때 주말을 이용해 3박 4일 정도 걷고, 다시 날을 잡아 버스나 기차로 지난번 종료 지점으로 이동해 이어서 걷는다. 2년 반 전에 시작했고 이번이 다섯 번째라고 한다. 나는 오늘이 이레째로, 쉬는 날 없이 고흥까지 계속 걸을 것이라 했더니 다들 깜짝 놀란다. 일면식도 없는 사람들이 무슨 할 얘기가 그리 많을까 싶지만, 한마음이 된 길 위의 동지들과 선 채로 한참 동안 얘기를 주고받는다. 너무나 반갑고 더 많은 얘기를 나누고 싶지만, 서로 가야 할 길이 달라 마냥 서서 얘기할 수는 없

풋개다리 위에서 만난 도보 여행자들, 충남 논산시.

다. 서로의 성공을 기원하며 굳게 악수를 하고 각자 갈 길로 발길을 돌린다. '화이팅, 화이팅!' '조심해 가세요!' 오랜 친구와 헤어지는 것처럼 아쉬운 발걸음을 뗀다. 잠시 후 뒤를 돌아보았으나 그들의 모습은 벌써 보이지 않는다. 그러고 보니 통성명도 연락처도 주고받지 않았다. 몇 날 며칠을 걸었던 사람들이라 재미있는 에피소드도 많았을 것이고 서로에게 도움이 되는 정보도 많았을 텐데. 그들이 누구이고, 직업은 무엇인지, 어떻게 여행을 시작하게 되었는지도 궁금하다. 그러나 아무리 궁금해도 이제는 어쩔 수 없다. 처음부터 모르는 사람들이었고, 어차피 스쳐 가는 인연일 뿐이다. 손잡고 그 정도 얘기라도 나눴으니 그걸로 만족

해야지. 아침에 암자의 그 여인이 말하는 것처럼 "모두가 왔다가 가는 것인데, 얽매이지 말고 다 내려놓아야 한다, 잊어야 한다." 라는 말이 새삼 귓전에 강하게 울린다. 인생길에서 만나는 사람들도 모두 이들과 같지 않겠는가? 만나는 시간의 길고 짧음과 관계의 깊고 얕음이 있을 뿐이다.

노성천 건너 넓은 들판 가운데로 호남선 철길이 달리고 그 너머에 부적면 소재지인 마구평이 보인다. 철길 건널목 플라타너스 그늘 아래 무료하게 앉아 있던 철도안내원이 반갑게 인사를 건넨다. 파란 잉크빛 셔츠에 흰색 X자 밴드를 두르고 각 잡힌 모자를 쓴 모습이 1970년대를 배경으로 한 독립 영화의 한 장면 같다. 마구평리는 넓은 들판 가운데에 형성되어 있는 조그마한 읍내 마을이다. 이곳은 조선 시대 평천역(坪川驛)의 말을 먹이던 곳이라 하여 마굿들 또는 마구평이라는 이름으로 불렸다. 다른 설에 의하면, 백제 시대에 신마(神馬) 아홉 마리가 나타난 마을이라 하여 마구평이라 부르게 되었다고 한다.* 백제 때 이곳에는 아홉 명의 장수가 농사를 지으면서 틈틈이 무예를 닦고 있었는데, 가림성에서 구가라는 좌평이 난을 일으켜 임금을 죽이고 진을 쳤다는 소문을 들었다. 이들은 나라를 위하여 그동안 닦은 무예를 쓰자고 결의했다. 아홉 명의 장수가 떠나기로 약속한 날, 말 울음소리가 나더니 어디선가 말 아홉 마리가 율천으로 달려와 물

---

*『한국지명유래집』, 충청편, 국토지리정보원, 2010. 490쪽.

을 마시고 있었다. 이들은 하늘이 말을 내려 주신 것이라 여겨 각자 한 마리씩 잡아타고 가림성으로 향했다. 성문 앞에서 군사들이 적과 대치하던 중 갑자기 아홉 마리의 말들이 공중으로 솟아올라 성벽을 뛰어넘었다. 성안에 진입한 장수들은 닥치는 대로 적을 무찌르고 성문을 열어 진입을 유도했다. 이 와중에 아홉 장수들은 모두 전사하고 말았다. 장수들이 전사하자 아홉 마리의 말들은 쏜살같이 성문 밖으로 달려가 사라져 버렸다. 밤이 깊으면 주인 잃은 말들이 율천으로 내려와 물을 마시고 주인을 기다리며 슬피 울었다. 그 후로 마을 사람들은 말 아홉 마리가 나타난 마을이라 하여 이곳을 마구평이라 불렀다.[*]

점심시간이 지나 배도 고프지만, 아픈 두 다리를 뻗어 쉴 수 있는 식당이 더 간절하다. 무엇보다 더운 날씨에 거북의 등딱지처럼 찰싹 붙어 있는 배낭을 벗어 던지고 싶다. 부적면사무소 부근에 깨끗한 한정식집이 있다. 오후 2시가 넘어 식당은 한산하다. 메뉴판에서 생선구이와 삼겹살, 오리로스 등을 들여다보면서 무엇을 먹을까 고민한다. 정갈한 콩나물무침과 미나리무침은 집밥의 향수를 불러일으킨다. 밥이 맛있어 한 공기를 추가로 주문한다. 식사 중에도 다리와 발을 한없이 주무르면서 제발 말썽을 부리지 말라고 타이른다.

---

[*] 〈디지털논산문화대전〉, 논산의 마을 이야기, "마구평". http://nonsan.grandculture. net/Contents?local=nonsan&dataType=01&contents_id=GC02002203

비닐하우스 속의 필리핀 아가씨들

다시 길을 나서니 거의 오후 3시가 되어간다. 오늘 목적지인 은진면까지는 약 8킬로미터 남았다. 숙소가 없으면 연무까지 더 가야 한다. 발이 잘 따라가 줄지 걱정이다. 고즈넉한 시골 읍내라 황톳길이 어울릴 법하지만, 깨끗하게 포장된 아스팔트 길이 들판으로 굽어든다. 길가 도랑에는 물이 졸졸 흐르고 논두렁에는 초록 생명체들이 악착스럽게 뿌리를 내리고 소담스러운 꽃까지 피워낸다. 마음이 너그러워지고 기분이 좋아진다. 이런 길에서는 다리가 아프다는 것도 잊게 된다. 군데군데 꽤 큰 비닐하우스들이 눈에 띈다. 주로 딸기나 토마토, 수박 등의 과일 농사를 짓고 있다.

반송리를 지나는 길가에는 가히 수백 년 넘게 풍상에 시달려 형체를 알아보기 힘든 거북 석상이 있다. 반송리의 수호신이라 불리는 '거북신'인데, 거북의 등에 있는 비석은 유실되고 없다. 들녘으로 나아갈수록 비닐하우스 단지가 늘어난다. 멀리서 은빛 물결처럼 보였던 것들이다. 들판 가운데서 만나는 대단위 비닐하우스 단지는 서울의 아파트 단지와 닮았다. 상큼한 풀냄새 대신 달달한 냄새가 나는 딸기 하우스 단지를 지나고, 수확이 한창인 방울토마토가 수북이 쌓여 있는 하우스를 지난다. 아주머니 몇 분이 분주한 손놀림으로 스티로폼 박스에 포장 작업을 하고 있다. 방울토마토는 휴대하기 편해 걸으면서 한두 알씩 꺼내 먹

반송리의 수호신인 거북신, 충남 논산시 부적면.

기에 좋고, 갈증 해소와 에너지 보충에도 좋다. 대추방울토마토
는 크고 육질도 튼실해 한 입 깨물면 과즙이 가득 찬다. 밭에서는
싱싱한 토마토를 싼값에 푸짐하게 살 수 있겠거니 생각하고 한
팩을 주문했더니 박스 단위로만 판다고 냉정하게 거절한다. 한
가롭게 여행이나 다니는 놈이 왜 남의 일을 방해하느냐는 심산
이다. '네, 바쁜데 죄송합니다.' 하고 쫓기듯이 물러선다. 딸기 비
닐하우스가 줄지어 있는 좁은 길로 들어섰다. 하우스 내부를 살
짝 들여다보니, 사람 키보다 높은 지주대에 딸기가 주렁주렁 매
달려 있다. 다른 하우스에서는 노부부가 방울토마토를 수확하고
포장하고 있다. 어린 시절에 본 어머니의 모습이다. "고생이 많

습니다. 맛있어 보이네요."라고 인사하자 토마토를 한 움큼 집어주시면서 먹어보라고 하신다. 감사한 마음보다 죄송함이 앞선다. 조심스럽게 여쭈어 두 팩을 사는 데 성공했다. 너무도 고마워서 한 팩은 덤으로 샀다. 파는 사람에게만 덤이 있는 게 아니다.

이번에는 수박을 재배하는 비닐하우스인가 보다. 하우스 아래쪽 비닐을 길게 걷어 올려 통풍구를 만들어 놓았지만 후덥지근한 열기로 가득하다. 출하를 앞둔 수박들이 푸른 잎 사이에서 얼굴을 내밀고 있다. 그 안에서는 70대 할머니와 젊은 여자 둘이 일을 하고 있다. 노인들만 가득한 시골에 웬 젊은 여자들이 있나 했더니, 인력소개소에서 보낸 필리핀 아가씨들이란다. 길 가던 사람이 빼꼼히 들여다보는 게 수줍어서인지 한번 흘끔 쳐다보기만 하고 하던 일을 계속한다. 할머니는 아가씨들의 손놀림이 못마땅해 자꾸 요령을 알려주지만, 아가씨들은 아무런 대꾸도 없이 묵묵히 일만 계속한다. 농촌에서는 외국인 노동자들 없이 농사 짓기 어렵다는데 그 현장이 바로 여기이다. 할머니는 수박 심어 남는 것이 없다고 푸념한다. 일당을 8만 원씩이나 주는데도 외국인 노동자들은 서투르고 일을 열심히 하지 않아 작업 능률이 오르지 않는다고 한다. 거기에다 해가 중천에 있어도 퇴근 시간이 되면 단 1초도 머뭇거리지 않고 하던 일을 팽개치고 가버린단다. 지금 같은 농번기에는 사람 구하기도 쉽지 않으니 제때 맞춰 작물을 돌보기 위해서는 늦게까지 혼자 남아 일할 수밖에 없단다. 도시에는 실업자와 여유 인력이 넘쳐나는데도 말이다.

탑정호의 물을 받아 모내기 준비하는 농부, 충남 논산시 은진면 와야리.

　탑정호에서 흘러나오는 논산천은 신교리를 지난다. 강을 건너는 다리는 최근 건설된 듯하다. 은빛 난간의 교각에는 신교교라는 이름이 붙어 있다. 옛날에 징검다리로 건너던 강에 새로 다리를 놓아 새다리라 불렀고, 새 다리가 헌 다리가 되어 다시 개축되지 않았을까? 어사 이몽룡의 남원길에서 "노성, 풋개, 사다리, 은진……"의 '사다리'는 이 동네를 가리킨다. 새다리를 건너 남쪽 제방길은 갈색 아스콘으로 포장되고 새하얀 페인트로 경계가 마무리되어 도시의 공원길처럼 깨끗하다. 주변의 초록과 어울려 맨발로 걷고 싶은 마음이 든다.

은진 향교에서 만난 그 사람

오후 4시 반이 넘었다. 들판을 벗어나 논산시 동남쪽 외곽을 스쳐 은진면 교촌리로 들어선다. 이제 오늘의 목표 지점에 거의 왔다. 해가 질 때까지는 시간적 여유가 충분해서 좀 더 걷고 싶지만, 다리가 심히 절뚝거리고 발이 아프다. 은진면 소재지에 여관이라도 있으면 좋으련만. 향교 안내판이 있어 쉬어 갈 겸 들른다. 은진향교는 강학 구역 출입구인 외삼문이 누대처럼 높은 계단 위에 있어 출입을 쉽게 허락하지 않아 보인다. 앞마당에는 수령 300년이 넘은 은행나무가 떡하니 서 있고, 정면에 명륜당을 중심으로 좌우에 유생들의 기숙사인 서재와 취성당이란 빛바랜 현판이 걸려 있는 동재가 있다. 유교 사회에서 양반의 자제들은 동재에서 숙식하고 평민이나 중인의 자제들은 서재에서 숙식하며 공부했다. 성현들을 모시는 대성전은 명륜당 뒤편의 한 단 높은 곳에 있는데 제향 구역 출입문인 내삼문을 지나야 한다. 규모가 크지는 않지만, 향교의 기본적인 시설들이 배치되어 있다. 조용하고 엄숙하기까지 한 향교를 구경하고 있는데 동재에서 관리인으로 보이는 사람이 인기척을 내며 나온다. 인사를 건네자 부드러운 얼굴로 웃으면서 커피를 마시려던 참인데 함께 마시자고 한다. 향교에 관해 물어보고 싶은 것이 많은데, 그도 모처럼 얘기 상대를 만나 반가운 모양이다. 그는 은진향교 사무국장이라고 소개하면서 유교와 향교의 유래부터 은진향교의 배향 성인, 시설 구조 등에 대해 상세하게 설명해 준다.

맑은 얼굴에 개량 한복을 입고 차분한 어투로 얘기하는 모습이 여유롭고 사람을 편하게 해준다. 배낭을 메고 스틱을 든 나의 정체를 궁금해한다. 아침나절에도 나 같은 행색의 사람들이 몇 명 다녀갔다는 것이다. 아, 풋개다리에서 만났던 사람들이 은진면에서 출발했다고 했는데 이곳을 거쳐 갔나 보다. "아! 땅끝마을에서부터 도보 여행 한다는 그 친구들 말이죠? 몇 시쯤 지나갔어요? 뭐 하는 사람들이래요? 저도 오전에 풋개다리 부근에서 그들을 만났어요." 아쉽게 헤어진 그들을 연결할 단서라도 찾으려고 연거푸 질문을 던진다. 그들은 서울에서 온 선생님들이라고 소개했다고 한다. 삼남길이 바로 은진향교 앞을 지나고 있다는 것을 알았다. 이런저런 얘기를 나누다 보니 그도 얼마 전에 공무원 정년퇴직을 했고, 놀랍게도 우리는 서로 만난 적이 있었다. 정황상 4~5년 전에 국회 회의 석상에서 두세 차례 얼굴을 마주쳤을 것으로 추정된다. 개인이 아니고 단체로 만났었기에 회의 장소와 내용까지도 기억하지만, 서로의 얼굴은 기억하지 못하고 있었다. 갑자기 오래전부터 만났던 사이처럼 얘기가 많아진다.

퇴직 후 어떤 일을 해야 제2의 인생을 잘 살 수 있는가? 육체적·정신적으로 건강하게 현장에서 오래 일할 수 있는 것이 최고의 삶이다. 수입은 크게 중요하지 않다. 일을 하면서 하루 세끼 굶지 않으면 그만이고, 일이 힘에 부치지 않으면 다행이다. 지금까지 살아왔던 품위를 조금이라도 유지할 수 있으면 더할 나위가 없다. 향교의 일이 엄격한 유교 방식의 틀 안에서 해야 하니 나름 대로 어려움이 있겠지만 그는 제대로 된 일을 택한 것 같다. 벼슬을 마치고 낙향하여 초야에 묻혀 사는 서당 선생님처럼 그의 모습은 자연스럽고 마음 편해 보인다. 은퇴 후에 이렇게 한적한 곳에서 적당히 할 일이 있어서 좋겠다고 했더니 "일에는 '적당히' 가 없다. 일은 하면 할수록 생기고, 하지 않으면 없어진다"고 한다. 일이 몸에 배었다. 옛 고전에 사람을 존경하는 세 가지 기준이 있는데 벼슬(爵)과 나이(齒)와 덕(德)이다. 향교에서는 나이를 가장 우선으로 한다고 한다. 공직 생활을 했음에도 이를 알아주지도 않고 꼰대 유림 어른들의 층층시하에서 법도에 맞게 해야 할 일이 많다는 것을 이렇게 말한 것이리라. 향교에 관해 이것저것을 묻자 사무실에서 1천여 페이지에 달하는 두꺼운 책자 한 권을 가지고 나온다. 은진향교의 모든 것을 정리하여 3년 전에 발간한 향교지라고 한다. 친절하게도 책자가 짐이 될 테니 우편으로 서울 집에 보내주겠다고 한다. 이제 헤어질 시간이다. 명륜당을 배경으로 기념 촬영을 한 후 서둘러 자리를 털고 일어선다. 예상대로 은진면사무소 부근에 묵을 만한 숙소는 없단다. 한사코 연무읍까지 차로 태워다 주겠다는 것을 거절하고 향교를 나선다.

　오후 6시가 되었다. 향교에서 많이 쉬었는데도 피로가 금세 쌓이고 모든 관절이 삐거덕거린다. 다리가 천근만근 무거워진다. 연무 읍내까지 얼추 5~6킬로미터가 넘는 거리이다. 정상적인 상태로 서둘러 가면 7시쯤에는 도착하겠지만 지금과 같은 속

350년 된 은행나무가 지키고 있는 은진향교. 충남 논산시 은진면 교촌리.

도라면 2시간도 더 걸릴 것 같다. 하지만 달리 도리가 없다. 어두워지기 전에 읍내에 도착해야 한다. 마음이 급해진다. 절뚝거리는 걸음걸이가 기계적인 리듬을 타자 속도가 빨라진다. 어느 한 부위에 무리가 가지 않도록 조심하면서 뛰듯이 걷는다. 지난번에도 무릎이 아플 때 정신없이 산길을 헤매고 나니 다음날 해결되었듯이 오늘도 부지런히 걷다 보면 두 다리는 몸 상태에 맞는 최적의 움직임을 찾아낼 것이다.

　해가 완전히 떨어지고 어둠이 날개를 펴고 있다. 연무읍 초입에 모텔이 있으나 불이 꺼져 있고 주변에 식당은커녕 민가도 없다. 20여 분을 더 걸어 읍내 중심가에 숙소를 정한다. 가까운 골목에 괜찮아 보이는 음식점이 있다. 모범음식점 표지가 붙은 돌솥

밥 전문집이다. 접시에 정갈하게 담은 반찬이 맛깔스럽고, 뚝배기에 담긴 구수한 호박된장국은 어머니의 향수를 불러일으킨다. 윤기가 흐르는 찰진 돌솥밥에 완두콩과 은행 몇 알이 놓여 있다. 보는 것만으로도 행복하다. 식당 안에는 손님이 한 테이블 더 있는데 아주머니 네 명이다. 나이는 꽤 들어 보이는데 친구들은 아닌 것 같고, 계 모임인가 싶다. 연금 액수를 얘기하는 것으로 보아 교사들 아니면 공무원 또는 군인들의 부인 모임으로 추측된다. 아, 그러고 보니 아까 향교의 사무국장 부인이 읍내 친구들 모임에 간다고 했는데, 확인해 볼 수는 없지만 내심 틀림없다고 단정 짓는다. 좁은 세상이고 더욱 좁은 시골 읍내라는 생각이 든다.

오늘은 공주시 계룡면 봉명에서 논산시 연무읍까지 32.9킬로미터, 8시간 10분을 걸었다. 거의 물리적 한계에 다다랐다는 것을 느끼면서도 목표한 거리를 완주했다는 것이 기적만 같다. 몸은 녹초가 되어도 기분은 하늘을 날고 있다.

【봉명리-선들-월암리-계룡초등학교-금대리-봉천암-화헌리-월산교-신충3리-상월면사무소-산성리-노성중학교-앞술막교(벼슬로)-하도리(노성들)-대추말-항월리-노성교(풋개다리)-부적면사무소-아호2리-반송1리-신교교-와야리입구-은진향교-용산1리-시묘4리-연무읍 죽본1리 입구-연무고등학교-연무대사거리(동원장)】

8장 전라도 땅에 들어서다

한국 남자들의 성지, 논산 훈련소

출발 1시간 전에 자리에서 일어나 준비를 마치고 6시 40분 숙소를 나선다. 엊저녁 일기예보는 오늘 전국에 천둥과 번개를 동반한 비가 내린다고 했다. 지금은 구름이 짙게 덮여 있으나 당장 비가 올 것 같지는 않다. 오늘 갈 길은 시골길이 많아 혹시 식당을 못 만나거나 시간대가 맞지 않으면 점심을 건너뛸 수도 있다는 생각에 바나나와 토마토 등 간식거리를 충분히 준비했다. 서울에서 출발할 때 배낭 무게를 최대한 줄이려고 비워두었던 공간이 채워져 무게가 늘었다. 어디든 가게를 쉽게 찾을 수 있는데도 욕심과 조바심 때문이다.

이른 아침에 조용한 읍내 길가 빈터에 사람들이 20~30여 명

외국인 근로자들로 북적이는 인력사무소, 충남 논산시 연무읍.

몰려 있다. 인력사무소 간판이 있는 것을 보니 일용직 인력시장
이다. 농촌에는 아침 일찍부터 농사일이 시작되므로 많은 사람
이 벌써 일을 나갔는데 이들은 아직 자리를 얻지 못했나 보다. 추
운 날씨가 아닌데 허름한 옷차림의 일꾼들이 서너 명씩 무리 지어
웅크리고 앉아 담배를 피우면서 오늘의 고용주가 나타나기를 기
다리고 있다. 대부분 외국인 노동자들로 보인다. 더운 나라 출신
에게는 이 날씨도 추울 수 있겠다. 날씨보다는 마음이 더 추워서
그리리라 생각한다. 읍내를 관통하는 간선도로를 따라간다. 멀
지 않은 거리에 또 다른 인력사무소가 있다. 언젠가 TV를 통해 서
울 인력시장 모습을 본 적이 있다. 하루 벌어 하루 먹는 막노동자

들이 깜깜한 새벽녘부터 나와 기다리다가 누군가는 일을 배정받아 일터로 실려 가고, 누군가는 마지막까지 일을 배정받지 못하고 허탈하게 발길을 되돌렸다. 서울에서야 일도 많고 공사장이 많아 인력시장이 활발하다지만 이런 시골에 인력소개소가 두 개씩이나 있나? 인력이 어떻게 공급되고 임금은 얼마씩 받고 소개비는 얼마이고 등등, 갑자기 궁금증이 발동한다. 사무실 안으로 들어가니 여기에도 많은 사람이 있다. 소장의 말에 의하면 연무읍내에 이와 같은 인력소개소가 7~8개나 있다고 한다. 이곳을 찾는 노동자의 대부분이 외국인이고, 중국, 필리핀, 베트남, 캄보디아, 몽고, 우즈베키스탄 등 세계 각국의 노동자들이 있다고 한다. 일당은 여자가 8만 원, 남자가 12만 원이다. 인력소개소당 하루 20~30명씩 소개한다고 하니 연무 읍내에 하루 200여 명의 인력이 소화되는 셈이다. 외국인들은 일이 서툴지만 내국인보다 선호도가 높다. 우리나라 사람들은 나이 많은 노인들이 대부분이고, 가끔 젊은 사람도 있지만 일할 자세가 되어 있지 않아 농가에서도 피한다고 한다. 소장은 내가 귀찮아졌는지 아니면 꼬치꼬치 캐묻는 말에 출입국관리소나 기관에서 나온 단속반으로 의심하는지 갑자기 대화를 툭 끊고 답을 회피하더니 이내 자리를 뜨고 만다.

읍내 시가지를 벗어날 무렵 어디서 나타났는지 남쪽으로 내달리는 1번 국도가 사선으로 비껴와 마주친다. 연무삼거리이다. 표지판에는 왼쪽으로 논산, 오른쪽으로 육군훈련소 가는 길이 표시되어 있다. 순간 뇌리 깊은 곳에서 생생한 기억 한 덩어리가 불쑥 솟아오른다. 그렇다! 여기가 대한민국 남성이라면 잊지 못할 추억이 서려 있는 논산이다. 연무읍에서 하룻밤을 보내면서도 멀지 않은 이곳에 훈련소가 있다는 사실을 전혀 인지하지 못했다. 가까운 곳에서 패기 넘치는 함성이 들린다. 훈련병들이 아침 구보를 하거나 체조를 하는 것이겠지.

1킬로미터를 더 가면 입영심사대가 나온다. 고속버스를 타고 개별 입대하면서 너풀거리던 장발을 밀었던 예전의 그 이발소가 여기 어디쯤이었을 텐데. 아무리 기억을 더듬어봐도 예전 모습은 찾아볼 수 없고, 이발소 안의 모습만 누렇게 탈색된 기억으로 아련해지고 있다. 길가에는 펜션과 모텔, 민박집 등이 유별나게 눈에 많이 띈다. 음식점도 많다. 옛날과 다른 풍경이다. 지금까지 걸어오면서 원하는 곳에서 숙소를 쉽게 구하지 못했던 도보 여행자의 관심 때문인지도 모르겠다. 관광지도 아닌 군부대 주변에 이렇게 많은 숙박업소가 영업 수지를 맞출 수 있을까 궁금했는데, 마주친 민박집 아주머니가 알려주신다. 매주 월요일과 목요일에 현역이나 보충역 입영식이 있고, 화요일과 목요일에는 기초훈련을 마친 장병들의 수료식이 열린다. 이 일대의 숙박업소들은 멀리서 수료식에 참석하기 위해 전날 도착한 사람들이 이용하기도 하지만 대부분 수료식 당일 외출이 허락된 장병과 가족의 휴식 장소로 이용된다. 일시에 쏟아져 나오는 장병과 가족을 동시에 수용하기 위해 많은 펜션이 들어서 있는 것이다. 세월이 흐르면서 모든 것이 변하게 마련이지만 군대와 관련된 문화도 참 많이 변했다.

호남의 첫 고을

황화교차로에서 왕복 4차로의 1번 국도를 비켜 옛 국도로 들어서자 점점 민가가 줄어들고 평온한 야산과 논밭의 풍경이 늘어난다. 1시간 정도 걷고 나서 잠시 쉬었다 가야 하나 생각하며 몸 상태를 살펴보니 발이 거짓말처럼 편해졌다. 멀쩡하다고 할 수는 없지만, 어제의 극심한 통증은 거의 사라지고 없다. 편히 걸을 수 있어 모든 게 감사하다. 이 상태만 계속 유지되면 좋겠다.

'1번 국도 금마까지 14km'라 적힌 도로표지판에 산속 등산로에서 흔히 볼 수 있는 붉은색 리본이 바람에 흩날리고 있다. '충무공 이순신 백의종군길'이라 쓰여 있다. 어느 단체에선가 충무공의 정신을 기리기 위해 이 길로 걸어갔다는 흔적이다. 백의종군길은 장군이 한양에서 출발하여 아산 선영에 들렀다가 합천에 있는 도원수의 진영에 도착하기까지 640여 킬로미터에 이르는 길이다.* 백의종군길은 삼남길을 따라가다 삼례에서 남원 쪽

---

* 이순신, 송찬섭 엮어 옮김, 『난중일기』, 서해문집, 2014, '임진년 아침이 밝아오다'.
  장군은 출옥 이틀 후인 4월 3일 한양을 출발하여 과천 인덕원을 지나 수원, 독성(오산), 진위(평택), 수탄(송탄)을 거쳐 5일에 아산 선영에 도착했다. 그러나 13일에 모친이 별세

으로 가는 통영별로로 들어선다. 고흥길과는 군포에서 평택까지, 공주에서 삼례까지, 그리고 구례에서 순천 가는 길까지가 겹쳐진다. 장군의 백의종군길 행군 속도는 일행이 많고 지나는 고을의 수령, 현감, 판관, 부윤 등 만나는 사람이 많았음에도 말을 타고 가서 그런지 비교적 빠른 편이다. 장군은 아산에 머물던 날을 제외하면 서울 출발 엿새째 오후쯤 이곳을 통과했다. 내가 걸어서 서울에서 출발한 지 여드레째 오전이니 장군 일행이 나보다 하루 정도 빨리 이곳을 통과한 셈이다. 400년 전에 이 길을 지나갔던 장군의 당당하고 힘찬 기운이 내 다리에도 전달되어 힘이 보태지는 기분이 든다. 나보다 앞서 리본을 매달면서 이 길로 지나갔던 답사자들도 그런 생각을 하면서 지나갔을까?

　한참을 걸었는데도 아직 아침 8시 50분밖에 안 되었다. 마전리 고갯길 버스정류장 옆 도로변에는 빨간 튤립과 노란 수선화가 활짝 피어 있는 작은 꽃밭이 있다. 허리가 편해 보이지 않는 할머니가 동그란 엉덩이 의자에 쪼그려 앉아 열심히 꽃밭을 가꾸고 있다. 낮은 담벼락이 민가와 도로의 경계를 이룰 뿐 담 너머 보이는 좁은 뜰에도 꽃들이 한가득 피어 있다. 꽃이 너무도 예쁘다고 인사를 건네니 꽃보다 더 활짝 웃는다. 도로의 갓길도 마당도

했고, 상중임에도 19일에는 영전에 인사만 드리고 다시 길을 떠나야만 했다. 이후 공주와 이산(논산), 여산, 삼례, 전주를 거쳐 26일에 구례현, 27일에 순천 송치, 송원에 도착한다. 5월에는 순천과 구례에 머물다가 6월 4일에 도원수 권율 장군 진영이 있는 합천 초계현에 도착하여 백의종군한다. 7월 16일 원균이 칠천량 전투에서 패배하여 전사하자 8월 3일 이순신 장군은 삼도수군통제사에 복귀한다.

마전리 도로변의 작은 꽃밭, 충남 논산시 연무읍.

모두 할머니의 정원이면서 오가는 사람들의 정원이다. 이런 세상이 아름다운 세상이다.

고갯마루에 도의 경계를 알리는 커다란 도로표지판이 나타난다. 여기서부터는 전라북도 익산시 여산면이다. 여러 날 쉽지 않은 발걸음을 재촉하면서 경기도를 지나고 충청도를 넘어 드디어 전라도 땅에 들어선 것이다. 고개를 살짝 넘어가니 '호남의 첫 고을, 월곡마을'이라 새긴 커다란 화강석 표지석이 서 있다. 몇 걸음으로 경계를 넘었을 뿐인데 호남이라는 말에 기분이 달라진다. 바람과 땅의 기운을 감지하려고 심호흡을 한다.

이전에 호남의 첫 고을은 아까 지나왔던 황화교차로가 있는 황화정리였는데, 1963년 충청남도에 편입되었다.* 조선시대 전라감사가 부임하면 그곳 황화정 정자에서 신·구 관찰사의 업무 인수인계가 이루어졌다. 조선의 8도 행정구역 중 하나였던 전라도는 1896년 13도제 실시로 전라남도와 전라북도로 분리되었고, 1946년 제주도가 도로 승격되면서 전라남도에서 분리되었다. 전라도는 전주와 나주의 첫 글자를 따서 지어진 이름이고, 호강(지금의 금강)의 남쪽 지역이라서 호남이라 부른다. 호남 지역은 서북 지역과 함께 지역 차별에 대한 문제가 제기되곤 했다. 조선시대에는 서북 지역의 차별이 심했다. 1811년에 일어난 홍경래의 난은 세도가와 결탁한 수령들의 백성들에 대한 경제적 수탈이 극심해진 것도 이유가 되지만 평안도에 대한 지역 차별도 또 다른 이유였다. 호남에 대한 인식은 좀 다르다. 고려 태조의 훈요 10조에 차령 이남의 사람들을 벼슬에 두지 말라는 것이 그 시초라는 이야기도 있지만 조선 시대까지 호남 소외론은 없었다고 본다는 의견에 동의한다. '훈요 10조'의 '차현 이남과 공주강 바깥'은 차령과 금강 사이로 해석하는 것이 타당하기 때문이다. 호남 차별의 실체는 일본 제국주의의 소산이고 민초들의 위정자에 대한 저항 때문이 아닐까 생각한다. 일본은 대한제국을 병합하기 직전인 1909년 일본에 저항하는 의병 활동이 가장 활발한 전

---

* 황화정이 있던 전라북도 익산군 황화면은 1963년 1월 충청남도 논산군 구자곡면과 통합되어 연무읍으로 승격되었다.

충남과 전북의 경계를 알리는 도로 표지판(위)과 호남의 첫 고을인 월곡마을 표지석(아래), 전북 익산시 여산면 두여리.

여러 날 쉽지 않은 발걸음을 재촉하면서 경기도를 지나고 충청도를 넘어
드디어 전라도 땅에 들어선 것이다. 고개를 살짝 넘어가니
'호남의 첫 고을, 월곡마을'이라 새긴 커다란 화강석 표지석이 서 있다.

라도 지역에 대해 '남한 대토벌 작전'을 실시했다. 이 지역은 동학농민운동의 본거지로서 항일 의식이 강해서 일본은 호남 지역의 의병을 완전히 뿌리 뽑아야 대한제국을 합병하고 통치하는 데 문제가 생기지 않을 것으로 판단했기 때문이다. 다른 지역에 비해 농지가 넓어 근대 봉건적 사회구조에서 소작인 신분으로 핍박받았던 농민들에게 일제의 경제적 수탈은 생존권의 문제였다. 그래서 사람들이 사회 활동에 적극 참여하고 위정자들에게 고분고분하지 않았다. 이러한 성향이 동학농민운동과 호남의병항쟁, 광주학생항일운동, 5·18 민주화운동 등의 저항운동으로 연결되지 않았을까? 저항운동은 국민의 생존권을 회복하고 나라의 근간을 지키는 투쟁이다. 이순신 장군은 전라좌수영 여수에서 한산도로 옮겨갈 때 사헌부에 있는 친구에게 쓴 편지에서 '호남이 없으면 나라도 없다(若無湖南 是無國家)'라는 글로써 호남의 중요성을 말했다.

죽음을 불사하는 사람들

여산 읍내로 들어서는 길목에 숲정이 순교 성지가 있다. 이곳은 1866년 대원군의 쇄국 정책과 천주교 말살 정책으로 시작된 병인박해 때 금산, 진산, 고산의 천주교 신자들이 여산 관아에 끌려와 처형된 곳인데 기록상으로만 22명이 순교했다. 이 순교자들은 숲정이와 장터에서 참수형 또는 교수형으로 처형되었고, 배다리에서는 물에 빠뜨려 익사시키는 수장형이, 동헌 아래 빈 터에서는 얼굴에 백지를 덮어 질식시켜 처형하는 백지사형이 집행되었다.[*] 숲정이라는 말이 생소하여 인터넷을 찾아보니 마을 부근에 있는 숲이라는 뜻으로 외지고 한적하여 중죄인의 처형장으로 이용되었다고 한다. 예전에는 읍내에서 벗어나 숲이 우거졌기에 붙여진 이름이었겠지만 지금은 큰 나무 한 그루 없이 탁 트인 길가의 논밭 가장자리에 있다. 성지를 새로 정비한 지가 그리 오래되지 않아 보인다. 불행이 다시는 반복되지 않기를 바라는 마음에서 숲을 쳐내고 햇빛이 밝은 평지로 만들었을까? 성지의 중앙에는 미켈란젤로의 피에타상이 있고, 제단 양쪽으로 십자가와 그리스도상이 있다. 그 옆 울타리에는 순교자들의 넋인 듯 새하얀 수국 봉오리들이 작은 솜사탕처럼 송이송이 달려 있다.

발길을 돌려 여산성당으로 간다. 나지막한 언덕 위에 붉은 벽돌의 고딕식 건물에는 회색빛 하늘을 찌르는 뾰족한 첨탑이 있고, 첨탑 위에 곧게 올라선 십자가는 천주교 불모지에서 자신의 신념을 관철하려 했던 신자들의 장엄한 기개와 슬픔을 나타내고 있는 것처럼 보인다. 로마에서 초기 기독교의 박해 이유는 황제 숭배를 거부했기 때문이기도 하지만, 황당하게도 예배 의식에 대한 오해 때문에 생기기도 했다고 한다. 교인들이 모두를

---

[*] 여산 순교성지 안내판.

성지의 중앙에는 미켈란젤로의 피에타상이 있고, 제단 양쪽으로 십자가와 그리
스도상이 있다. 그 옆 울타리에는 순교자들의 넋인 듯 새하얀 수국 봉오리들이
작은 솜사탕처럼 송이송이 달려 있다.

여산동헌은 넓지 않은 터에 하나의 건물만 덩그러니 서 있다.
행랑채가 들어섰을 법한 공간에는 엉뚱하게도 척화비를 앞세우고
수령들의 선정비 여덟 기가 줄지어 서 있다.

형제자매라 부르고 비밀리에 모여 예수님의 몸과 피를 마신다는 성찬식은 식인 풍습과 근친상간의 의심을 불러일으켰다는 것이다. 우리나라 초기 천주교 박해의 이유도 유교 이념이 지배적인 사회에서 조상에 대한 제사를 거부하는 것이 사회 풍속을 무너뜨리는 범죄로 인식된 결과이다. 여산동헌 바로 밑에는 백지사 터가 있다. 순교 성지를 알리는 석판 표지에는 다음과 같이 기록되어 있다.

"이곳은 대원군의 집정 때인 1866년 병인박해가 계속 진행되는 동안 천주교 신자들의 처형장이 되었다. 얼굴에 물을 뿜고 백지 붙이기를 여러 번 거듭하는 동안 질식되는 질식사형으로 쇄국정책의 분노와 증오에 양심과 신앙의 자유가 질식한 곳이다."

나라를 통치한다는 것이 무엇인가? 사회질서가 무엇이고 누구를 위한 질서인가? 나라의 주인은 누구인가? 똑같은 인간이 무슨 자격으로 다른 사람의 생각을 범죄로 규정하고 생명까지 앗아갈 수 있다는 것인가? 죽음을 조금도 두려워하지 않는 강철 같은 믿음은 어디에서 나오는 것이고, 이를 깨트리려는 잔학함은 또 어디에서 오며 그 끝은 과연 어디인지 모를 일이다.

여산동헌은 넓지 않은 터에 하나의 건물만 덩그러니 서 있다. 보통 관아는 수령이 공무를 수행하는 건물과 수령의 가족들이 거주하는 건물, 창고나 객사 등이 있었을 터인데 뭔가 허전한 감이 든다. 행랑채가 들어섰을 법한 공간에는 엉뚱하게도 척화비를 앞세우고 수령들의 선정비 여덟 기가 줄지어 서 있다. 울타리에 갇힌 척화비에는 "**洋夷侵犯非戰則和主和賣國**(양이침범비전즉화주화매국)"이라는 문구가 새겨져 있다. 오랑캐와 싸우지 않고 화친을 하자는 것은 나라를 팔아먹는 것이라는 흥선대원군은 병인양요와 신미양요 이후 백성들에게 강한 항전 의식을 심어주기 위하여 서울 종로, 동래, 부산진, 함양, 경주 등에 척화비를 세웠다. 임오군란 이후 대원군이 실각하자 일본공사관의 요구에 따라 모두 철거되어 인근 땅에 묻혔다가 나중에 발견되었는데, 여산 척화비는 여산초등학교에서 발견되어 동헌으로 이전했다고 한다.*

동헌 앞마당 끝자락에는 수령이 600년 정도로 추정되는 높이 20미터 이상의 느티나무 몇 주가 서 있다. 이 나무들은 120년 전 그루터기 아래에서 사회의 결속을 명분으로 힘없는 민초들에게 자행했던 반인륜적인 만행을 소상히 기억하고 있으리라. 느티나무는 비극의 현장인 백지사터를 애써 감추려는 듯 무성한 잎으로 빈터를 가리고 있다.

무거운 마음으로 백지사터를 뒤로하고 길을 재촉한다. 도로변의 상가들은 나지막한 1, 2층 건물이다. 간판이 수수하고 단정하게 정리되어 있다. 외곽으로 나가는 길에 경로를 벗어나 30여 분을 할애하여 여산향교를 둘러본다. 조선 태종 2년에 창건했다는 대성전은 임진왜란 때 불타 새로 건립되고 1917년에 전면 보수되었다고 한다. 고색이 짙은 명륜당은 높은 주춧돌 위에 우뚝

---

* 한국관광공사, 대한민국 구석구석. http://korean.visitkorean.or.kr

올라앉아 있고 대성전 건물은 다시 보수 작업을 하는지 빙 둘러 비계가 설치되어 있다. 우중충한 하늘의 회색 구름 아래에 잿빛 기와지붕과, 연기에 그을린 듯한 기둥과 처마, 그리고 검정 보도 블록까지 온통 어두운 색깔에 외삼문의 단청도 빛이 바래 있다. 세월의 흔적인가 아니면 순교성지라 그런가?

교창삼거리로 돌아와 다시 길을 잇는다. 천주교 순교자들이 잠들어 있는 천호성지로 가는 표지판 아래에는 문수사와 백련암 등 4개 사찰로 가는 이정표도 함께 서 있다. 어지러운 표지판을 보면서 사람들은 참으로 다양한 신앙을 가지고 산다는 생각이 든다. 어제 오늘 걸어왔던 지역에는 그렇게 많은 사람이 살지 않는데도 종교적 색채가 참으로 다양하다. 어제 계룡면을 지나오면서 민속신앙을 믿는 암자들이 많이 보였는데, 이곳 여산 읍내에도 여러 가지 종교 시설이 있다. 읍내 마을에 개신교 교회, 천주교 성당, 원불교 교당, 불교 사찰, 유교의 향교도 있어 우리나라 종교는 다 모여 있는 것 같다. 이곳에는 왜 이렇게 여러 종교가 발달했고 일찍부터 서양의 천주교가 전파되었는지 궁금하다. 이곳 사람들은 어떤 종교를 몇 명이나 믿는지 자료를 찾아보았다.

2015년 통계청에서 조사한 국내 종교별 인구수 대비 이 고장의 종교별 인구 분포상 특이점을 보면,[*] 불교 인구가 우리나라

---

[*] 통계청, 「인구주택총조사」 2015. 성별/연령별/종교별 인구 참고.
　전국 총인구 4,905만, 불교 762만(15.5퍼센트), 기독교(개신교) 968만(19.7퍼센트), 기독교(천주교) 389만(7.9퍼센트), 원불교 8만(0.2퍼센트), 유교 8만(0.2퍼센트), 천도교 7만

왼쪽 위부터 명륜당, 불교 사찰 이정표, 천주교 성당, 원불교 성당, 개신교 교회, 전북 익산시 여산면.

읍내 마을에 개신교 교회, 천주교 성당, 원불교 교당, 불교 사찰, 유교의 향교도 있어 우리나라 종교는 다 모여 있는 것 같다. 이곳에는 왜 이렇게 여러 종교가 발달했고 일찍부터 서양의 천주교가 전파되었는지 궁금하다.

전체 인구의 15.5퍼센트인 데 비해 이곳 여산면이 속한 익산시는 6.8퍼센트이고, 개신교가 전국 19.8퍼센트 대비 29.7퍼센트, 원불교가 전국 0.2퍼센트 대비 4.1퍼센트다. 불교 인구비는 낮고 개신교와 원불교 신자가 다른 지역에 비해 월등히 수치가 높다. 다만, 순교성지가 있는 곳임에도 불구하고 천주교는 전국 7.9퍼센트 대비 6.1퍼센트로 오히려 낮은 분포를 보인다. 세상이 어지러울수록 사람들은 신을 찾게 되는데, 이곳은 다른 지역에 비해 평온하지 못했는가 보다. 아니면 사람들이 순박하여 여기저기서 주장되고 발현되는 생각과 신앙에 쉽게 동화되었든지.

두 번째 마주친 고행 동지

원수리 저수지 끝자락에 붙어 있는 연명교차로에서 지방도를 따라가다가 고갯길을 넘으면 왕궁면이다. 왕궁의 지명은 삼한시대 마한의 도읍지였다는 설에서 유래했다. 길을 걷는 모습이 도롯가에 설치된 원형 볼록거울에 비친다. 거울 본 지가 오래다 싶어 가까이 다가간다. 볼록거울은 길지 않은 다리를 더욱 짧

(0.1퍼센트), 대순진리회 4만(0.1퍼센트), 기타 10만, 종교 없음 2,750만. 익산 지역 총인구 29만 3천, 불교 2만(6.8퍼센트), 개신교 8만 7천(29.7퍼센트), 천주교 1만 8천(6.1퍼센트), 원불교 1만 2천(4.1퍼센트), 유교 300, 천도교 400, 대순진리회 100, 기타 300, 종교 없음 15만 5천(52.2퍼센트).

게 비춰 준다. 연정리는 어림잡아 삼사십 호 정도 되어 보이는 조그마한 시골 마을이다. 혹시 식당이나 가게도 있을지 몰라 곧은 도로를 포기하고 동네 앞으로 살짝 우회하는 길을 택한다. 인적이 뜸한 길 맞은편에서 한 젊은이가 오고 있다. 간편한 등산복 차림에 배낭을 메었다. 항월리에서 짧게 만났던 동지들이 떠오른다. 거리가 가까워지면서 서로의 눈빛이 찌릿하게 교차한다. 30대 중후반쯤 되어 보인다. 틀림없다! 도보여행 동지가 분명하다. 풋개다리에서 만난 사람들처럼 처음 보는 사람인데 이렇게 반가울 수가. "안녕하세요? 고생 많습니다. 어디로 가시나요?" "네, 어디서 오신가요? 논산으로 가는데요." 대답보다 질문이 앞선다. "도보여행 하시나요? 어디서 출발하셨나요?" "삼남길을 걷는데, 오늘은 삼례에서 출발했습니다." "아, 저는 서울에서 출발했는데 삼례로 가는 중입니다. 목적지는 고흥이고요."

감히 비교할 수 없겠지만 만주에서 항일운동하는 독립운동가들이 황야에서 우연히 만날 때 이런 기분이었을까? 성도 이름도 모르고 얼굴 한 번 본 적도 없으며 가는 방향도 반대이지만, 고독과 싸우며 걷는 사람을 만난다는 것은 반가움을 넘어 뜨거운 동지애를 느낀다. 풋개다리 사람들과 많은 얘기를 못 한 것이 못내 서운했었는데 다시 그럴 수는 없다.

"어디 앉아서 음료수라도 한잔 마시고 갑시다." "지금 저리 돌아왔는데 이 동네에는 앉아 쉴 만한 가게가 없어요." 잠시 서서 얘기를 나누다가 큰길 가의 간이 버스정류장이 눈에 띈다. "저기에라도 앉아 잠시 쉬었다 갑시다." 하고 손을 이끌었다. 훤칠한 키에 서글서글하고 선한 인상을 지닌 그는 목포세무서에서 근무한다고 한다. 공직자라 후배 같고 더욱 친근감이 든다. 그는 재작년부터 주말이나 쉬는 날이면 혼자 삼남길 걷기를 시작하여 하루 20킬로미터 정도씩 이어 걷기를 하고 있단다. 항월리에서 만났던 교사팀과 같은 방식이다. 우리나라는 직장을 가진 사람들이 몇 주씩 휴가를 낼 수 있는 환경이 아직은 아니다. 1년 반 동안 거의 절반 정도 왔으니 내년 말쯤에는 서울에 도착할 수 있겠다. 그는 현직 공무원이라 휴일에만 움직일 수 있을 뿐만 아니라 젊은 가장으로서 가정도 보살펴야 하는 한계가 있단다. 내가 서울에서 여드레 만에 여기까지 왔다는 데 깜짝 놀라고, 출근 걱정 없이 걸어갈 수 있다는 게 여간 부럽지 않은 모양이다.

"쉬는 날 없이 매일 계속해서 걸으면 다리에 무리가 오지 않는가요?"라고 묻는다. "오래 걷다 보면 발, 다리, 허리가 돌아가면서 아파요. 어제도 무릎 관절과 발이 아파 심히 괴로웠는데 자세를 바로 하고 다리를 살살 다스리면서 걸으면 어느 정도 치유가 가능한 것 같아요."라고 돌팔이 경험담도 들려준다.

젊은 사람이 보통은 주말에 친구들과 어울려 놀기에도 바쁠 터인데 왜 그렇게 외롭고 힘든 일을 사서 하는지 묻고 싶다. 하지만 그것은 나 자신에게 묻는 것이 더 합당하다는 생각에 질문을 꿀꺽 삼키고 만다. 처음 본 동지와의 만남을 기념하여 함께 사진을 찍는다. 이어서 어제의 실수를 반복하지 않도록 전화번호를

왕궁면 고갯길의 도로 반사경에 비친 여행자, 전북 익산시 왕궁면 동봉리.

교환하고 사진을 바로 전송해 준다. 둘 다 손가락을 V자로 펴고
활짝 웃는 모습이다. 나중에 이 사진을 볼 때면 이 친구가 완주에
성공했는지 궁금할 게 분명하다. 언젠가 다시 만났을 때 왜 그 머
나먼 길을 고생하면서 걸었는지, 왜 길동무도 없이 혼자서 걸었
는지, 무슨 생각을 하면서 걸었는지, 걷고 나서 무엇을 느끼고 얻
은 것은 무엇인지 등등을 묻고 답해 주고 싶다. 서로가 계획대로
완주하기를 바라면서 힘주어 악수를 나눈다. 동지와 헤어지고
다시 돌아서는 동봉교 다리 난간에는 땅끝으로 가는 삼남길 표
지판이 붙어 있다. 길가 전봇대에는 백의종군길 빨간 리본이 너
풀거린다. 남은 여행길에 국토 종주하는 사람들을 또 만날 수도

있지 않을까 기대된다.

예술가의 꿈

한적한 도로 왼편으로 왕궁저수지가 길게 따라온다. 배가 꼬르륵거리며 밥을 달라고 한다. 저수지 길가에 매운탕집이 나타난다. 건물도 크고 제법 큰 주차장에 차들이 가득한 것을 보니 맛집이 틀림없다. 식당 안팎에 손님들로 바글거린다. 그러나 피크타임에 1인 손님은 매력이 없는 천덕꾸러기에 불과하다. 대놓고 거부하지는 않지만, 오래 기다려야 한다는 말뿐이고 얼마나 대기해야 하는지 알려주지도 않는다. 붕어찜과 메기탕을 상상만 하고 발길을 돌린다. 오후 1시가 다 되어간다. 저수지 남단에는 익산보석박물관이 있다. 주차장 입구 도로변에 있는 생선구이 백반집에서 한 끼 식사를 마친다.

왕궁농공단지 방향으로 들어서자 길 오른쪽에 눈길을 확 잡아끄는 조그마한 양귀비 꽃밭에 수목원과 찻집 이름이 바윗돌에 새겨져 있다. 입구의 소나무가 손님들을 반긴다. 꽃잔디를 필두로 각양각색의 들꽃들이 낮은 흙담과 자연스럽게 어우러져 있고 넓은 잔디밭과 잘 다듬어진 정원수들이 안쪽으로 발길을 유혹한다. 그래서 수목원이라는 팻말을 달았나 보다.

전통적인 한국 정원 속에 품격을 잃지 않은 전면 다섯 간의 고택과 행랑채, 그리고 정자가 있다. 한옥 전체를 전통찻집으로 이용하고 있는데, 건물과 시설의 관리부터 정원의 잔디밭과 각종 수목, 화초들의 배치까지 주인의 세심한 손길이 곳곳에 묻어 있다. 가옥을 잘 보존하면서 생업에 활용하는 것을 보니 지혜가 많은 후손이다. 고즈넉한 고택 마루에서 차 한잔 마시고 싶은데 젊은 연인들이나 가족 단위의 나들이객들로 빈자리가 없다. 언젠가 이 길을 지날 때면 다시 들러봐야 할 곳으로 마음속에 저장하고 다원을 나선다.

도로 확장 공사로 차도와 인도가 어수선하다. 그러한 도로변의 황토 마당에 목을 빼고 있는 기린 조형물 두 점이 멀리서부터 눈길을 사로잡는다. 도로공사에 맞춰 새로 조성되고 있는 조각공원인가? 아니면 조형물을 만드는 공장인가? 어린 꼬마들이 장난감 가게를 그냥 지나치지 못하듯이 반사적으로 발길이 조형물 쪽으로 돌아선다. 널따란 마당 입구에는 새로 공사한 정원석 사이로 선홍색 패랭이꽃과 밝은 보랏빛 꽃잔디가 탐스럽게 피어 있다. 가까이 다가가서 보니 기묘한 반추상적 금속 조형물들이 여러 점 세워져 있다. 이 예술 작품들을 구성하고 있는 재료는 모두 고철 쓰레기이다. 각종 생활 쓰레기의 특징을 잘 살리고 적재적소에 활용하여 독특하고 재미있는 예술품을 만들어낸 작가의 상상력이 대단하다. 깨지고 부서지고 버려지는 고철들이 이렇게 재미있고 친근한 예술품으로 탈바꿈하다니 놀랍다.

마당 안쪽으로 들어서니 수더분한 농사꾼 작업복을 걸친 두

전통찻집으로 부활한 고택(위)과 수목원처럼 잘 가꾸어진 정원(아래), 전북 익산시 왕궁면 광암리.

건물과 시설의 관리부터 정원의 잔디밭과 각종 수목,
화초들의 배치까지 주인의 세심한 손길이 곳곳에 묻어 있다.
가옥을 잘 보존하면서 생업에 활용하는 것을 보니 지혜가 많은 후손이다.

남자가 음료 캔을 기울이면서 웃고 떠들며 뭔가를 하고 있다. 구경 좀 하려고 왔다고 했더니 얼마든지 하시라면서 "모두 이 친구가 만든 작품이지요."라고 한다. 그러자 친구는 "이 친구가 온갖 고물들을 모아서 여기에다 버리니 내가 이렇게 처리할 수밖에……." 하며 맞장구친다. 두 사람은 깨복쟁이 동네 친구란다. 고철로 작품을 만드는 것이 알려지면서 온 동네 사람들이 갖가지 재료를 가져다줘서 쓰레기 처리장이 따로 없단다. 작품도 훌륭하거니와 화초를 키우는 솜씨도 보통이 아니다. 축구장 반쯤 크기의 마당을 직접 만든 조형물과 화초로 하나씩 채워 공원처럼 꾸며 가고 있다. 생업이 따로 있는지 모르겠지만 꿈과 열정이 충만한 예술가인 것만은 분명하다. 여러 가지 직업 중에 이 사람처럼 고향에서 자연을 가꾸면서 무엇인가 뚝딱거리며 머릿속의 상상을 형상화하는 예술가야말로 가장 부러운 사람이다. 물론 예술 작품이라는 것이 고뇌에 찬 두뇌 활동과 부수고 만들기를 수없이 반복하는 과정에서 어렵게 탄생할 것이다. 이것이 생계 수단이 되거나 돈벌이에 매몰된다면 사정이 다르겠지만 이 사람은 직업적이기보다 취미 생활에 더 가까운 것 같다. 아니면 생업을 취미 생활처럼 즐겁게 하는 사람일지도. 은퇴 후 지향하는 가장 이상적인 삶이 바로 이런 생활이란 생각이 든다. 나는 물론 예술가의 발밑에도 범접하지는 못하겠지만 흉내는 낼 수 있지 않을까?

부러움과 호기심에 이것저것 물어보고 관심을 표하자 보여

줄 게 있다고 커다란 창고 같은 건물로 안내한다. 작업장 겸 전시
실로 사용하는 건물 내부는 천장이 높고 바닥이 넓어 시원스럽
다. 넓은 벽체에 높이 걸린 선반 위에는 여러 종류의 소형 정크아
트 작품들이 전시되어 있다. 전시라기보다는 그냥 만들었던 작
품이 쌓여 있다는 표현이 더 맞겠다. 사무실 벽에 빙 둘러선 캐비
닛과 상자들 속에도 지금까지 만들었던 작품들로 가득하다. 밖
에서 보았던 조형물은 이 작가의 작품 중 일부에 불과하다. 명함
대신 건네받은 전시회 팸플릿에는 화려한 경력이 적혀 있다. 원
광대 귀금속공예과 박사, 전시회와 각종 수상 경력이 즐비하고,
현재는 한국미술협회, 한국공예문화협회 회원이며 대학에 출강
도 하는 전문가이자 예술가이다. 그의 작품은 주로 금속공예와 아
크릴 페인팅과 정크아트이다. 그가 개발한 금속 드리핑 기법은
누구도 흉내 낼 수 없는 세계 유일의 기술이란다. 섭씨 1,030도
의 고온에서 녹인 형형색색의 금속을 도자기나 돌 등에 덧입혀
그림을 그리거나 주석, 동, 알루미늄, 칠보 등으로 작품을 만드는
데, 타지 않게 금속의 원형을 재현하는 것이 기술의 핵심이라고
한다.

　　종이컵에 타준 믹스커피를 마시면서 그의 인생 구상을 차분
히 들어본다. 이곳에 조각공원을 만들어 나처럼 오고 가는 사람
들이 마음껏 구경하고 쉴 수 있도록 하고, 여기에 카페도 운영할
계획이다. 카페 수입으로 갤러리를 운영하고 돈 없는 예술가들
에게 무료로 작품 전시 할 수 있도록 공간도 제공할 것이란다. 야

산을 개발하여 약초를 재배하고 그 약초로 만든 차를 이곳 카페에서 맛볼 수 있도록 하겠다는 장기 계획도 있다. 여유가 되면 그 산에 야영장이나 수련원 시설을 갖추어 청소년들이 자연학습을 할 수 있도록 하면 좋겠다고 한다. 지금 10만 평이 훨씬 넘는 야산을 보아둔 게 있단다. 이 사람의 야무진 노후 계획이다. 고흥 집의 뒷밭이 그림처럼 떠오른다. 야산처럼 변해 버린 매실나무밭과 잡초가 무성한 땅을 어떻게 관리할까 고민해 왔는데 혹시 힌트라도 얻을 요량으로 그 산에 무슨 약초를 심을 것이냐고 물어봤다. 앞마당의 밭으로 안내하더니 더덕 한 뿌리를 쭉 뽑아 흙을 털어 건네주면서 먹어보라고 한다. 심은 지 2년 되었다는데 뿌리가 제법 통통하다. 더덕은 활착만 하면 줄기가 무성하여 다른 잡초가 살지 못하여 관리하지 않고 그냥 둬도 잘 자라니 이보다 더 편한 농사가 어디 있느냐는 것이다. 이럴 땐 예술가라기보다는 농부에 더 가까워 보인다. 시계를 보니 어느새 2시간이 흘렀다. 이곳 미완성 조형물 공원과 작가에 빠져 여행자라는 본분을 잠시 잊었다. 나중에 이 사람을 다시 찾아와 제대로 자문을 받아야겠다는 생각이 든다. 농부 같고 시골 친구 같은 금속공예가와 작별을 고한다.

무림의 고수

지금 시간이 오후 4시인데 너무 여유를 부렸나 보다. 전주까지 가서 하루를 마무리하고 싶지만, 전주의 초입까지도 15킬로미터는 더 가야 한다. 무리하지 않고 오늘은 삼례에서 묵어야겠다. 삼례로 가는 길가에는 옛날의 정취가 아직도 남아 있다. 수십 년은 되어 보이는 떡방앗간과 세탁소 간판은 옛 모습 그대로이다. 허름한 길갓집의 텃밭은 하얀 찔레와 빨간 장미가 어우러진 울타리가 담장을 대신하고 있다. 키가 큰 아까시나무는 쌀 튀밥 같은 꽃잎들을 길가에 수북이 쏟아놓고 세월이 아쉬운 듯 무성한 잎들 사이로 말라비틀어진 꽃잎 몇 개를 달고 있다. 불과 일주일 전만 해도 안양의 길가에서 할머니가 따던 아까시꽃은 생기가 가득했는데, 5월의 봄날은 쏜살같이 지나가고 있다.

삼례에 도착하니 오후 6시가 채 되지 않았다. 처음 와보는 곳이지만, 보통의 지방 읍내처럼 그리 복잡하지도 한산하지도 않아 친숙하게 느껴진다. 간선도로는 잘 정비되어 있다. 버스터미널 부근에 숙소를 정하고 식당을 찾는다. 숙소에서 조금 먼 곳에 묵은지갈비전골과 닭볶음탕이 주메뉴인 통나무쌈밥집이 괜찮아 보인다. 식당에 들어서자 주인아저씨가 자리도 안내하지 않고 물끄러미 쳐다보며 "무슨 종교인가요?"라고 도전적으로 묻는다. "아무 종교도 아닙니다." 이 사람이 이상한 종교를 믿는다면 나를 쫓아낼 심산인가 싶어 속으로 별걸 다 묻는다면서 퉁명

삼례로 가는 길가에는 옛날의 정취가 아직도 남아 있다.
수십 년은 되어 보이는 떡방앗간과
세탁소 간판은 옛 모습 그대로이다.

스럽게 내뱉었다. 벙거지에 배낭을 지고 수염을 일주일 넘게 깎지 않았더니 내가 떠돌아다니는 사이비 신자로 보이나? 홀에는 손님이 두 테이블만 차 있다. "어디로 앉을까요? 휴대폰을 충전해야 하니 전기 콘센트 옆으로 자리를 주세요." 주인아저씨는 그대로 서서 "삼남길 종주하나?"라고 다시 묻는다. "아, 삼남길⋯⋯ 네네, 아까 제가 잘못 알아들었네요. 네, 삼남길을 따라 도보여행하고 있습니다." '무슨 종주'를 '무슨 종교'로 잘못 알아들었다. 아저씨는 그제야 빙긋이 웃으면서 "그런 것 같아. 내가 딱 보면 알지." 하고 손님이 없는 별도의 방으로 안내한다. "여기가 편할 것이오, 신발 벗고 올라가서 푹 쉬면서 식사하시오, 이~." 나보다 한두 살 많아 보이는 아저씨는 식사 주문을 받고 물을 가져다준다. "나도 그런 것에 무지하게 관심이 많지라." 하면서 반가운 친구가 온 것처럼 대한다. 밑반찬에 이어 메인 요리인 쌈밥과 돼지고기 두루치기까지 직접 차려주고 나서 아예 밥상머리에 자리를 틀고 마주 앉더니, 출발지가 어디고 목적지는 어디며 혼자서 걷느냐는 둥 질문 공세를 퍼붓는다. 나만의 고행을 알아주고 관심을 보여주는 사람이 있으니 얼마나 고무적인가. 호기심 많은 학생 앞에서 무용담을 얘기하듯 그간의 상황을 대략 설명한다. 걷기 위한 준비 단계와 지금까지 겪었던 문제 등에 대해 떠들어 댄다. 그는 주방에서 혼자 일하는 아내가 뭐라고 소리치는데도 홀 서빙은 나중이라는 듯 거들떠보지도 않는다. 한참 동안 열심히 듣고 있다가 얘기를 끊는 것이 미안하다는 듯 머뭇거리며 입을 뗀다. 실은 자기의 무용담을 나에게 얘기하고 싶었는지 모른다. 그는 등산 마니아인데 백두대간과 아홉 정맥을 진즉 종주하고 지금은 다시 백두대간을 종주하는 중이라고 한다. 백두대간만 하더라도 전체 거리가 680킬로미터로 쉬지 않고 일시에 종주하는 데도 1~2개월 걸리고, 주말이나 휴일을 이용하는 구간 종주는 보통 2~3년이 걸린다고 한다. 그런데 이 사람은 총거리가 2,000킬로미터가 넘는다는 아홉 정맥까지 종주를 마치고 더 도전할 것이 없어 또다시 백두대간을 종주하고 있다니, 입이 떡 벌어진다. 물론 서로가 해보지 못한 값비싼 다른 경험이지만 평지를 걷는 나의 도보여행은 그에 비하면 큰 산 앞에 놓인 초라한 언덕배기에 불과하다. 듣다 보니 무림의 고수는 바로 이런 사람을 두고 하는 말이다. 언제 어디서나 겸손해야 할 일이다. 이렇게 산등성이를 헤매고 다닌 지 십수 년이 넘었는데 요새 그에게 새로운 꿈이 생겼단다. 이 방에 단 둘뿐인데도 무슨 엄청난 비밀이라도 알려주듯이 한 손을 입에 대고 낮은 목소리로 소곤거린다. "집사람에게는 아직 비밀인디요, 조만간에 자전거를 타고 유라시아를 횡단할라고 그래요. 나의 새로운 꿈이지라." 1만 5천 킬로미터의 대륙 횡단길을 6개월에 걸쳐 자전거로 여행하기 위해 착실히 준비하고 있으며, 항상 그 생각만 하고 사는 게 행복하단다. 비록 식판에 반찬을 나르며 아내의 눈치를 보며 지내고는 있지만, 가슴속에 자신만의 원대한 꿈을 키우고 사는 이 사람이 이렇게 근사하고 멋져 보일 수가 없다.

생각지도 못한 사람과 재미있는 얘기를 나누면서 맛있게 저녁을 먹고 숙소를 찾아간다. 오늘은 중간중간 많이 쉬어서 발과 다리의 통증은 많이 가라앉았으나 새로운 문제가 발생했다. 가랑이 사이가 땀에 젖은 옷에 쓸려 쓰라린다. 약국을 찾아 치료 겸 예방책으로 베이비파우더를 구해 처치한다. 애초 준비물 목록에 있었으나 정확한 용도를 이해하지 못해 무시한 품목이다. 오늘은 아침 6시 40분부터 오후 6시 10분 식당에 도착하기까지 11시간 30분을 움직였으며 점심 식사와 조형물 공원에 머물렀던 시간 등을 제외하더라도 9시간 이상 31.40킬로미터를 걸었다. 사람들은 모두가 꿈을 안고 열심히 살고 있다. 금속공예가와 식당 주인의 꿈이 반드시 이루어지길 바란다.

【연무대사거리-연무읍사무소-연무대앞-황화교차로-야황교-마전교차로-월곡마을(두여리)-여산삼거리(금곡마을)-여산(숲정이순교성지-성당-동헌-향교)-교창삼거리-석교마을입구-오산삼거리-연명교차로-원수리-연정마을-용남마을-왕궁다원-상암마을-왕궁파출소-갈전마을-왕궁농협-구덕리-삼례읍행정복지센터 앞-완주우체국-삼례리(에이스모텔)】

9장 삼남대로를 벗어나다

민중의 비애가 서린 근대 상징물들

6시 40분이다. 구름층이 두껍게 깔려 있지만 비는 올 것 같지 않다. 삼례는 넓은 평야 지역에 자리 잡은 전통적인 농업 지역의 인구 2만 소도시이다. 이곳에는 조선 말기까지 역참*이 설치되었던 교통의 요지로, 김제·정읍을 거쳐 해남 방면으로 가는 삼남대로와 임실·남원을 거쳐 통영 방면으로 가는 통영별로의 분기점이었다. 이순신 장군은 삼례에서 전주를 거쳐 남원 운봉 쪽으로 갔고, 이몽룡도 한내(만경강)를 건너 전주 남문으로 갔다. 동

---

* 삼례역은 고려시대 전국 22개 역로에서 전라도 전주와 충청도 공주를 연결하는 전공주도(全公州道)에 소속된 21개 역 중 하나였다.

삼례역으로 가는 길에 조성된 '걷고 싶은 거리'. 삼례를 상징하는 시방통문과 수레바퀴 형상의 조형물이 있다. 전부 완주군 삼례읍.

에서 서로 흘러가는 만경강이 전주시와 경계를 이루고 있다. 삼례역은 임진왜란 때 전주, 고부, 익산 등지의 선비들이 모여 의병을 일으켰던 곳으로 구국 항일 의병 전쟁의 출발지이자 동학농민운동의 발생지였다. 삼례에서는 동학농민운동과 관련해서 중요한 두 차례의 모임이 있었다. 1892년 11월 동학 교조 최제우의 신원을 위한 '삼례집회'와 1894년 9월 외세 척결을 위해 동학 농민군들이 다시 일어난 '삼례봉기'가 그것이다. 전봉준은 전주성 철수 4개월 만에 척왜양창의(斥倭洋倡義) 깃발을 내걸고 삼례에서 2차 봉기에 나섰으나 일본군과 관군을 당해내지 못하고 체포되어 처형됨으로써 동학농민혁명은 실패로 끝나고 말았다. 사람이 사람답게 사는 세상을 만들려다 뜻을 못 이루고 서울로 압송되던 녹두장군 전봉준도 탄식과 고뇌와 번민을 가슴에 안고 이 길을 지나갔을 것이다.

읍내 중심에서 남쪽으로 전라선 기차역인 삼례역으로 가는 길은 삼례사거리를 지나면서 차도가 편도 1차로로 좁아지는 대신 보행로가 널찍하다. 2013년 '걷고 싶은 거리 조성사업'으로 삼례시장에서부터 삼례문화예술촌까지 연결되는 거리가 정비되었다고 한다. 보행로 한쪽에는 일정 간격으로 설치된 작은 분수대가 교통의 요충지라는 의미의 수레바퀴 형상 조형물과 동학농민운동을 상징하는 사발통문*을 주제로 만들어져 있다. 화강

---

* 사발통문은 은밀하게 거사를 도모하거나 사람들에게 알리는 호소문을 작성할 때 종이

옛 양곡창고 건물을 활용한 삼례문화예술촌의 풍경, 전북 완주군 삼례읍.

석으로 만든 사발통문 조형물에는 전봉준을 비롯한 혁명 동지들의 이름이 새겨져 있고, 그 위에는 맹꽁이가 두 마리씩 올라앉아 있는데 각기 자세와 표정이 다르다. 삼례 문화를 소개하는 인터넷에는 만경강에 자생하는 맹꽁이를 형상화한 것이라고 설명한다. 그런데 분수대는 물론 수로도 바짝 말라 있어 맹꽁이들이 매우 힘들어 보인다. 문화 거리가 거의 끝날 무렵 왼편으로 삼례성당이 나타나고 오른편에는 옛 건물을 개조한 책 박물관과 북카페가 있다. 삼례문화예술촌을 포함한 이 일대가 작은 공원을 이루고 있다. 문화예술촌 안으로 들어가니 미술관과 카페, 책공방, 디지털아트관, 목공소 등 다양하고 독특한 시설들이 꾸며져 있다. 문이 열려 있으면 목공소를 들여다보고 싶은데 그러지 못해 서운하다. 모두가 오래된 건물의 외관을 그대로 살려 만들었는데, 일제강점기에 양곡 수탈의 전위대 역할을 했다는 일본인 대지주의 농장 창고로 추정된다고 한다. 이 건물들은 2010년까지 삼례농협의 양곡창고로 사용되었다.

모모미술관이란 이름표가 붙은 양곡 창고 건물은 아직 이른 시간이라 관광객은 전혀 보이지 않는다. 노란 농협 마크가 새겨진 커다란 문에는 빗장이 두 개나 걸려 있다. 옛 모양 그대로의 주름 양철 벽은 녹이 슨 채 과거의 역사를 소롯이 안고 있다. 극장으

위에 사발을 엎어 원을 그린 다음 주모자를 알 수 없도록 원 밖으로 빙 둘러 참가자들의 이름을 적은 문서를 말한다.

로 쓰는 창고의 콘크리트 건물 벽에는 빛바랜 베이지색 바탕에 굵은 고딕체로 "협동생산, 공동판매"라고 연두색 글씨가 쓰여 있다. 목공방과 디지털아트관으로 사용되는 또 다른 양곡창고는 붉은 벽돌에 이중 처마가 올려진 일본식 건축 유형으로 처마 사이에 "불조심"이라는 문구가 추억처럼 살아 있다.

비비정과 비비낙안

삼례역을 지나 비비정으로 가는 길은 붉은 황톳빛 아스콘이 깨끗하게 깔려 있다. 전망이 좋다는 언덕 위로 올라간다. 비비정 마을의 뒷산이다. 날씨는 흐릿하여 시야가 선명하지는 않지만, 사방이 탁 트이고 바람이 시원하여 가슴이 뻥 뚫린 느낌이 든다. 동쪽으로 멀리 펼쳐진 들판의 초록빛 사이사이로 은빛 물결의 비닐하우스가 가득하고, 아득히 들판이 끝나는 지점에는 산들이 병풍처럼 둘러서 있다. 남쪽으로 눈을 돌리면 만경강이 넓게 펼쳐져 있다. 예전에 이 강을 너른 강이라는 한내로 달리 불렀던 이유를 알겠다. 만경강 너머로 전주시가 시작되고 시가지를 훌쩍 건너뛰어 아스라이 실루엣처럼 보이는 산그림자는 모악산으로 짐작된다. 오늘은 저 산 너머 어디까지 걸을 수 있겠지. 전망대에는 생각보다 근사한 전통찻집이 있다. 차 한잔을 마시면서 경치를 즐길 수 있으면 좋으련만 슬로시티의 아침은 아직 잠이 덜 깨어 찻집도 굳게 잠겨 있다. 언덕을 내려와 강기슭의 비비정으로 걸음을 옮긴다.

비비정은 삼례읍 남쪽 만경강의 언덕 위에 자리 잡고 있는 정자이다. 조선 선조 6년(1573)에 건립되었고, 1998년 복원되었다고 한다. 이곳에서 내려다보는 만경강의 풍경을 '비비낙안(飛飛落雁)'이라 하는데, 한내천 백사장에 기러기가 내려앉는 풍경을 말하는 것이라 한다. 옛날에 비비정 가까이 한내에는 소금배와 젓거리배 등 돛단배가 오르내렸으며 강가의 눈부신 모랫빛이 유명하여 모래찜을 위한 관광객이 찾았던 곳이라고 한다. 정자의 안내문에는 "호남 교통의 요충지로서 서울과 지방을 오르내리는 나그네들이 발걸음을 멈추고 시를 지어 주고받는 정취를 느끼게 하는 곳이다. 고고한 달빛 아래 고기비늘처럼 반짝거리는 물결을 찾아 날아드는 기러기 떼를 보며 시에 대한 흥취를 달래고, 고기 낚는 어화를 비비정에서 바라보는 것은 한 폭의 수묵화를 닮아 있다."라고 쓰여 있다.

결이 다르지만, 날아가는 기러기가 떨어지는 이야기도 있다. 중국의 4대 미녀 중 한 사람인 한나라의 왕소군을 가리키는 수식어가 낙안(落雁)이다. 한나라 원제의 궁녀인 왕소군이 흉노와의 화친을 위해 황제의 명에 따라 흉노의 왕에게 시집가던 중 말 위에서 고향 생각에 비파를 타고 있었다. 그때 남방으로 날아가던 기러기들이 너무 아름다운 모습과 비파 소리에 반해 날갯짓하는 것도 잊고 바라보다 한 마리씩 떨어졌다고 한다. 또 다른 기러기

이야기로, 경기도 고양시 강매역 부근에 안산(雁山)이란 작은 동산이 있다. 고려 말 태조 이성계가 위화도에서 회군할 때 삼송리 숯돌고개에 이르렀을 무렵이다. 날아가던 기러기 한 마리가 갑옷에 배설물을 떨어뜨리자, 이성계가 그 기러기를 활로 쏘았고 기러기가 떨어진 그곳을 안산이라 부르게 되었다.* 기러기는 보통 조류보다 수명이 길어 오래 살고, 암수가 한번 짝을 이루면 평생 다른 짝을 구하지 않는다. 그래서 전통 혼례에서는 백년해로와 믿음의 상징으로 탁자 위에 기러기 한 쌍을 반드시 올린다. 기러기는 인간과 특별한 관계가 있다.

비비정에 서서 만경강을 내려다보니 넓은 강 유역 중에서 정자의 앞쪽으로 치우쳐 물이 흐르고 대부분의 둔치 유역은 잡초에 묻혀 있다. 조금 전 마을 뒷산의 전망대에서 보았던 것과 같은 강인데 풍경은 영 달라보인다. 고개를 들어 시야를 넓히면 좌우로 강을 가로질러 건너는 두 개의 다리가 극명한 시간의 대조를 이룬다. 오른편 다리는 폐선된 전라선의 만경강 철교이다. 1928년에 준공된 이 철교는 철커덩거리면서 수많은 사람과 물자를 실어 나르던 기차를 견뎌냈는데, 이제는 나이 들어 자기 구실 못하고 유물로서 명맥을 유지하고 있다. 반면에 왼편 콘크리트 구조물의 튼실한 다리는 2011년에 새로 개통한 만경강 철교로 KTX 열차가 쏜살같이 달리고 있다. 옛 철교는 그간의 공로를 인

---

* 고양시 강매동 안산에 있는 음식점에서 본 '안산의 유래'.

폐쇄된 만경강 철교 위의 쉼터 '예술열차', 전북 완주군 삼례읍.

정받았는지 동고동락했던 폐열차 네 칸을 '예술 열차'라는 이름
으로 철길 위에 붙잡아 두고 시민들의 쉼터를 겸한 전시물로 남
아 있다. 객실 칸들은 특산물 매장과 카페와 레스토랑 등으로 이
용되고 있다. 철교 위로 올라가 강을 건널 수 있는지 궁금해서 접
근했으나 역시나 개장 시간이 일러 문이 잠겨 있다.

조선 시대에는 비비정 앞 장기나루에서 찰방다리라는 돌다
리를 이용해 만경강을 건넜다고 하는데 지금은 흔적도 없다.[*] 비
비정 아래 강변의 동쪽으로 이어지는 자전거 도로를 따라가다

---

[*] 문화체육관광부, 「삼남대로 노선발굴 및 콘텐츠 개발」, 2011, 246쪽.

길게 뻗은 삼례교에 오른다. 다리 위에서 지나왔던 길을 다시 굽어보니 멀리 전망대가 있던 언덕과 비비정의 정자가 보인다. 콘크리트 철길과 우뚝 솟은 송전탑의 위세에 짓눌린 비비정은 겨우 얼굴만 드러내고 잘 가라는 인사를 하고 있다. 넓은 강바닥에는 구불구불 물줄기가 무성한 풀과 나무에게 자리를 다 내주고 겨우 틈바구니를 찾아 옹색하게 흘러가고 있다. 남으로 곧게 뻗은 삼례대교의 소실점 위로 모악산이 떠오른다. 오늘의 목적지이다.

주엽정이에서 만난 이몽룡의 발자취

다리를 건너 전주천이 시작되는 둔치의 자전거 길을 택한다. 전주에는 물길이 크게 ㅅ 자 형태로 시내를 관통하여 남에서 북으로 흐른다. 동편에는 전주천이 완주군의 상관면에서부터 흘러내리고, 서편에는 삼천이 구이면에서 흘러내리다가 전주천에 합류된다. 전주천과 이어지는 삼천은 정확히 남쪽으로 향하고 있어 하천 길만 따라가도 목표 지점인 모악산 부근에 도달할 수 있으니 얼마나 고마운 하천인가. 너른 둔치에는 5월의 풀꽃들이 나그네의 전주 방문을 환영하고 있다. 회색 구름 사이를 뚫고 나오는 복사열에 땀방울이 송글송글 이마에 맺힌다. 나무 그늘이 좀더 시원할까 싶어 벚나무가 양쪽으로 무성한 제방길에 오른다.

'전주천 벚꽃길'이다. '전주←평리마을→화전마을'이라 쓰인 간이 버스정류장의 흰색 페인트 글씨가 반쯤 벗겨져 있다. 뜻밖에도 이곳에서 이몽룡의 발자취를 만났다. 정류장 옆에 사각 돌기둥의 이정표가 서 있는데, 마을 이름 '평리' 옆에 작은 글씨로 '쥐업정'이라고 새겨져 있고, 이 돌이 이도령이 건넜다는 독다리에서 가져온 것이라 쓰여 있다.* 제방에서 마을로 내려가는 길을 따라가면 조그마한 개울이 있는데 여기에 독다리가 있었다고 한다.** 지금처럼 벚나무도 제방도 없었던 옛길의 풍경은 어떠했을까? 이곳을 지나던 어사 이몽룡은 무슨 생각을 하면서 걸었을까? 삶에 찌든 백성들을 괴롭히는 나쁜 탐관오리들을 어떻게 색출하고 벌을 줘야 하는지 노심초사하면서 지나갔을까? 아니면 임무는 벌써 잊어버리고 오매불망 춘향이가 보고 싶어 조급히 발걸음을 옮겼을까? 달포 전에 화사했던 분홍 꽃 더미를 봄바람에 훌훌 날려버리고 벌써 녹음이 짙어진 벚나무 터널의 제방길을 걸어가면서 흑백 무성영화 같은 옛사람들의 모습을 상상해본다.

---

* '쥐업정'은 어사 이몽룡의 전주 부근 노정으로 『열녀춘향수절가』에서 '주엽쟁이'를 말한다. "…… 어사또 행장(行裝)을 차리는데, 모양(貌樣) 보소. …… 살만 남은 헌 부채에 솔방울 선추(扇錘) 달아 일광(日光)을 가리고 내려올 제, 통새암 삼례(三禮) 숙소하고, 한내 주엽쟁이 가리내 승금정(勝金亭) 구경하고, 숲정이 공북루(拱北樓) 서문(西門)을 얼른 지나 남문(南門)에 올라 사방(四方)을 둘러보니, 서호(西湖) 강남(江南) 여기로다." 오학균 주해, 『열녀춘향수절가』, 한국학술정보, 2020, 251~252쪽.
** 이동희, '주엽정이 옛길', 〈전주의 문화유산 51〉, 전주역사문화박물관, 2009.9.28.

전주천벚꽃길 평리마일에서 만난 이몽룡의 발자취, 전북 전주시 고랑동.

비비정을 떠난 지 벌써 두 시간이 지났다. 다리가 쉬어 가자고 보챈다. 잔뜩 찌푸린 하늘에서 가는 비가 한두 방울 스치듯 지나간다. 추천대교 밑에 꾸며진 쉼터 벤치에 앉아 간식거리로 배낭에 넣어둔 방울토마토를 꺼내 에너지를 보충한다. 입속에서 터지는 토마토의 육즙이 상큼하다. 추천대교를 건너 동쪽 둔치길로 접어든다. 길게 이어지는 늪지의 물가에는 노랑꽃창포 무리가 우중충한 날씨를 날려버리려는 듯 화사한 자태를 뽐내고 갈대와 골풀들이 산들바람의 리듬에 맞춰 춤을 추고 있다. 허리춤까지 차오른 풀숲 속에서는 보라색 등갈퀴나물이 올망졸망 청사초롱을 매달아 불을 밝히고 있다. 걸음을 옮길 때마다 이름도 알 수 없는 다양한 풀꽃들이 쉬었다 가라고 손짓한다. 이 모두 도심 속에 별천지가 숨어 있는 느낌이다.

자전거 도로와 보행로 양쪽의 하얀 찔레꽃 무리도 화려하게 뽐내지는 않지만 자기도 굽어살펴 보라는 듯 초록을 배경으로 순백의 싱그러움을 발산한다. 찔레꽃은 슬픔을 상징하는 꽃인가? 찔레꽃을 주제로 한 노래 두 편의 느낌이 다 비슷하다. 가수 이연실이 부르는 「찔레꽃」도 장사익이 부르는 「찔레꽃」도 모두 애틋한 그리움과 가슴을 후벼 파는 애달픔이 진하게 묻어 있다. 옛 추억과 노래의 감동이 어우러져 체화된 탓인지 찔레꽃을 보면 배곯던 옛 시절 검정 치마에 하얀 적삼을 입고 수건을 머리에 쓴 우리네 어머니의 모습이 연상된다. 어릴 적 늦은 봄 밭둑에서 이제 막 피어나 찔려도 아프지 않은 부드러운 가시가 달린 찔레순을 꺾어 먹던 생각이 난다. 노랫말에서는 '찔레꽃 하얀 잎'을 따 먹지만, 살이 통통하게 오른 찔레순은 상큼하고 담백하여 먹을 만하다.

둔치 산책로에 들어선 지 2시간이 지났다. 12시가 넘었다. 천변길을 벗어나 식당이 있을 만한 주택가로 이동한다. 아파트 단지가 끝나는 부분에서 구미가 당기는 간장게장 백반집을 발견했다. 조그마한 식당이 깨끗하고 소박한 분위기이다. 속이 노란 게

딱지를 잘 손질하고 참깨를 아낌없이 뿌려 올려놓은 간장게장 한 접시와 두부전, 깻잎절임, 김, 꽈리고추 등 여남은 가지 반찬과 두부김치국에 보송보송한 밥 한 그릇이 영락없는 집밥이다. 음식이 정갈하고 맛있다. 시장이 반찬이고, 게장이 밥도둑이라 그런지 순식간에 한 그릇을 뚝딱 해치운다. 사람의 원초적인 본능은 먹고 자는 것이다. 밥을 배불리 먹었으니 이제는 편안한 잠자리를 정해야 하지 않은가. 아침에 생각했던 대로 30킬로미터 지점의 모악산 관광단지에 숙소를 정하자. 인터넷을 검색해 보니 한증막이 있다. 옳거니, 바로 이곳이다. 더 찾아볼 필요도 없겠다. 한증막도 찜질방과 비슷하지 않을까? 오늘 밤에는 따끈한 찜질방에서 지친 몸을 추스르고 힐링해야겠다. 차령고개에서의 행복했던 숯가마찜질방 추억을 다시 한번 소환하고 싶다.

종일 노려보았던 모악산이다

효림초등학교 앞에서 다시 삼천 둔치길로 들어선다. 구불거리며 이어지는 길의 정면으로 구름을 잔뜩 이고 있는 모악산이 보인다. 그래 저기까지만 가면 오늘의 고생은 끝이다. 모악산은 비비정에서부터 전주 시내 너머로 희미하게 보였는데, 전주천을 지나올 때는 좀 더 당겨 찍은 사진처럼 모습을 보여주었다. 마치 밤하늘의 북극성이 기준점을 제시하듯이 사라졌다 나타나기를 반복하던 모악산이다. 산은 다가갈수록 쉽게 접근을 허락하지 않으려는 듯 자꾸만 뒷걸음질 치고 있다. 눈을 부릅뜨고 모악산을 노려본다. 내가 너를 잡지 못할쏘냐.

시가지가 끝나가는 변두리에는 신축 아파트 공사가 한창 진행되고 있다. 여러 대의 타워크레인들이 시멘트 블록으로 모악산의 배경 그림을 지워가고 있다. 천을 건너가는 징검다리가 자연스러움을 살리고 정겨움을 표시하고는 있다지만 왠지 아파트와 별로 친하지 않은 모습이다. 시 외곽의 상류 쪽 삼천은 제방을 높여서 쌓았고, 붉은 황톳빛 아스콘 포장길이 걷기에 너무 편하다. 제방길 양쪽에는 10년생 정도 되는 젊은 벚나무들이 줄지어 서 있어 머지않아 벚꽃 명소가 될 것 같다. 전주시는 삼천 생태계 복원사업을 통해 반딧불이와 나비와 같은 다양한 생물들이 살아가기에 알맞은 환경을 조성해 왔는데 이곳은 늦반딧불이의 서식처라고 하니 한여름 밤에 산책하기도 좋겠다. 인간은 자연을 무지막지하게 훼손하면서도 한편으로는 자연과 공존하기 위해 조금씩은 노력하고 있다.

전주시 경계를 벗어나면 완주군 구이면이다. 마트에서 휴대용 아침 식사인 선식을 산다. 무게가 1킬로그램이나 되는 양이어서 며칠씩이나 짊어지고 다니기에는 짐이 되겠다. 텁텁하면서도 탄산이 살짝 쏠 것만 같은 시원한 생막걸리가 유달리 눈에 띈다. 이 지역 생산품이다. 주저하지 않고 한 병을 사 배낭에 구겨 넣는다. 지치고 아픈 발을 끌면서 목적지인 모악산 국민관광지에 도착했다. 평소보다 이른 시간으로 오후 4시가 조금 지나고 있다. 숙소로 찜한 한증막을 찾아간다. 그런데 이게 웬일인가? 모악산 한증막은 온데간데없고 지도상의 그 자리에는 음식점이 들어서 있다. 근처 민박집도 운영을 멈췄는지 간판은 있으나 전화도 받지 않는다. 주변을 둘러보니 관광단지의 상점가는 휑하니 인적도 뜸하고 문을 닫은 곳이 많다. 아직 관광 시즌이 아니어서 그런가? 멀지 않은 곳에 호텔을 찾아 들어간다. 말이 호텔이지 여관과 비슷하다. 그렇지만 시설은 깨끗하고 괜찮다. 특히 창밖의 전망이 아주 마음에 든다. 창문을 활짝 열어젖히니 시원한 바람이 왈칵 달려든다. 바로 앞에 저수지 풍경과 멀리에서부터 겹겹이 쌓여 있는 산들이 수묵화처럼 운치가 있다. 날씨가 흐리지 않다면 아직도 해가 중천에 걸쳐 있을 시간이다. 내일 아침까지 밥 먹고 잠자고 쉬는 것만이 할 일의 전부다. 배낭 속의 생막걸리를 꺼내서 병째로 벌컥벌컥 마신다. 뱃속에 온기가 사르르 퍼지면서 몸이 흐물흐물해진다. 한동안 침대에 널브러져 극한의 행복과 자유를 만끽한다.

오늘은 두 번째로 힘든 일정이었던 것 같다. 거리는 그리 멀지 않았으나 비비정 부근에서부터 숙소에 도착할 때까지 발의 통증이 지속되었다. 7~8시간을 절뚝거리며 하염없이 걸어왔다. 어제 목포에서부터 서울로 걸어 올라간다는 그 친구에게 '장거리 도보여행 중에는 신체 곳곳에 문제가 생기는데 살살 다스리며 걷다 보면 어느덧 적응되니 참고하라'고 너스레를 떨었던 것이 부끄럽기 짝이 없다. 사실 왼발의 통증 완화는 내가 다스려서 적응된 것이 아니라 무심하게 걷다 보니 일시적으로 신경이 마비되어 통증을 느끼지 못했던 것인지도 모른다. 전화 통화에서 한 친구는 '지금 나이를 생각하지 못하고 예전에 항상 했던 걸 내가 왜 못해' 하다 보면 큰 화가 생긴다고 충고하면서 "기록을 위한 것이 아니지 않은가?"라고 말한다. 또 다른 친구는 "거기까지 가서 그만둘 수는 없지 않나요? 끝을 봐야지요."라고 상반되는 얘기를 한다. 곰곰이 생각해 보면 처음부터 내 마음 깊숙한 곳에 있는 욕심은 '기록'인지도 모른다. 처음엔 천하를 유람하듯 걸으면서 여기저기 둘러보고 싶은 곳을 들르고 못 만났던 사람들도 만나가면서 유유자적하고 싶었지만, 계획이 구체화될수록 이제는 고흥 집에 도착하는 것이 가장 우위의 목표로 자리 잡았다.

저녁 식사를 위해 그리 넓지 않은 관광단지를 산책 삼아 한가롭게 둘러보다가 등산로 초입에 있는 두부 전문 백반집을 찾았다. 식당이 새로 꾸민 듯 깨끗하고 소박 단아한 맛집 분위기이다. 메뉴도 두부 요리에 한정되어 있다. 해물순두부찌개를 주문했는데 전골냄비 한가득 먹음직스러운 찌개가 나온다. 밑반찬은 콩나물과 콩자반, 김치, 산나물, 딱 네 가지뿐이다. 정갈하기는 하나 너무 소량이고 가짓수가 적다는 게 흠이다. 먹다 남은 반찬은 버려야 하니 먹고 더 달라고 하는 것이 맞으려니 하면서도 조금 야박하다는 느낌이 든다. 하지만, 깨끗한 분위기와 순두부의 맛이 모든 걸 메꿔 준다. 음식이 맛있으면 최고지 뭐. 한적한 관광단지이지만 맛집이어서인지 식사 때가 되니 손님들이 많아진다. 오늘은 삼례 읍내에서 출발해서 전주 시내를 관통하여 모악산 관광단지까지 30킬로미터를 조금 넘게 걸었고 8시간 50분이 걸렸다.

【완주우체국-삼례문화예술촌-비비정-삼례교-전주천(한내로)-평리 입구-미산교-팔복동-추천대교-서신동 삼천(서곡교-마천교-효자다리-이동교)-효자3동-효림초등학교 앞-신평교(평화2동)-삼천1교-구이면 덕천삼거리-두방교-구이농협-학마을-모악산관광단지(모악산호텔)】

10장 섬진강이 들려주는 인문학

비 오는 날의 수채화

산허리까지 점령한 먹구름이 새벽의 어깨를 짓누르고 있어 날이 쉬이 밝아오지 못하고 있다. 어둠에 눌리고 잠에 취한 아침은 일어나려고 몸부림치면서 식은땀을 흘려 이슬비로 내리고, 대지는 촉촉하게 젖어가면서 서서히 기운을 차리고 있다. 먹구름과 새벽의 기싸움이 더욱 치열해지면 천둥 번개와 장대비가 등장할지도 모른다. 출발하기 전에 배낭을 짊어진 위로 머리까지 비닐 우의를 뒤집어쓴다. 6시가 막 넘어서는 시간에 숙소를 나선다. 현관의 거울에 비친 모습이 어디선가 많이 본 듯하여 헛웃음이 난다. 벙거지에 까슬까슬한 수염이 비닐 우의와 어우러져 영락없이 쓰레기를 허리춤에 꿰차고 거리를 배회하는 노숙자

처럼 보인다. 그래도 컨디션은 상급이다. 관광단지라 밤새 간판
에 불을 켜놓은 상점들이 몇 있으나 아직 문을 여는 데는 없고, 아
무도 떠나가는 객을 붙잡지 않는다.

오늘의 목적지는 임실 덕치면의 구담마을 민박집이다. 여기
에서 34킬로미터 떨어져 있다. 고흥까지 가는 일정 중에서 유일
하게 서울에서 예약한 숙소다. 그나마도 어정쩡한 구두 예약이
다. 나는 도착일이 유동적이고, 민박집에서는 손님이 적으면 운
영하지 않을 수도 있어 하루 이틀 전에 서로 연락하기로 했다. 어
제 확인 결과 손님이 나뿐이라 밥을 해줄 수 없으니 다른 곳을 알
아보는 게 좋겠다고 했다. 잠만 자도 좋다고 하니 일단 와보라고
는 했는데 조금은 걱정이 된다.

본격적인 행로에 들어서자 예술인마을 입구에 꽃밭이 길게
조성되어 있다. 산 아래라 꽃들이 자신들만의 셈법으로 꽃을 피
우는지 아니면 철모르는 꽃들인지, 가을에 피는 것으로 알고 있
는 구절초가 하얗게 만발해 있다. 아무리 기후가 변해도 그렇지
어떻게 자연의 섭리를 거스를 수가 있는가? 인터넷이 알려 준다.
이것은 구절초가 아니고 샤스타데이지이다. 미국에서 육성한 개
량종 화초로 우리나라에 관상용으로 들여왔다. 이 꽃은 5~6월에
피는데 가을에 피는 구절초와 비슷하다고 해서 여름 구절초라고
도 불리고, 샤스타국화라고도 한다. 샤스타데이지의 꽃말은 순
진, 평화, 그리고 만사를 인내한다는 뜻이란다. 도보여행에 인내
가 필요하다는 것을 말해 주려고 이른 아침부터 나의 눈길을 끌

었나 보다.

세상은 짙은 구름 때문에 아직도 숨을 죽이고 있다. 마음이 차분해지고 고요해진다. 비는 오는 둥 마는 둥 하더니 그마저도 이내 그치고 만다. 그렇지만 언제라도 다시 쏟아부으려는지 알 수 없다. 도로에 지나가는 차가 한 대도 없다. 가끔 솜사탕 기계 회전통 속의 실오라기 같은 구름이 산 아래까지 나풀거리며 내려와 가는 길을 지켜본다. 갈대와 잡초가 무성한 하천 위에는 백로 한 마리가 내려앉을 곳을 찾아 낮게 날개를 젓고 있다. 비 오는 날에만 볼 수 있는 회색빛 수채화 같은 풍경들이다. 길가 전봇대에는 둘레길 표지판이 붙어 있다. 달팽이가 느릿하게 기어가는 '아름다운 순례길'*의 표지판이다. 달팽이 캐릭터의 이름은 '느바기'이다. 느리게 걷고, 바르게 걷고, 기쁘게 걷는다는 의미라고 한다. 이 구간은 모악산 금산사에서 김제 수류성당 간의 제8코스다. 비 오는 날 달팽이 둘레길은 참 운치가 있다. 굳어 있던 다리와 발이 서서히 아스팔트에 적응되어 발걸음이 점점 가벼워진다.

순창까지 44킬로미터를 알리는 이정표는 먼 길을 서둘러 가라 하지만, 주변 경관이나 호기심은 발길을 느리게 만든다. 높이

---

* '아름다운 순례길'은 전라북도 지역의 다양한 종교 문화와 역사 문화 자원을 연결하여 만든 길로 유교, 불교, 원불교, 개신교, 천주교, 민족종교 등이 함께하는 여정을 담고 있다. 전주시 한옥마을에서 시작하여 시계 반대 방향으로 동쪽의 완주군과 북쪽의 익산, 여산을 돌아 서쪽의 김제를 거쳐 남쪽의 모악산을 크게 돌아 다시 한옥마을로 돌아오는 총연장 240킬로미터, 9개 코스로 이뤄진다.

솟은 첨탑을 자랑하는 교회는 왜 도회지를 벗어나 이곳 산골로 왔을까? 네모진 화강암 표지석에 '마음마을'이라 새겨져 있는데 그 이름은 누가 지었고 어떤 사람들이 살고 있을까? 모두 한마음 이라서 '마음마을'일까? 동성마을 경로당 옆 도롯가에 갑자기 나타난 전통주 간판은 왜 이런 산중마을에 서 있는가? 이 술은 우리나라 전통주로 절에서 만든다고 들었는데 스님들이 시주를 제대로 받기 위해 아예 속세로 나왔다는 말인가? 스님들의 수행에 엄격한 계율이 있을 텐데 애초에 절에서는 왜 술을 만들었을까? 터벅터벅 길을 걷고 있으면 슬로비디오가 돌아가는 것처럼 산골 마을의 신비한 풍경이 계속 나타난다. 시골길을 두 발로 걷는 자만이 볼 수 있는 자연의 선물이다. 27번 옛 국도의 염암삼거리를 지나면 저 건너 멀리에 새로 건설된 도로가 높다란 교각에 얹혀 너울거리는 구름과 함께 산허리를 넘어가고 있다. 벤치가 놓여 있는 잔디 마당이 나온다. 여행자에게 내어준 자리로 생각하고 잠시 쉬어 가자. 에너지를 보충하기 위해 물 대신 방울토마토를 배낭에서 꺼내 깨문다.

쉬었다 출발한 지 몇 분 안 되었는데 예쁘장한 초등학교에 다시 발목을 붙잡힌다. 대덕초등학교라는 이름표를 달고 있다. 나지막한 단층 슬라브식 교사와 천연 잔디가 깔린 운동장이 있다. 운동장에서 바라보는 학교의 모습은 밝지만 화려하지 않은 옷을 입은 단아한 소녀 같다. 파스텔 색조의 노랑 분홍 파랑 주황 보라색 등으로 연하게 칠해진 사각 건물은 아이들이 만들어 놓

'아름다운 순례길'의 '느바기' 표지판과 풍경들. 전북 완주군 구이면.

은 레고 블록 같기도 하다. 잔디 운동장에서 맨발로 마음껏 뛰어 놀며 깔깔거리는 아이들의 모습이 눈앞에 그려진다.

크고 작은 나무들이 균형감 있게 잘 배치된 이 학교도 꽤 오랜 역사를 지닌 듯 보인다. 국기 게양대를 사이에 두고 독특한 모양새의 소나무 두 그루가 위엄 있게 서 있다. 소나무는 세월의 무게를 이기지 못해서인지 버들처럼 아래로 늘어진 가지를 쇠장대가 받치고 있다. 옆의 소나무는 받침대를 베개 삼아 몸을 아예 비스듬히 뉘었다. 초대형 분재와 같은 보기 드문 명품이다. 나무 아래 가까이 가보니 완주군의 보호수 표지판이 서 있다. 수령이 약 200년이고, 수고는 15미터, 나무 둘레는 2.5미터며, 2007년에 보호수로 지정되었다고 한다. 소나무는 인자하고 자상한 할아버지를 닮았으며 가지가 땅으로 향하고 있어 겸손의 상징으로 추앙받고 있다는 설명도 함께 있다.

때마침 아침 일찍 교정을 둘러보는 선생님을 만났다. 소나무가 너무 멋있고 경치가 참 아름답다고 하자, 학교를 상징하는 교목이 소나무이고, 시골 학교라 자연환경이 좋다고 한다. 1944년에 개교했다고 하니 내가 다녔던 초등학교와 같은 해인 해방 직전에 개교했다. 지금 재학생 수가 70명이 채 안 되고 교직원은 열댓 명이 근무한단다. 다문화 가정이나 한 부모 또는 조부모 가정의 아이들도 있고 도시 학교에서 적응하지 못해 전학 온 학생들도 있단다. 지금 진행되는 인구 감소 속도로 볼 때 이 학교가 언제까지 존속할 수 있겠는가 하는 걱정이 앞선다. 초록의 잔디 운동

'세상에서 가장 아름다운 학교'라고 이름짓고 싶은 대덕초등학교의 정경. 전북 완주군 구이면 계곡리.

운동장에서 바라보는 학교의 모습은 밝지만 화려하지 않은 옷을 입은
단아한 소녀 같다. 잔디 운동장에서 맨발로 마음껏 뛰어놀며
깔깔거리는 아이들의 모습이 눈앞에 그려진다.

장 앞에 낮게 펼쳐진 교사는 아침 단장을 하고 아이들의 등교를 기다리고 있다. 뒤쪽 저만큼에 구름을 이고 있는 높은 산과 듬직하고 늠름한 산자락들이 학교를 품에 꼭 안고 있다. 순진무구한 어린이들이 오염되지 않는 청정 자연 속에서 마음껏 뛰놀고 꿈과 희망을 키우기에 안성맞춤인 곳이다. 이 학교를 '세상에서 가장 아름다운 학교'라 이름 짓고 싶다.

아픈 역사를 품고 있는 아름다운 옥정호

이름이 예쁜 '별 따는 마을' 입구를 지나 오전 10시 새터교차로에 이른다. 왼쪽 길로 가면 새로 확장된 27번 국도로 진입하는 길이다. 옛길을 따라 계속 직진한다. 지도상으로만 보았던 옥정호가 사라졌다 나타나곤 한다. 낮은 비구름이 하늘과 산과 호수의 경계를 뭉개놓아 온통 잿빛 일색이지만 아름다운 호수의 모습까지 가리지는 못한다. 멀리 호수를 가로질러 걸쳐 있는 다리가 운암대교로 짐작된다. 땀과 습기가 뒤섞인 우비를 썼다 벗기를 반복한다. 모악산에서 출발하면서부터 이슬비와 가랑비가 오락가락하더니 마암마을에 다다르자 기어이 심술을 부리고 만다. 그동안 어딘가에 모아두었던 빗물을 한바탕 쏟아내는 모양이다. 간이버스정류장에서 잠시 비를 피한다.

운암교 옛 다리를 건너니 4층짜리 현대식 건물이 눈길을 끈

별 따는 마을 표지석, 전북 완주군 구이면 백여리.

다. 수자원공사에서 관리하는 섬진강댐물문화관이다. 깨끗이 다
듬어진 광장 한편에 단아한 옥정호 표지석이 서 있다. 비에 젖은
화강석 바닥에 커다란 두꺼비 석상 몇 마리가 웬 낯선 사람이냐
는 듯 물끄러미 쳐다보고 있다. 서투른 환영의 표시이겠지. 전라
북도 관광안내도와 임실군 관광안내도 옆에 작은 휴게소도 있
다. 왕년에는 번성했던 휴게소였을 텐데 확장된 도로가 비켜 가
는 바람에 쇠락했음을 짐작게 한다. 물문화관에는 섬진강의 역
사와 옥정호의 자료들이 전시되어 있다.

　섬진강은 길이 223킬로미터로 남한에서 네 번째 큰 강이다.
진안군 팔공산 자락에서 시작하여 3개 도, 11개 시·군에 걸쳐서

옥정호의 정경, 전북 임실군.

소백산맥과 노령산맥 사이를 굽이쳐 흐르다 광양만으로 흘러든
다. 본디 이 강은 모래내, 다사강, 두치강이라 불렸는데, 고려 우
왕 11년(1385)에 왜구가 강 하구에 침입했을 때 광양 땅 섬거에 살
던 수십만 마리의 두꺼비가 떼를 지어 몰려와 울부짖자 이에 놀란
왜구들이 광양만 쪽으로 피해 갔다는 전설이 있다. 이때부터 두
꺼비 섬(蟾), 나루 진(津) 자를 붙여 섬진강으로 불리고 있다고 한
다.* 아, 그래서 물문화관 앞마당에 돌두꺼비들을 풀어놓았구나!
　옥정호는 한국 최초의 다목적댐인 섬진강댐의 건설로 섬진

---

* 섬진강댐관리단,『섬진강댐 50년사』, 2015, 68쪽; 섬진강댐물문화관, '섬진강의 유래'.

강 상류의 강물을 가둔 인공호수다. 섬진댐, 칠보댐, 운암호 등으로 불리기도 했다. 옥정호 안에는 댐 위쪽 2킬로미터 지점에 또 하나의 호수인 운암호가 잠겨 있다. 그래서 수위가 낮아지면 품고 있는 운암호의 댐 일부가 드러나기도 한단다. 지난 2015년 가뭄으로 수위가 줄어들어 수몰되기 전의 댐 모습이 드러났다가 다음 해 봄에 다시 잠겼다고 한다.* 댐의 건설 과정이 우리의 아픈 역사를 말해 준다. 1925년 일제는 식량 수탈을 목적으로 우리나라 최대 곡창지대인 전북 서부 평야 지역에 안정적인 농업용수를 공급하기 위하여 섬진강 물길을 동진강 쪽으로 돌리는 유역 변경식 댐인 운암댐을 건설했다. 이것이 지금은 수몰된 운암호의 탄생이다. 1940년 일제는 만주와 러시아의 대륙을 침략하는 전쟁 물자와 동력원을 확보하기 위하여 수력발전 기능이 추가된 종합개발공사에 착공했으나 제2차 세계대전으로 1944년 공사가 중단되었다. 해방 후 1948년 정부는 공사를 재개했지만, 1950년 한국전쟁으로 또다시 공사가 중단되었다. 그 후 1961년 정부는 제1차 경제개발 5개년 계획을 수립하여 다시 공사를 시작했고, 착공 25년 만인 1965년에 마침내 현재의 섬진강댐이 건설되었다.** 우리나라 최초의 다목적댐이 일제의 식량 수탈과 전쟁 수행을 위해 기획되고 전쟁으로 두 번씩이나 중단된 것이다. 수몰

---

* "다시 수몰된 운암댐",《전북일보》, 2016.3.11. https://www.jjan.kr/article/20160310576128

** 『섬진강댐 50년사』참조.

당시 그 지역 주민들을 부안군 계화도 간척지로 이주하도록 계획했으나 간척지 공사가 완료되지 못하여 주민들이 수몰 지역에 계속 거주하는 위험한 상황도 연출되었다고 한다.* 섬진강댐의 건설이 근대 산업 발전의 원동력이었다는 것은 사실이다. 하지만 댐 건설의 배경과 그 과정에 숨어 있는 이면을 보니 마음이 편치 않다. 일제강점기에 전국 각지에서 일제가 자행한 민족자본의 수탈이 여기에서도 이렇게 착실하게 준비되고 있었다. 그 와중에 삶의 터전에서 밀려나고, 언제 물에 잠길지 몰라 불안한 삶을 이어가는 댐 상류의 주민들도 있었다. 하지만 지금의 옥정호는 이러한 복잡한 사정의 운암댐을 넓은 치마폭에 조용히 품고서 지나가는 사람들에게 아름다운 외양만 내비치고 있다. 물문화관에는 이렇게 쓰여 있다. "옥정호는 섬진강댐의 건설로 만들어진 인공호수로 반짝이는 아침 햇살과 뿌옇게 피어오르는 물안개가 만나 아름다운 경관을 이루며, 붕어를 닮은 섬이 구름과 물안개 사이로 그 자태를 드러내면 보는 이들이 탄성을 자아냅니다. 옥정호는 수려한 자연경관은 물론 계화도 등 호남평야를 적셔주는 생명수의 역할도 하고 있습니다." 옥정호는 아름다운 호수면 아래 운암댐을 숨기듯이 우리의 아픈 역사를 애써 감추고 있다.

---

* 섬진강댐물문화관, '섬진강다목적댐'.

숲속의 황홀한 비경

옥정호의 일송정휴게소 부근에 식당이 몇 개 있는데, 점심 먹기에는 아직 이른 시간이다. 깊게 심호흡을 한번 하고 배낭을 다시 둘러맨다. 강진까지 11킬로미터가 적힌 이정표가 나온다. 가야 할 아스팔트 길이 비구름으로 잔뜩 덮여 있는 산 밑으로 꿈틀거리며 슬며시 사라지고 있다. 행여나 길을 놓칠세라 걸음이 빨라진다. 비닐 우의가 외부 공기를 차단하여 체온이 상승하면서 몸에서 김이 모락모락 피어오르는 듯하다. 오가는 사람도 차량도 보이지 않고 온 세상이 고요하다. 메트로놈처럼 일정한 간격으로 신발이 아스팔트에 부딪치는 소리와 거기에 장단 맞춰 부스럭거리는 비닐 우의 소리만 들린다. 신록이 우거진 산속으로 접어들어 구불구불 굽잇길을 돌아간다. 숲길 사이로 언뜻 시야가 트인다. 멀리에 비구름이 또 산봉우리를 잡아먹고 있는 것이 보인다.

저 멀리 산 아래 어디쯤엔가 옥정호가 보일 텐데 하고 생각하는 순간 물안개 낀 호수 대신 계곡 너머 언덕에 너무나 선명한 분홍빛 물결이 보인다. 귀신에게 홀리듯 저절로 발걸음이 분홍빛 물결 쪽으로 끌려 들어간다. 가까이 다가가서 보니 작약꽃밭이다. 시골집 마당에 아버지가 심어두신 작약 두세 뿌리가 죽지 않고 매년 자기의 존재를 알리고 있어 이것이 무슨 꽃인지 얼른 알아보았다. 때가 맞으면 요염하고 농익은 자태로 활짝 웃으며

무릉도원처럼 숲속에 홀연히 나타난 작약꽃밭, 전북 임실군 운암면 운종리.

맞아주고, 조금 늦을 때면 흐드러진 꽃잎을 주체하지 못해 마당에 뿌려 놓은 채 줄기까지 땅에 닿을 듯 축 처져 신음하고 있던 모습이 눈에 선하다. 느닷없이 마주한 꽃밭 앞에서 눈이 휘둥그레지고 정신이 아득해진다. 그야말로 숲속의 비경이다. 황소의 잔등처럼 길게 휘어진 꽃밭 등성이가 온통 붉은색과 분홍색과 흰색의 작약꽃으로 뒤덮여 있다. 조금 떨어져서 보면 새색시의 봄 이불을 펼쳐 놓은 것처럼 보이기도 하고 초록색 융단 위에 꽃잎을 잔뜩 뿌려 놓은 것 같기도 하다. 울긋불긋 화려하고 탐스러운 꽃잎을 푸짐하게 장식한 꽃들이 서로의 자태를 경쟁적으로 뽐내고 있는 것이 마치 꽃들의 경연장 같다. 꽃밭 산등성이 너머 안개

구름 속에 언뜻 비치는 옥정호는 신비로움을 더해 준다.

중국 진나라 도연명의 작품에 무릉도원이 나온다. 무릉이라는 동네에 살던 한 어부가 고기잡이를 갔다가 숲속 계곡 끝까지 가게 되었는데 홀연히 복숭아꽃이 만발하고 향긋한 풀꽃들이 아름답게 핀 숲이 나타났다. 그는 배를 버려두고 빛이 흘러나오는 작은 동굴을 지나서 바깥세상과 단절된 이상향의 별천지를 경험하게 된다. 이곳 작약꽃밭이 바로 무릉도원이 아니고 무엇이랴. 넓은 꽃밭에서 아름다운 꽃들의 향연에 흠뻑 취하여 어부가 된 듯하다.

작약꽃밭 등성이 너머로 살짝 보이는 옥정호 호숫가에는 무릉의 어부가 타고 온 쪽배가 틀림없이 숨겨져 있을 것이고 이 산 어디엔가 별천지로 가는 동굴이 있을 것만 같다. 몇 번을 되돌아보면서 발길을 돌린다. 찾는 이가 아무도 없는 시골집 마당에도 지금 작약꽃이 활짝 피어 있을까? 여기보다 훨씬 남쪽이니 벌써 꽃잎이 졌을지도 모르겠다. 도착하려면 닷새는 더 걸릴 텐데 그때까지 기다려주면 좋겠다.

구담마을 가는 길

길은 호숫가를 따라 남쪽으로 굽이치고 있으나 날씨 때문인지 갈수록 산골로 들어가는 분위기이다. 하운암 신기마을 간이

버스정류장 바로 옆에 작은 가게가 있다. 가까운 식당을 묻기 위해 들어가니 마루방 위에 남자 서너 명이 식사하고 있다. 시골 사람답지 않게 말끔한 복장들이다. 바닥에 빈 테이블이 있어 식사도 되느냐고 조심스레 물어보니 한 사람 정도는 줄 밥이 있으니 앉으라고 한다. 주인아주머니는 여기에서 파출소와 농협 직원들에게 매일 점심을 해주고 있는데 저분들은 파출소 직원들이라고 넌지시 알려 준다. 이곳은 모든 것이 원스톱으로 해결되는 시골의 만물 가게이다. 메뉴판도 없고 기다릴 것도 없이 5분도 안 되어 식사가 나온다. 구멍가게라 생각했던 곳에서 제대로 된 밥상을 받았다. 소박하고 정갈한 집밥이다. 먼저 온 손님들은 대화도 없이 부지런한 손놀림으로 식사를 마치고 잘 먹었다는 인사와 함께 나를 힐끗 쳐다보며 급히 나간다. 곧이어 다른 팀이 들어온다. 제복을 입은 아가씨의 옷차림새를 보니 농협 직원들이다. 이들이 이 지역 출신이라면 고향에서 근무하니 좋을 것이고, 타지 출신이라면 조금은 안쓰럽다는 생각이 든다.

모시울 교차로를 지나자 머리 위로 새로 난 27번 국도가 달리고, 아름드리 콘크리트 교각 사이로 옛길이 겨우 명맥을 유지하고 있다. 지루한 아스팔트 오르막길을 정복하고 고갯마루에 올라서면 강진면을 알려 주는 표지판이 서 있다. 교량에 얹혔던 새 도로는 벌써 터널 속으로 사라져 보이지도 않는다. 고갯마루 아래 저수지 건너편에는 상율치 마을이 고즈넉하게 자리하고 있다. 장벽처럼 높은 뒷산이 위압적으로 보이지만 마을 앞 길가의

교량에 얹혔던 새 도로는 벌써 터널 속으로 사라져 보이지도 않는다.
고갯마루 아래 저수지 건너편에는
상율치 마을이 고즈넉하게 자리하고 있다.

고고한 소나무와 조그마한 정자가 마을의 기품을 살리면서 평화와 안정을 지켜주는 듯하다.

옥정호에서 잠시 쉬어 간 섬진강의 물길은 필봉산과 남쪽의 회문산 사이를 크게 돌아 강진면으로 흐르고, 찻길도 물길을 따라 굽이친다. 갈담삼거리에서 직진하면 국립임실호국원으로 가는 길이고 오른쪽 길로 접어들면 바로 강진면 소재지가 나온다. 섬진강 주변은 산세가 험하다는 지리적 조건으로 외부와의 소통이 원활하지 못했고, 국가의 행정력도 제대로 미치지 못하는 소외된 지역이었다. 그래서 임진왜란과 동학혁명, 여순사건, 6·25 전쟁 등 한국 근현대사의 질곡 속에서 투쟁에 밀린 소수 세력들이 쫓겨 숨어들면서 애꿎은 토박이들까지 피해를 본 민중의 애환이 서린 곳이다. 회문산은 한국전쟁 무렵 빨치산 남부군사령부가 있었던 곳이다. 동학 농민혁명의 지도자 전봉준이 일본군에 패해 숨어 있다가 마지막에 체포된 곳도 순창의 섬진강 지류에 있는 피노마을이다. 굽이굽이 섬진강에는 아픈 역사의 숨결이 소리 없이 흐르고 있다.

순창 동계로 가는 길을 따라가면 다시 산으로 길이 이어지고, 고개를 넘으면 사곡리가 나온다. 논에는 이제 막 모내기를 했는지 유리판에 바늘이 뾰족뾰족 솟은 듯 어린 벼가 물 밖으로 겨우 목을 내밀고 있다. 물이 잔뜩 가두어진 논에는 건너편의 산봉우리가 거꾸로 잠겨 있다. 조용하고 평화로운 산골 마을이다.

오후 4시가 다 되었다. 산세에 짓눌려 구불구불 ㄹ자 모양으로 꺾인 섬진강은 가곡리에서 겨우 명맥을 유지한 채 15번 국도에 기대어 숨을 고른다. 얕은 물길은 민박집이 있는 구담마을로 건너가도록 작은 다리를 허락한다. 휴대폰의 지도를 계속 살피며 걸었기에 망정이지 무심코 걷다가는 지나치기 십상이다. 난간도 없고 자동차도 건너기 어려운 이 다리는 '천담세월교'이다. 이름이 산골 마을 다리답게 멋지다. 느릿하게 흐르는 강물은 다시 세를 불려 안개를 뒤집어쓴 산허리 옆으로 스며들고 있다. 다리를 건너면 캠핑장 입구이다. '시리게 아름다운 강변사리마을', '싱그러운 자연과 서정적인 문학이 만나는 곳'이라는 안내판이 있다. 관광지 모양을 갖추었으나 이용객은 아무도 보이지 않는다. 아직은 캠핑족이 오는 시기가 아닌가 보다. 강변이라 여름철이 성수기이겠지. 길가에 편의점도 있다. 간이 천막 건물에 차린 구멍가게로 이름만 편의점이다. 하얀 강아지가 동정심을 유발하는 눈빛으로 쳐다본다. 건네줄 만한 것이 하나도 없어 미안하다. 이 길은 섬진강 종주 자전거 길로, 안내판에는 섬진강을 따라 광양의 태인동까지 137킬로미터의 코스가 그려져 있다. 홍수 때는 자전거 길이 물에 잠기는지 우회길 안내판도 서 있다. 강변길을 따라 500미터쯤 가니 천담마을이 나온다. 천담리는 천내리와 구담리를 합한 것인데 사람들은 천담마을과 구담마을로 부른다. 마을 입구에는 동자바위 전설의 이야기를 소개하는 안내판이 있다.

옛날 임실의 천담마을에 성실한 사냥꾼 청년이 살고 있었다. 하루는 활을 쏘아 맞춘 꿩을 쫓아가다 산기슭에서 나물을 캐던

돌무덤마을 처녀를 만났다. 이들은 첫눈에 반해 사랑에 빠졌고, 두꺼비나루를 사이에 두고 서로를 그리워했다. 그리움에 사무친 청년이 나루를 건너려 할 때마다 사나운 폭풍우가 일고 강한 비바람이 불었다. 만나지 못한 슬픔에 청년과 처녀는 시름시름 앓다가 같은 날 세상을 떠나고 말았다. 이들이 세상을 떠난 밤에는 천지가 진동하고 광풍이 일었다. 뜬눈으로 밤을 새운 마을 사람들은 청년이 살던 마을에 청년을 닮은 바위가, 두꺼비나루 건너에는 처녀를 닮은 바위가 생겨난 것을 보았다. 서로를 향한 깊은 사랑에 하늘이 감동하여 동자바위와 여인바위를 만든 것이다. 그 뒤로 이루지 못한 사랑에 아파하는 사람들이 동자바위를 찾아 사랑을 기원하면 이루어진다는 이야기가 전해지고 있다는 것이다. 사냥을 주로 하여 연명하는 산촌 생활의 배고픔과 자연재해를 이겨낼 수 없는 인간의 나약함을 아름다운 사랑 얘기로 승화시킨 이 고장 사람들의 순박함이 흠뻑 배어 있는 전설이다.

구담마을로 가는 길은 아스팔트 포장도로이지만 통행하는 차도 사람도 보이지 않는다. 도로가 촉촉이 젖어 있고 햇빛도 없어 한적한 산속 오솔길을 걷는 것처럼 마음이 평온하다. 도로변 매실나무에는 실하게 생긴 매실이 주렁주렁 붙어 있고, 산딸나무에는 하얗게 핀 십자화가 초록색 천에 순백의 수를 놓은 듯 촘촘히 박혀 있다.

갑자기 길동무가 나타났다. 아까 편의점에서 보았던 그 개가 여기까지 따라온 것이다. 오랜만에 본 손님이라 반가워서 그렇겠지, 하고 생각했는데 가게에서 꽤 멀어졌는데도 되돌아가려는 기미가 없다. 얼마 가지 않아 희고 검은 얼룩 개 한 마리가 더 늘었다. 얼룩이는 저만큼 앞서가고, 흰둥이는 졸랑졸랑 뒤를 따라오며 앞뒤에서 호위해 준다. 길을 잃을까 봐 돌아가라고 내쫓지만, 슬금슬금 눈치만 보면서 가려고 하질 않는다. 혹시 주인에게 구박받았나 해서 불쌍한 생각이 들고 고맙기도 해서 흰둥이에게 친근감을 표시했더니 아예 같이 가자고 발밑에 붙는다. 다시 내쫓으니 이젠 20, 30미터 앞서가면서 자꾸 뒤를 돌아본다. 걸음을 멈추고 서 있으면 함께 멈추고 다시 움직일 때까지 기다려준다. 내가 어디로 가는 줄 아는가? 구담마을까지 나를 안내할 셈인가? 구담마을까지는 꽤 먼 길이다. 거리를 정확하게 계산하지 않고 대충 짐작한 것이 오늘의 마지막 피날레를 힘들게 한다. 천담세월교를 건널 때만 해도 앞으로 10, 20분만 가면 되겠지 생각했는데 1시간이나 되는 거리이니 가도 가도 끝이 나오지 않을 수밖에. 생각하기에 따라 길은 멀기도 하고 가깝기도 하다. 충성스러운 강아지들 덕분에 지루함은 조금 덜었다. 구담마을에 도착한 강아지들은 자기 동네처럼 여기저기를 돌아다닌다. 요놈들에게 괜한 정을 주었나? 내일도 같이 따라나서려나? 길동무가 되어 좋긴 하지만 내가 얘들을 어떻게 책임진다는 말인가?

섬진강이 들려주는 인문학

구담마을은 섬진강물이 용궐산을 감아 도는 바깥쪽의 산비탈에 위치하고 마을버스로 갈 수 있는 마지막 지점이다. 민박집은 마을의 맨 위쪽에 자리하고 있어 완만하게 굽어 돌아가는 섬진강이 내려다보인다. 나이 지긋한 민박집 주인아저씨는 오랜만에 만난 친구처럼 어서 오라고 반기면서 "이 사람이 서울에서 여기까지 걸어왔대." 하고 아주머니에게 소개한다. 그런데 분위기가 싸하다. 아주머니는 인사를 받는 둥 마는 둥 한 뼘 남짓한 마당의 화단에 호미를 쿡쿡 찍어대면서 잡초만 뽑고 있다.

"나, 밥 못 해줘요. 저 양반이 그렇게 알아듣도록 얘기했는데도 사람 찾아오는 게 좋아서 덜렁 손님을 받고 그래요." 후덕하고 사람 좋아 보이는 아저씨는 멋쩍은 듯이 허허 웃으시며, "잘데가 없는 사람인데 잠은 자고 가게 해야지 어찌하나?" 하시면서 몇 계단 위쪽 별채의 방으로 안내한다. "집사람이 뿔이 나서 그러니 이해하시오. 잠은 재워줄 테니 밥은 알아서 해결하슈." "네, 재워주시는 것만 해도 너무 감사합니다."

라면을 구할 수 있으면 끓여 먹고, 그도 아니면 아침밥인 미숫가루를 물에 타 먹으면 한 끼쯤이야 아무런 문제도 되지 않는다. 숙소에 일찍 도착해서 여유롭다. 짐을 풀고 빨래까지 해 널었는데도 6시가 안 되었다. 날이 흐린 산골이지만 어두워지려면 아직 시간이 많이 남았다. 평화롭고 경치 좋은 산촌 동네를 어슬렁

거리며 산책을 즐겨보자. 마당에는 아직도 두 분이 일하고 있는데 두런두런 얘기를 나누는 분위기가 아까와는 사뭇 다르다. 아주머니의 기분을 맞춰주고 있는 것이 틀림없다. 좁은 화단과 담장 너머 비탈진 경사면에도 여러 가지 꽃과 나무를 심어 가꾸고 있다. 부부의 정성스러운 손길이 곳곳에 느껴진다. 저쪽 아래 정자가 있는 당산마루에 가면 경치가 좋고 영화 촬영지도 있으니 가보라고 권한다.

이 마을의 이름은 본래 안담울이었으나 마을 앞을 흐르는 섬진강에 자라(龜)가 많이 서식한다고 하여 구담(龜潭)이라 했고, 일설에는 이 강줄기에 아홉 군데의 소(沼)가 있다 하여 구담(九潭)이라고 불렀다고 한다. 마을회관을 지나면 편안해 보이는 정자가 키가 큰 나무들의 그늘에 둘러싸여 있다. 마을 자체가 높은 지대라 정자에서는 아래쪽 섬진강이 훤히 내려다보인다. 무성한 느티나무 가지 아래로 펼쳐지는 풍경이 액자 속의 그림 같다. 멀리 잿빛 하늘 아래 첩첩이 쌓여 있는 가파른 산들은 조금씩 비켜서서 몇 집 안 되는 마을에 자리를 양보하고, 강물은 급할 것 없이 유유자적 마을 앞 작은 동산을 휘감아 돈다. 제법 널따란 퇴적층에는 자전거 길이 둥글게 반원을 그리며 물길을 따라가고 있다. 물길에 포위된 강 건너 그곳은 순창군 동계면이다. 이렇게 전망좋은 곳에 정자가 자리하지 않으면 무엇이 자리하랴. 지은 지 그리 오래되어 보이지 않는 네 칸짜리 정자는 마을의 본래 이름과 현재 이름 둘 다 포기하지 못하고 오른편 칸에는 한자로 '龜潭亭

정자가 있는 당산마루(위)와 정자에서 내려다본 섬진강 물길(아래), 전북 임실군 덕치면 천담리.

멀리 잿빛 하늘 아래 첩첩이 쌓여 있는 가파른 산들은 조금씩 비켜서서
몇 집 안 되는 마을에 자리를 양보하고,
강물은 급할 것 없이 유유자적 마을 앞 작은 동산을 휘감아 돈다.

(구담정)'이란 현판이, 왼편에는 한글로 '안담울정'이란 현판이 두 개나 걸려 있다. 현판을 걸 때 마을 어르신들의 의견 대립이 상당했을 것으로 추정된다. 무더운 여름날이면 마루에 누워 낮잠을 즐기기에 안성맞춤이고, 비 오는 날이면 빈대떡에 막걸리 한 사발 하면서 장기를 두어도 좋겠다. 아래쪽에서 불어오는 시원한 강바람이 마을 사람들의 더위는 물론 세상 모든 이의 근심과 걱정을 다 날려버리겠다.

나무 데크길을 따라 정자 뒤편으로 돌면 오래된 느티나무 여남은 그루에 둘러싸인 아늑한 공터가 나온다. 당산마루이다. 화강석 축대와 데크길이 원시적인 자연미를 빼앗아 가지만 접근의 편리성과 지형 보존을 위한 손길이라 봐주고 넘어가자. 이 느티나무들이 당산나무이고 앞에 있는 널따란 바위가 제단인 모양이다. 예전에는 틀림없이 동네 아이들이 구슬땀을 흘리며 뛰노는 놀이터였을 것이다. 학교에 가다 말고 동네 어귀 공터에서 시간 가는 줄 모르고 뛰놀던 옛 시절의 모습이 눈앞에 선하게 떠오른다. 공터 한쪽에는 이광모 감독의 영화 「아름다운 시절」 촬영 장소라는 조형물이 설치되어 있다. 민박집 아저씨가 말한 곳이다. 이곳에서는 TV문학관 「소나기」, 드라마 문학관 「쑥부쟁이」도 촬영되었다고 한다. 어두워지기 전에 가게를 찾아 라면이라도 구해 보려고 했으나 지역특산물을 판매한다는 마을회관은 문이 굳게 닫혀 있다. 오늘 저녁은 라면도 못 먹을 운인가 보다. 관광객이 없어 아예 문을 열지 않은 것 같다. 어슬렁어슬렁 마을 구경을 마치고 숙소로 온다.

　민박집 아저씨는 아까 지나왔던 편의점까지 가야 라면을 구할 수 있다고 하면서 굳이 자동차로 태워다 주겠다고 한다. 아주머니 눈치를 흘끔 보더니 혹시 막걸리 마실 줄 아느냐고 조용히 묻는다. "저 양반이 또……." 아주머니가 손사래를 친다. 천연덕스러운 아저씨는 민박집에서 밥을 주지 못한 미안함도 있었겠지만, 마님 눈치 안 보고 막걸리 사러 갈 핑계를 찾은 것이다. "막걸리 좋지요!" 했더니 희색이 만면하다. 술 동무까지 생긴 것이다. 자동차로 낮에 왔던 길을 되돌아 4킬로미터 남짓 떨어진 그 편의점에 도착한다. 까마득히 잊고 있었는데 구담리 가는 길에 동행했던 강아지들이 가게에서 뛰어나온다. 다시 만나 반갑다고 연신 꼬리를 흔들어 댄다. 이놈들은 여행객들이 오면 가끔 마을까지 따라갔다 되돌아오곤 한단다. 아저씨는 익숙한 듯 냉장 진열장에서 막걸리를 꺼내와 가게 밖의 탁자에 자리 잡고 안주를 부탁한다. 바로 앞의 섬진강에서 잡은 다슬기로 만든 국물이 안주로 나온다. 차가 있는데 괜찮겠느냐고 했더니 막걸리 딱 한잔은 괜찮단다. 두어 시간 전에 만난 사람과 친구가 되어 막걸리 잔을 기울이며 세상 사는 이야기를 나눈다. 나보다 아홉 살이 더 많은 아저씨는 고향에 대한 사랑과 자부심이 대단하다. 섬진강 시인이라 불리는 이 고장 출신 김용택 시인과 동창생이란다. 아는 것이 너무 많고 흥도 많다. 시원한 강바람을 쐬면서 재치 있고 구수한 인생 이야기에 점점 빠져든다. 섬진강이 들려주는 인문학 강의이다. 이런 것이 여행의 참 묘미이다.

"여행은 한자로 나그네 여(旅)에 갈 행(行)이여. 나그네가 길을 가는 것이 여행이재. 흐르는 냇가에 나뭇잎을 띄우고 나뭇잎보다 앞서 걸으면 젊은 사람이고 천천히 걸으면 늙은이여. 여행은 늙은이처럼 세월아 네월아 하면서 천천히 가야 해. 이곳저곳 세심히 살펴보고 뒤돌아보기도 하면서. 우리 인생도 마찬가지야. 빨리 가면 있는 것도 못 보고 사고 나기 십상이재. 여기에서는 모든 것이 천천히 간다네. 섬진강은 빨리 흐를 수가 없어. 산들이 겹겹이 막아서서 굽이굽이 돌아가야 해. 그 굽이마다 우리네 서민들이 살고 있어. 우리나라 4대강은 문명을 탄생시켰어. 문명은 삭막한 도시를 만들었재. 한강과 낙동강, 금강, 영산강을 보게나. 이 강들은 돈 많은 동네로 흘러가고 있지 않은가. 근데 섬진강은 문화를 탄생시켰어. 문명은 바탕에 돈이 깔려 있지만, 문화는 사람이 사는 것과 생각하는 것과 느끼는 것을 만들어 가는 것이여. 오면서 옥정호를 보았재? 거기에는 서민들의 애환이 숨어 있어. 섬진강 수계인 옥정호 물의 99퍼센트가 서해로 흘러가 부러. 박정희 시대에 경제개발 한다고 강물을 호남의 곡창지대인 만경평야로 돌아 흐르게 했어. 일제가 쌓은 제방이 그 시작이재. 지금 임실군 인구가 3만인데 그때 수몰민만 해도 2만 5천 명에 육박했다고 그래. 섬진강은 가난한 서민들의 동네만 굽이굽이 흐른다네. 이 고장은 순박한 사람들이 자연과 전통을 지키면서 천천히 느긋하게 살아가는 슬로시티야. 비록 나는 막걸리를 좋아

해서 '술로시티' 사람이지만. 고흥까지 걸어가려면 길이 멀지만 조급해하지 말고 천천히 가게나, 이제 은퇴하는 예비 늙은이 여행자가 뭣이 급해 빨리 가려고 하나. 아프리카 속담에 나그네는 낙타처럼 천천히 가야 멀리 갈 수 있다고 했어. 아, 그런데 낙타가 그렇게 빨리 달리는 줄 몰랐어. 하하하."

한참 동안 이야기꽃에 빠져 있는데 아저씨의 휴대전화가 울린다. 아주머니가 호출한 모양이다. 그새 날이 어두워졌는데 손님과 라면 사러 나간 사람이 연락이 없으니 전화가 올 만하다. 전화를 끊고 하시는 말씀이, "당신은 운이 참 좋네 그려. 집사람이 저녁때가 지났는데 왜 안 오느냐면서 당신 밥도 차려 놓았으니 빨리 데리고 오라는구먼. 집에 가서 먹게 막걸리 두어 병 더 사서 빨리 가자고. 술을 제법 할 줄 아는구먼."

많은 얘기를 나눴으나 해줄 얘기가 아직도 쌓여 있는 것 같다. 무엇보다 아주머니의 시혜로 손님 대접해야 하는 숙제를 풀었다는 기분이다. 밥을 주신다니 라면은 필요 없고 막걸리 두 병을 챙겨 재빨리 계산을 마친다.

"어허, 내 술값까지 내면 안 되지!" "좋은 말씀 많이 들었는데 수강료는 내야지요." "애시당초 방값 받을 생각도 없었지만, 술값을 냈으니 그럼 방값 낸 걸로 치고, 밥은 안사람이 준다니 밥값까지 모두 해결된 것으로 하자구!"

"술로시티에서 급할 게 뭐가 있나, 천천히 가는 거지!" 하면서 자전거보다 느린 속도로 자동차를 산책시킨다. 창문을 모두

내리니 촉촉이 습기를 머금은 강바람이 얼굴을 간지럽힌다. 자동차 바퀴에 모래 깔리는 소리가 싸르락거린다. 인적도 가로등 불빛도 없는 깜깜한 도로에서 느린 속도로 가는 것은 마치 어릴 적 한밤중에 소달구지 위에 올라앉아 졸고 가는 기분이 든다. 가게에서 못다 한 얘기를 주거니 받거니 하다 보니 어느새 집 앞이다. 아주머니는 멀리 갈 사람 데리고 술 마시고 왔다며 속없는 남편이라고 눈을 흘긴다. 비수기라 민박 손님을 안 받는 것은 물론이거니와 식사도 주지 않는 것이라는데 오늘만은 어쩔 수가 없어 예외란다. 손님을 굶겨 보낼 수 없다는 시골 인심이다. 노부부와 함께 밥상에 앉아 정성이 듬뿍 담긴 성찬에 막걸리를 반주 삼아 최고의 만찬을 즐긴다. 어쩐지 두 분이 친구처럼 다정하다고 생각했는데 놀랍게도 김용택 시인과 다 같이 초등학교 동창이란다. 아주머니는 학교 다닐 때 남학생들한테 인기가 가장 많았는데, 아저씨가 잘생겨 마음에 들었다고 한다. 시골의 나이 든 부부들은 대개 남자가 왕처럼 굴고 여자는 하녀처럼 순종적인 경우가 많지만, 이들 동갑내기 노부부는 친구처럼 옥신각신 투닥거리면서도 다정스러워 보인다. 길 떠난 이후 매번 외롭게 식사하다가 모처럼 좋은 사람들과 어울려 집밥을 먹으니 더할 나위 없이 포근하다. 이분들도 쉬어야 하고 나도 아침 일찍 떠나야 할 몸이라 자리를 털고 일어선다. 아저씨는 내일 아침에는 내다보지도 않을 테니 지금 여기서 미리 작별 인사 하고 알아서 떠나라 하신다. 쿨한 작별이다.

오늘 하루는 참 길었고 아득히 먼 길을 온 것 같다. 모악산에서 출발하여 구담마을까지 39.1킬로미터, 거의 100리 길을 10시간 넘게 걸었다. 열 명도 더 잘 수 있는 넓은 방 한쪽에 자리를 깔고 피곤한 몸을 눕힌다. 꿈결처럼 길가 전봇대에 걸려 있던 이정표 속의 달팽이가 더듬이를 살랑거리며 내게로 다가온다. '내가 너를 슬로시티로 안내할게!'라고 하면서. 섬진강 기슭의 아름다운 산골 마을에서 서두르지 않고 서로를 토닥거리며 사는 동갑내기 노부부의 삶이 진정한 행복이다. 그래, 나는 강물 위에 떠가는 나뭇잎보다 훨씬 빠르게 걷는 나그네다. 아직은 아저씨보다 젊어서일까? 뭐가 그리 급한가?

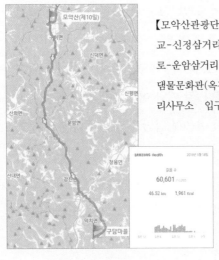

【모악산관광단지-염암삼거리-완주대덕초등학교-신정삼거리-상용마을-신기마을-새터교차로-운암삼거리-마암마을-운암교삼거리-섬진강댐물문화관(옥정호)-운종리 작약꽃밭-옥정호관리사무소 입구-신기마을-운암평생교육원-강진면 상율치마을-하필마을-필봉교차로-갈담삼거리-강진사거리-사근리-사곡리-가곡리-천담세월교-천담마을-구담마을(안다물민박)】

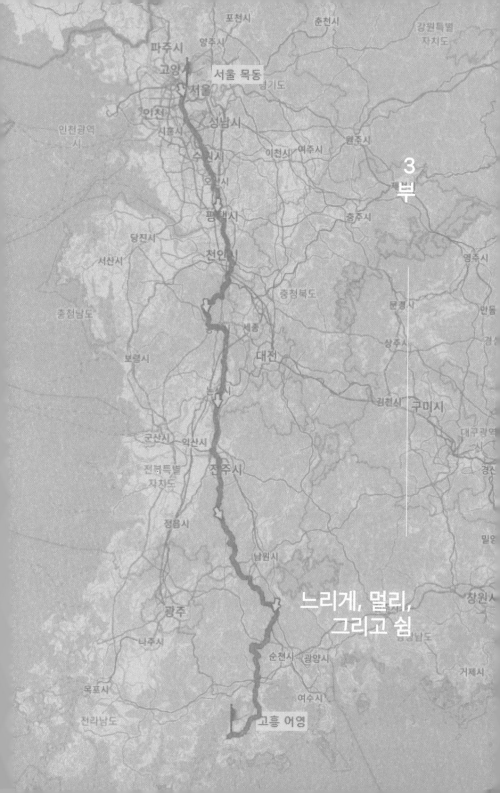

3부

느리게, 멀리,
그리고 쉼

11장 혼자보다 여럿이 좋다

윤 초시댁 소녀는 어디에

새벽 5시 반이다. 주섬주섬 배낭을 꾸린다. 아침밥은 길 가다 적당한 곳에서 먹으면 된다. 민박집 부부는 방값도 밥값도 다 안 받는다고 했으나 하룻밤을 잘 먹고 잤는데 도리가 아니다. 부담스럽지 않을 정도로 숙박비를 나름대로 계산하여 문지방 안쪽에 두고서 주인네들이 깰까 봐 도둑고양이처럼 집을 나선다. 나중에 다시 찾아와 차분히 아저씨와 막걸리 잔을 나누며 못 다 들은 얘기들을 마저 듣고 싶다.

구름이 끼어서인지 아니면 어둠이 덜 걷혀서인지 산골 마을은 온통 회색빛이다. 어제 당산마루 정자에서 내려다본 징검다리를 건너면 활처럼 휘어가던 그 길로 바로 들어설 것이다. 강으로 접근하는 지름길이라 생각되는 비탈길을 내려간다. 사람들

구담마을 앞 섬진강물을 건너는 징검다리, 전북 임실군 덕치면 천담리.

이 많이 다니지 않아 길섶 풀이 무릎까지 자라 좁은 길을 덮고 있
다. 풀잎에 맺힌 아침 이슬에 바짓가랑이가 다 젖는다. TV문학관
「소나기」의 촬영지가 이곳이다. 황순원의 「소나기」에서 징검다
리를 팔짝팔짝 뛰어 건너던 윤 초시댁의 단발머리 소녀가 지나
가던 갈밭 사잇길이 여기쯤일까? 오늘도 그때처럼 강물이 불어
징검다리 위로 넘치고 있다. 물살이 꽤 거칠어 큰길로 되돌아갈
까 잠시 망설인다. 소나기에 흠씬 젖은 소년이 소녀를 업고 건너
던 때는 걷어 올린 잠방이까지 물이 차지 않았던가. 신발을 벗어
들고 소녀 대신 배낭을 업고 징검다리를 하나씩 조심조심 건넌
다. 소년이 건넌 개울물은 소나기로 갑자기 불어난 흙탕물이었

으나 지금 건너는 섬진강물은 수정같이 투명하다. 그렇지만 강바닥에 소녀가 건져내던 하얀 조약돌은 보이지 않는다. 미끄러지지 않으려고 제법 세게 흐르는 물살을 노려보며 한 걸음 한 걸음 건너려니 자꾸만 초점이 흐려지고 현기증이 난다. 징검다리를 무사히 건넜다. 젖은 발을 말리기 위해 강둑에 앉아 징검다리 위에서 물장구치는 소녀의 모습을 지켜보는 소년이 되었다. 산중턱의 구담마을은 강 건너 갈밭 사이로 사라진 소녀처럼 나무숲에 가려져 한쪽 귀퉁이만 보인다. 소년과 윤 초시댁 소녀는 이 생에서 다시 만나 민박집 부부가 되었나 보다.

첫 출발부터 동화 속에 빠져 젖은 발이 마르도록 강둑에 앉

젖은 발을 말리기 위해 잠시 강둑에 앉았다. 전북 순창군 동계면 어치리.

아 있을 여유가 없다. 오늘은 곡성의 친구 농장까지 가야 한다. 40킬로미터가 넘는 길이라 마음이 조급하다. 최근에 자전거 길을 조성했는지 시멘트 포장길이 모래알 하나 없이 말끔하다. 건강 때문에 일부러 신발을 벗고도 걷는다는데 나도 이참에 맨발로 걸어보자. 처음엔 걸음걸이가 조금 어색하고 뒤뚱거리는 느낌이지만 이내 지면에 적응되고 맨발이 한결 가벼워진다. 내룡마을을 감아 도는 물길을 따라 20여 분쯤 가니 작은 현수교가 나온다. 이 다리는 동계면 어치리 내룡마을과 적성면 석산리를 이어주는 다리로, 사람과 자전거만 다닐 수 있다. 다리 아래로 섬진강에서 경치가 가장 아름답다는 장군목이 펼쳐진다. 이곳저곳 산골 마을을 유유자적 흐르는 섬진강은 이곳을 지나면서 오랜 세월 강바닥을 갈고 닦아 기묘한 형태의 조각품들로 가득한 수석 박물관으로 만들어 놓았다. 해양 다큐멘터리를 보면 물개들이 바닷가 모래사장에 떼로 몰려 햇볕을 쬐고 있듯이 시커멓게 한데 엉킨 너럭바위들이 일제히 강변으로 기어 나와 해가 나기를 기다리고 있다.

바위 중에는 내룡마을 사람들이 수호신처럼 받들고 있는 요강바위도 있다. 이 바위는 무게가 15톤이나 되는 검은 오석으로 바위 가운데가 요강처럼 둥글게 파여서 붙여진 이름이다. 아들을 갖길 원하는 부부는 이 바위에 앉아 지성을 들이면 소원을 이룰 수 있다는 이야기가 전해지고 있다. 한국전쟁 때는 마을 주민들이 바위 속에 몸을 숨겨 화를 모면하기도 했다고 한다. 이 바위

내룡마을 앞의 장구목 유원지(위)와 요강처럼 가운데가 움푹 패인 장구목의 요강바위(아래), 전북 순창군 동계면.

이 바위는 무게가 15톤이나 되는 검은 오석으로 바위 가운데가 요강처럼
둥글게 파여서 붙여진 이름이다. 아들을 갖길 원하는 부부는 이 바위에
앉아 지성을 들이면 소원을 이룰 수 있다는 이야기가 전해지고 있다.

240 걸음마다 비우다

가 수십억 원이 넘을 거라는 얘기가 나돌아 1993년에 도난을 당한 적이 있단다. 요강바위 도난 사실이 신문과 방송에 알려지게 되자 제보자가 나타나 경기도 광주에서 찾게 되어 우여곡절 끝에 제 자리로 돌아왔다고 한다.*

산 넘고 물 건너 지름길을 찾아서

장군목을 앞에 둔 내룡마을은 동네 이름을 새긴 표지석도 수 석처럼 잘생겼다. 넓지도 깊지도 않은 강물은 급히 흐르지 않고 나를 재촉하지도 않는다. 동네를 조금 벗어난 곳에 이끼 낀 커다 란 바윗돌이 간신히 길을 비켜 서 있다. 용궐산에서 내려왔는지 장군목에서 올라왔는지 모르겠다. 자세히 보지 않으면 지나치기 쉬운데, 그 바위에는 예사롭지 않은 솜씨의 전서체로 '樂山樂水' (요산요수)라는 한자가 조각되어 있다. 풍경이 좋고 글씨체도 멋있 지만, 굳이 아름다운 자연에 글을 새겨 좋아한다는 것을 표시해 야 하는가. 강아지나 들짐승들이 영역을 표시하듯 사람들의 눈 길이 많이 가는 멋진 바위를 보면 글을 새기고 싶은 마음이 생기 나 보다.

---

* 임원우, "순창보물여행(6) 하늘이 내린 보물 '장군목'", 《열린순창》, 2016.11.16. http://www.openchang.com/news/articleView.html?idxno=16496

구미리 입구 도로변에 머리가 없는 거북바위가 있다. 안내문에는 거북 형상을 한 이 바위가 구미리의 풍요와 안녕을 지켜주는 영물로 꼬리 부분이 마을을 향하고 있는 것은 부족한 풍수를 보완하여 마을의 재물이 유실되는 것을 막기 위해서라고 한다. 한때 마을 앞쪽 취암사의 스님이 사찰의 재물이 유실되는 것을 우려하여 꼬리가 절 쪽을 향하도록 했으나 바위 스스로 본래의 위치로 돌아가자 화가 난 스님들이 거북의 머리를 잘라 만수탄에 버렸다고 한다. 이 일이 있은 후로 취암사는 사세가 기울어 결국 폐사되고 말았다고 한다.

구담마을 징검다리에서부터 함께 벗하여 남으로 내려온 강물은 구미리를 지나자 동쪽으로 진행하다 동북에서 내려오는 오수천의 물을 맞아들인다. 섬진강 자전거 길도 물길을 따라간다. 섬진강이 아무리 좋아도 몸부림치는 뱀처럼 꿈틀거리는 물길을 걸어서 다 따라다닐 수는 없다. 내월교를 건너는 21번 국도를 따라 지름길을 택한다. 내적마을 입구에는 일제강점기 때의 관리 조하영을 기리는 시혜비와 아들 낳기를 비는 바위인 기자석이 나란히 서 있다. 조하영은 조선 명종과 인순왕후의 능을 관리하는 강릉 참봉을 지냈다고 한다. 조하영이 토지세를 적게 거두어 혜택을 본 사람들이 1924년 그 공적을 치하하여 비를 세웠다고 한다.* 세도가들이나 위선적인 고을 원님들의 자기 과시용 송덕

---

* 디지털순창문화대전, '조하영 시혜비'.

비는 놀부네 저택처럼 크고 화려하지만, 이 시혜비는 풍채가 쪼그라든 할아버지처럼 왜소하고 소박하게 생겼다. 그러나 받침돌에 덮개까지 쓰고 있어 당당한 기품이 남아 있다. 덮개석에는 노인네 검버섯처럼 돌이끼가 잔뜩 끼어 있다. 울타리나 안내문도 없이 버스정류장 옆 도로변에 덩그러니 서 있어 언제까지 버티고 있을지 걱정스럽다. 보다 관심 있는 손길이 필요하다.

운림삼거리에서 왼쪽 지북리 가는 길로 접어든다. 오른쪽으로 가면 정읍이다. 편도 1차로의 아스팔트길은 섬진강으로 흘러드는 심초천이 동행한다. 평온한 시골 마을과 논밭들이 여름을 준비하고 있다. 도로변에 죽 늘어선 목백일홍이 좀 더 자라면 여름에 제법 볼만하겠다. 남원으로 가는 24번 도로와 마주치는 지북사거리를 가로지르면 좁고 얕은 다리가 나온다. 섬진강을 건너는 화탄잠수교이다. 다리 초입에 제법 규모가 큰 매운탕집이 있다. 옛날에는 이곳에 강을 건너는 나룻배가 있었을 것이고, 매운탕집은 나루터 주막이지 않았을까. 배고프고 지친 길손이 외면하고 지나갈 수 없는 위치이다.

구담마을 아저씨 말대로 섬진강은 서민들이 사는 동네 곳곳을 둘러보고 구불구불 흐른다. 여행은 강물에 띄운 나뭇잎보다 천천히 가는 것이라 했는데, 혹여나 세월이 나를 붙잡을까 봐 최대한 빠른 지름길을 택해 걷는다. 그러다 보니 강을 건너갔다가 다시 건너오고 강에서 멀어졌다가 가까워지고 또 함께 가기도 한다. 오전에 벌써 세 번이나 섬진강을 건넌다. 이제 산을 넘어야 할 차례다. 해발 341미터의 체계산 줄기가 길게 뻗어 내린 곳에 농경지가 형성되어 있다. 광주대구고속도로가 그 사이를 가로지른다. 좁은 들판 너머로 한적한 마을이 산 밑에 바짝 붙어 있다. 뒷산에 책 모양의 바위가 있어 책암마을이라 불리는데, 책 바위에 올라서면 섬진강 변의 경치와 주변 경관을 내려다볼 수 있다고 한다. 바위가 넓어 예전에 선비들이 모여 앉아 책을 읽고 시를 쓰는 장소로 이용되었다고 한다. 그 경치를 구경할 욕심에 바위로 가는 길을 요리조리 살폈으나 찾을 수가 없고, 휴대폰에 나타나는 '내 위치'는 바위와 점점 멀어져 간다. 길 안내판이 있을 법한데 애초에 길을 잘못 들어선 것 같다. 가봐야 별 구경거리가 없고 시간만 허비할 거야. 신 포도일 것이라고 자신을 위안하는 여우가 된다.

이어지는 산길은 편안한 오솔길이다. 산등성이를 넘으니 순창군 유등면에서 남원시 대강면으로 행정구역이 바뀐다. 산골의 좁은 땅뙈기이지만 논에 물을 가두고 트랙터가 분주히 모내기를 준비한다. 작은 들판마다 재미있는 이름이 붙어 있다. 안산밑들, 방소대들, 피리뱀들, 큰뱀들, 배남실들, 큰언덕들, 피아절들, 황새들, 벗들, 횡골들, 누룩오리들, 흰대머리들…… 동네 사람들만 알 수 있는 지형 특성이나 그곳에 서식하는 동식물의 이름을 따서 붙인 이름이다. 전국 들녘의 이러한 이름을 조사해 보면 지방의 특성이나 방언 등의 연구에 도움이 될 것 같다. 하얀 구름 사이로 파란 하늘이 언뜻언뜻 보이더니 반가운 해가 살짝 얼굴을 내민다.

순창군에서 남원시로 넘어가는 편안한 오솔길, 전북 남원시 대강면 송대리.

작은 들판마다 재미있는 이름이 붙어 있다.
안산밑들, 방소대들, 피리뱀들, 큰뱀들, 배남실들, 큰언덕들, 피아절들, 황새들,
벗들, 횡골들, 누룩오리들, 흰대머리들……

강변길 야생화 잔치

길가에는 때죽나무의 하얀 꽃들이 초록 잎사귀 사이로 주렁주렁 매달려 있다. 잎사귀의 초록빛이 번질 정도로 순백인 꽃들은 언제 봐도 싱그럽고 상큼하여 눈의 피로를 풀어주고 마음을 정화해 준다. 찔레꽃도 그렇다. 11시에 대강면 소재지가 있는 사석리에 도착했다. 상점들을 보고서 아침밥을 아직 먹지 않았다는 것을 깨달았다. 갑자기 허기가 몰려온다. 이곳을 지나면 다시 강변으로 접어드는데 한동안 민가가 없을 것 같다. 밥부터 먹어두자. 석촌마을의 식당에 들어선다. 주방 안에서는 점심 준비로 매우 부산하다. 메뉴판의 순두부찌개를 주문하자 할아버지 한 분이 "점심에는 주문을 안 받아요. 셀프예요." 하면서 한쪽을 가리킨다. 벽 쪽으로 길게 붙은 테이블에 반찬이 가득 담긴 양푼들이 놓여 있다. 한식 뷔페 식당이다. 구수한 된장국에 밥과 반찬을 수북이 떠다 놓고 옆 사람들의 눈치를 살핀다. 김치와 나물, 적절하게 간이 밴 돼지고기 두루치기 등 어느 하나 맛없는 것이 없다. 걷느라 체력 소모가 많아서 식욕이 왕성해진 탓도 있겠지만 먹고 싶은 것을 골라 먹어 더 맛있다. 배가 든든하면 걷는 것도 신이 난다.

적당하게 햇빛을 가려주는 구름과 살랑대는 강바람에 발걸음은 더욱 가벼워진다. 다시 섬진강이 반갑게 인사한다. 임실 적성에서 남쪽으로 내달리던 섬진강은 대강면을 항아리처럼 보듬어 돌고 나서 이제는 동쪽으로 방향을 튼다. 강물이 돌아가는 안쪽으로는 퇴적층이 발달하여 좁게나마 농경지가 조성되어 있다. 강폭이 넓어 바닥에 드문드문 나무가 자라 강인지 늪인지 구분하기 어렵다. 물길은 그중에서도 얕은 곳을 골라 고집스럽게 자기의 길을 만들어 나아간다. 장마나 폭우가 쏟아지는 홍수기에는 작은 물길들이 대통합을 이루겠지. 마을에서 멀어지자 깨끗하게 시멘트로 포장된 강변 자전거 길로 접어든다. 한참을 가도 인적은 없고 이따금 하얀 나비가 팔랑거리며 동행하다 사라지곤 한다. 길 양쪽으로는 노란 금계국이 활짝 웃는 얼굴로 가는 목을 길게 빼고 도열해 있다. 바람에 살랑거리는 꽃송이들의 군무가 나의 행차를 열렬히 환영하고 있는 것 같다. 아무도 없는 나만을 위한 길 위에서 도도한 왕처럼 뻐기며 걸어본다. 갈수록 환영객이 늘어나더니 급기야는 경사면까지 온통 노랗게 뒤덮었다. 금계국은 원산지가 북아메리카인 외래종으로 미국 코스모스라고도 불린다. 몇 년 전만 해도 크게 눈에 띄지 않았으나 번식력이 강하여 지금은 전국 어디서나 볼 수 있다. 도로변에 한들거리는 코스모스처럼 상큼하고 아름답게 보이지만, 이런 속도로 퍼져나간다면 생태계가 위협받아 토종 식물들이 피해를 볼 수도 있겠다.

금계국이 압도적이어서 그렇지 길섶 주변을 눈여겨보면 각종 야생화가 나름대로 차려입고 환영 행렬에 끼어 있다. 모시 적삼 같은 하얀 찔레꽃과 햇병아리처럼 노란 물양지꽃, 보라색 초롱을 주렁주렁 매단 등갈퀴나물, 높이 솟아올라 환한 미소를 짓

잔치를 벌이고 있는 야생화들, 전북 남원시 대강면 사석리.

248 걸음마다 비우다

는 개망초꽃, 가냘픈 꽃잎 가장자리에 연분홍 연지를 살짝 찍어 바른 달맞이꽃이 수줍은 듯 피어 있고, 족제비 수십 마리가 나무 덤불 속에서 일제히 밤색 꼬리를 내밀어 행인을 위협하듯 족제비싸리꽃이 깡패 같은 존재감을 나타내고 있다. 그래도 여기가 강변인데 갈대가 빠질 수는 없지만, 갈대는 아직 무대에 오를 때가 아니라고 잎만 무성하게 키우고 있다. 걷다가 사진 찍고 인터넷 찾아보기를 반복한다. 빨리 가서 할 일이 뭐가 있나? 노닥거리며 걷는 강변길이 이토록 재미있는데. 여기에서 민박집 아저씨의 친구인 김용택 시인의 「섬진강 1」을 불러오지 않을 수 없다.

"가문 섬진강을 따라가며 보라/ 퍼가도 퍼가도 전라도 실핏줄 같은/ 개울물들이 끊기지 않고 모여 흐르며/ 해 저물면 저무는 강변에/ 쌀밥 같은 토끼풀꽃,/ 숯불 같은 자운영꽃 머리에 이어 주며/ 지도에도 없는 동네 강변/ 식물도감에도 없는 풀에/ 어둠을 끌어다 죽이며/그을린 이마 훤하게/꽃등도 달아 준다/ 흐르다 흐르다 목메이면/ 영산강으로 가는 물줄기를 불러/ 뼈 으스러지게 그리워 얼싸안고/ 지리산 뭉툭한 허리를 감고 돌아가는/ 섬진강을 따라가며 보라/ 섬진강물이 어디 몇 놈이 달려들어/ 퍼낸다고 마를 강물이더냐고, (……)"

오지리 농장의 친구들

오전 내내 햇빛이 구름을 뚫고 나오려고 애를 쓰고 싸우더니 오후에는 시간이 갈수록 승기를 잡고 제법 위세를 부린다. 곡성 친구에게서 문자가 온다. "풀 베느라고 전화를 못 받아도 농장으로 오시게." "그래, 5~6시경 도착. 서울에서 오는 우리 직원 한 명도 저녁에 합류할게."라고 답을 날린다. 곡성이 가까워질 무렵 머리 위로 강을 가로지르는 철교가 지나간다. 익산에서 전주·남원을 거쳐 순천·여수로 가는 전라선 기찻길이다. 산세에 눌려 잠시 좁아졌던 강폭은 다시 넓어진다. 남원 금지에서 곡성으로 건너가는 금곡교 앞에는 도 경계를 알리는 이정표가 나온다. 서울시와 경기도, 충청남도, 전라북도의 경계를 넘고 이제 마지막 전라남도 경계를 통과한다. 경계를 지난다고 해서 달라질 게 없지 않은가. 바람도 햇빛도 풀도 그대로이고 물도 새도 그대로이다. 자연은 바뀌는 게 아무것도 없는데 행정구역의 경계가 주는 심리적 영향은 꽤 크다. 강물은 사람들이 그어 놓은 경계 따위는 아랑곳하지 않고 유유히 흘러간다.

2시 40분이다. 곡성으로 진입하는 도로에는 아름드리 메타세쿼이아 나무가 늘어서 장관을 이루고 있다. 여기도 교통난이 심한지 읍내로 들어가는 자동차가 꼬리를 물고 서행하고 있어 걷는 속도와 별 차이가 나지 않는다. 한적한 시골 읍내를 생각했었는데 예상이 완전히 빗나갔다. 오늘이 곡성 장날인가? 섬진강

서울, 경기도, 충청남도, 전라북도를 지나 마지막 도 경계를 알리는
전라남도 도로 표지판, 전남 곡성군 곡성읍 장선리.

기차마을 앞에는 인파가 꽤 많이 몰려 시끌벅적하다. 좋은 구경거
리가 있는 모양이다. '제8회 곡성세계장미축제'라고 쓰인 노란
풍선 아치 너머로 원추형 지붕의 텐트가 줄지어 있다. 발걸음은
축제장으로 들어선다. 지역 특산물과 다양한 먹거리가 진열되어
있고 여러 가지 공연과 즐길 거리가 널려 있다. 한쪽 천막 극장 아
래에서는 팔도유랑극단의 각설이가 걸죽한 입담을 한바탕 쏟아
내더니 엉덩이를 씰룩거리며 흥겨운 노래를 멋지게 한 곡조 뽑
는다. 흥에 겨운 구경꾼들은 무대 바로 앞까지 진출하여 덩실덩
실 춤을 춘다. 아름다운 자연을 벗 삼아 사색에 잠겨 호젓한 강변
길을 걷는 것도 좋지만, 북적거리는 인파 속에서 전혀 모르는 사

람들과 함께 웃고 손뼉을 치고 호흡하는 것도 재미있는 경험이다. 한참을 구경하면서 어울려 놀다가 축제장을 나온다.

읍내를 벗어나 구례·순천 방향으로 가는 길목의 오지리 산자락에 오늘의 숙소가 있다. 산속의 농장에 도착하니 오후 5시 반이다. 고등학교 동창인 친구의 노후 아지트가 될 농막이다. 서울에서 전기부품 제조판매 사업을 하는 이 친구는 고등학교 졸업하고 일찍이 상경하여 자수성가했다. 금싸라기 같은 청계천에 사업장을 두 개나 갖고 있다. 고향인 이곳 3만여 평의 산에 자동차 캠핑장을 조성하겠다는 계획을 세우고 한 걸음씩 나아가고 있다. 알고 지내는 사람들은 누구나 캠핑장을 무료로 이용할 수 있게 해서 은퇴 후에도 지인들과 소통하고 지내고 싶다고 한다. 주말이면 가족들과 자주 내려오는데 오늘은 어머니가 와 계신다. 저녁에는 친구의 초등학교 동창생들 몇 명이 놀러 올 것이라고 한다. 어머니는 며칠을 걸어 수염이 더부룩하니 행색이 초라한 나를 안쓰럽게 쳐다보신다. 작업복에 장화를 신고 부산하게 움직이는 친구는 일하는 폼이 영락없는 농사꾼이다.

짐을 풀고 얼마 되지 않아 서울에서 절친한 직장 동료이자 후임인 최 국장이 도착한다. 그는 시간을 내 하루 정도 길동무를 해주겠다고 했었는데, 사정이 여의치 않아 오늘 함께 식사하고 여기 농장에서 하룻밤 지내기로 했다. 친구 동창생들도 하나둘 모여든다. 산이라 해가 빨리 진다. 숯불에 지글지글 고기가 익어간다. 청량하고 기분 좋은 산바람이 금방 냄새와 연기를 날려 보낸다. 산짐승들에게는 미안하다. 대부분 동갑 나이인 데다가 술이 한 순배 돌자 모두 금세 친구가 된다. 바비큐 불판에 둘러앉아 도란도란 얘기꽃이 핀다. 오늘은 술을 좀 마셔도 될 분위기이다. 한 친구는 통일교 순회장으로 독일에서 근무하다 잠시 한국에 나왔고 또 한 친구는 나주에서 교편을 잡고 있다. 다들 생활 현장에서 열심히 뛰고 있는 현역들이다. 얘기는 자연스레 도보여행에 관한 질문으로 시작되어 은퇴 후의 얘기로 넘어간다. 공무원은 정년이 보장되어 좋다고 했는데, 교사는 2년을 더 일할 수 있고, 독일에서 온 친구는 정년이 70세라고 하여 모두 부러워한다. 다른 사람들의 눈에는 좋게 보일지라도 내가 태어나고 살아왔던 나라를 떠나 사람도 물도 공기도 다른 외국에 나가 직장생활 하는 것이 얼마나 좋겠는가. 농장 친구처럼 서울에서 정년 없이 자기 사업 하다가 적당한 나이에 자식들에게 물려주고, 고향에서 캠핑장 운영하면서 지인들과 어울려 사는 것도 재밌는 삶이지 않나 싶다. 처음 만난 친구들이지만 동년배라는 연대감이 우리를 하나로 묶어 많은 얘기에 공감대가 형성되었다. 열흘이 넘게 외로이 걷다가 오랜만에 여러 사람과 어울려 웃고 떠들어서 가슴이 후련하다. 역시 혼자보다는 여럿이 좋다.

낮에는 제법 더웠는데 산중이라서 그런지 일교차가 크다. 시원한 산바람이 취기를 금방 가라앉혀 준다. 오랜만에 산속에서 별을 구경한다. 반짝이는 별들이 내일 날씨가 맑겠다고 알려 준다. 북쪽 하늘에는 별이 그리 많지 않은데 북두칠성과 초승달이 만나 소곤거린다. 동창생 친구들이 모두 떠난 후에도 최 국장과 밤이 깊은 줄도 모르고 얘기를 나누다 내일을 위해 잠을 청한다. 오늘은 임실의 구담마을에서 곡성 오곡면 오지리까지 10시간 50분 동안 40.5킬로미터를 걸었다.

【구담마을-동계면 어치리-장군목-내룡마을-용귈산 입구-구암정-내월교차로-운림삼거리-지북마을-지북삼거리-화탄잠수교-책암마을-사석면사무소-섬진강자전거 길-상귀3로-전라남도 곡성읍 금곡교-코재삼거리-섬진강 기차마을-오곡면사무소-도대문터-오지리(우리고향캠핑장)】

12장 강물은 바다로 가고 나는 산으로 간다

섬진강의 신비한 아침 풍경

매일 반복되는 출발 준비는 너무도 간단하다. 기분 탓인지 어젯밤 모처럼 세탁기에 돌려 말린 옷들의 감촉이 보송보송하다. 맑은 날씨에 피톤치드 가득한 산속의 아침이 더없이 상쾌하다. 친구는 아침을 일찍 먹고 출발하라고 했으나 새벽부터 어머님께 폐를 끼치기 싫을 뿐만 아니라 함께 모여 식사하느라고 시간을 빼앗기기도 싫었다. 더구나 최 국장은 평소에 아침을 먹지 않은 편이고 나는 걷다가 적당한 시간에 선식을 타 먹으면 되므로 일어나는 대로 출발하는 것으로 엊저녁에 양해를 얻었다. 작별 인사를 하기 전에 부숨한 얼굴로 농막 앞에서 기념사진을 남긴다. 뒷산 꼭대기는 벌써 햇살을 받아 누런 황금빛이 서려 있으

섬진강의 5월 아침 풍경, 전남 구례군 오미면 송정리.

찬 공기가 강물에 살며시 접촉하면서 잠을 깨우자
강물은 졸리는 듯 엷은 안개 이불 속에서 꼬무락거린다.
눈부신 햇살과 파란 하늘, 살랑살랑 불어대는 강바람,
눈이 시리도록 푸르른 신록.

나 아래 강 쪽에는 앞산에 가려 천천히 밝은 기운이 돌아오고 있다. 서울로 돌아가는 최 국장이 농막에서 찻길까지 200여 미터 산길을 승용차로 호위해 준다. 발걸음이 조금씩 빨라진다. 승용차를 위한 배려라기보다 얼른 강변길로 접어들어 이른 아침 길섶에 맺힌 이슬과 강바람에 살랑거리며 신록을 어루만지는 부드러운 첫 햇살을 맞이하고 싶어서다. 차를 보내고 남동쪽으로 비스듬히 흐르는 강 언덕의 자전거 길로 들어선다.

맑고 싱그러운 5월의 섬진강 이른 아침 풍경은 신비하고 환상적이다. 찬 공기가 강물에 살며시 접촉하면서 잠을 깨우자 강물은 졸리는 듯 엷은 안개 이불 속에서 꼬무락거린다. 눈부신 햇살과 파란 하늘, 살랑살랑 불어대는 강바람, 눈이 시리도록 푸르른 신록. 한적하고 고요한 아침에 온 세상의 생명이 약동하는 기운에 심장이 고동치고 행복감으로 가슴이 충만해진다. 강변길 사면의 칡덩굴은 왕성한 생명력을 자랑하듯 새순 줄기를 뱀처럼 날름거리며 감고 올라갈 희생양을 찾고 있다. 다행히도 칡덩굴의 횡포가 미치지 않는 물가 쪽으로 넓게 자리 잡아 군락을 이루고 있는 쇠뜨기 풀밭이 있다. 소가 잘 먹는 풀이라고 해서 '소풀'이라 불리는 쇠뜨기 무리는 가느다란 잎사귀 마디마다 보석 같은 이슬로 방울방울 치장하고 막 떠오르는 첫 번째 햇살을 유혹하여 신비한 광경을 연출하고 있다. 강가에 은색 실타래를 풀어 헤쳐놓은 듯 고요하면서도 평화로운 별천지가 펼쳐지고 있다. 섬진강의 아침 햇살은 부드러운 듯하면서도 새침데기처럼 까칠

하다. 그도 그럴 것이, 벌써 어둠을 물리친 강변에 상쾌한 기분으로 내려앉아 바람과 물과 신록과 어울리고 싶었는데, 덩치 큰 산들이 떡 벌어진 어깨로 허공을 가로막아 겨우 몇 줄기만이 강가에 간신히 당도했기 때문이다.

경치에 취해 몇 걸음 옮기지도 못한 사이 햇살은 요령 있게 산 어깨를 타고 올라 이제는 칡덩굴에도 은빛 쇠뜨기밭에도 큰 산을 거꾸로 머금은 강물에도 다발로 쏟아져 내리며 당돌해진다. 따스한 기운을 받아 신이 난 산들바람은 강물이 애써 그린 산 그림자를 금세 흩트리고 만다. 강물도 이제는 어쩔 수 없어 바람의 흥에 맞장구쳐 금빛 물고기 떼가 파닥이는 것처럼 햇살을 사방으로 투사한다. 가을처럼 파란 하늘 도화지에는 비행기가 언제 그렸는지 두 줄기의 흰색 띠가 바람을 못 이겨 비뚤거리고, 군데군데 흰색 물감이 목화솜처럼 풀려 있다.

섬진강이 연출하는 현란한 자연의 풍광에 빠져 정신없이 걷다 보니 강 건너편에 느닷없이 긴 막대를 들고 하얗게 분칠한 도깨비가 나타났다. 뭔가 싶었는데 산 중턱에 '도깨비마을'이란 글자가 또렷하여 실소가 터졌다. 어렸을 적에 동네 형들이 들려주는 도깨비 얘기가 지금도 생각난다. 이미 돌아가셨지만 마을에 장사라고 불리는 힘센 아저씨가 살았다. 비가 부슬부슬 내리는 어느 날 그분이 술을 잔뜩 마시고 밤늦게 집으로 가다가 덩치가 산처럼 큰 도깨비를 만났단다. 도깨비는 그를 붙잡고 누가 힘이 더 센지 내기하자고 했다. 씨름을 한판 해서 이기면 집까지 업어다 주고 지면 자기를 업고 가야 한다고 했다. 아저씨는 젖 먹던 힘을 다해 도깨비를 메치고 나서 말뚝에 새끼줄로 꽁꽁 묶어두고 집으로 도망쳐 왔다. 다음 날 도깨비가 어찌 되었나 보러 갔더니 말뚝에는 피 묻은 빗자루가 묶여 있었다고 한다. 비가 오는 밤이면 그 도깨비가 나타날까 봐 무서워 오돌거렸던 기억이 있다. 도깨비마을이 외진 산중에 있어야 제격이지만, 부모가 아이들을 데리고 접근하기가 쉽지는 않아 보인다.

출발한 지 1시간쯤 지나자 강이 내려다보이는 곳에 정자가 나타난다. 최고의 명당 자리에서 우아하고 특별한 아침 식사를 즐겨보자. 세상이 새로 탄생할 때 쏟아지는 빛처럼 신비로운 아침의 햇살과 부드러운 실바람과 목청 고운 새들의 노래를 배경 삼아 거행하는 아침 식사가 어느 호텔의 고급스러운 조찬하고 비교나 되겠는가. 그래 봐야 500밀리리터 플라스틱 물병에 미숫가루를 적당히 넣고 잘 흔들어서 후루룩 마시고, 디저트로는 어제 마트에서 산 방울토마토 몇 알 우걱거리면 식사 끝이다. 잠시 충전을 끝낸 후 자리를 정리하고 다시 발걸음을 옮긴다. 고요한 섬진강의 아침 풍경을 만끽하며 행복에 젖어 시간 가는 줄 모르고 걷는다. 이 강변길을 선택하지 않았다면 이렇게 환상적인 풍경을 평생 몰랐을 것이다.

강을 건너는 다리가 연이어 두 개 나타난다. 옛 다리를 그대로 두고 100미터도 안 되는 지점에 새로 현수교를 세웠다. 좁은 옛 다리 두가세월교는 표지석이 넘어져 있고 난간도 없이 겨우 강물 위를 넘고 있어 비가 많이 오면 잠길 듯하다. 그 다리를 건너 동쪽 강변길로 간다. 높다랗게 걸린 신축 현수교가 빈자와 부자처럼 극명하게 대비되고 있다. 현수교의 이름은 '섬진강 출렁다리'이다. 출렁다리의 서쪽 끝에 가정역이 있다. 이 역은 곡성 기차마을에서 출발하는 관광열차의 종착역으로 관광 노선이 개발되면서 떠오르는 곳이다. 부근에는 자전거 대여점도 있고, 래프팅과 서바이벌게임장도 있다. 고요하게 흐르던 섬진강 주변이 시끌벅적해졌다. 선계에서 다시 속세로 돌아온 느낌이다. 여기에서 화개장터까지 자전거 길로 36킬로미터라는 이정표가 있다. 자전거를 좋아하는 사람이라면 가정역까지 기차로 와서 화개장터까지 자전거를 이용해 볼 만하겠다. 출렁다리 아래 널찍한 잔디광장에는 여러 대의 자동차와 텐트가 있는 청소년 야영

넘어져 있는 두가세월교 표지석, 전남 곡성군 오곡면 송정리.

장이다. 아침을 준비하는 사람도 있고 숙박을 마치고 텐트를 접는 사람들도 있다.

　야영장에서 한 시간쯤 걸어가면 널찍한 쉼터가 나온다. 강쪽으로 정자 두 채가 우두커니 서 있는데 쉬어 가는 차량도 지나가는 사람도 없다. 정자에 배낭을 내려놓고 벌렁 누워 천장을 바라본다. 연초록 등나무 덩굴이 무성하게 지붕을 만들어줘 시골집의 대청마루처럼 아늑하다. 바쁜 길도 아닌데 한숨 붙이고 가자. 강바람이 살랑살랑 머리카락을 쓰다듬어 꿈길로 안내한다. 어젯밤 얘기하느라 잠이 부족했는지 곧바로 기절하듯 잠이 들었다. 인적도 없는 강가 정자에서 한 20분 정도 곤하게 잠을 잤나 보다. '여기가 어디고 나는 누구?' 설 자다 깬 것처럼 머리가 멍하다. 몸이 축 늘어진다. 시원한 물 한 모금으로 정신을 가다듬는다.

그 많던 재첩은 다 어디로 갔는가

　이정표는 오른쪽 예성교 건너가 곡성의 압록마을이라고 알려 준다. 이곳은 보성강이 흘러드는 지점이다. 우리나라 지형상 강물은 보통 동에서 서로 흐르는데 보성강은 호남정맥에 가로막혀 남쪽으로도 서쪽으로도 가지 못하고 동으로 흘러 섬진강에 합류한다. 아스팔트길 양편으로 벚나무가 줄지어 있다. 가끔 TV에서 섬진강변의 벚꽃을 본 기억이 있는데 이곳을 촬영한 것이

발걸음이 지루해질 무렵 눈길을 끄는 음식점이 나타난다.
도로변에 바짝 붙어 있는 단층 건물의 앞면 벽체를 화폭 삼아
김홍도의 풍속화가 그려져 있다.

아닐까 싶다. 나무가 잘 자란 곳에는 지금도 터널 모양새를 갖췄는데 벚꽃이 만개한 봄에는 완벽한 꽃 터널을 만들어 장관을 이루겠다.

발걸음이 지루해질 무렵 눈길을 끄는 음식점이 나타난다. 도로변에 바짝 붙어 있는 단층 건물의 앞면 벽체를 화폭 삼아 김홍도의 풍속화가 그려져 있다. 가게는 마을 이름을 따서 '다무락 주막'이다. 입구에 '오늘 두부 하는 날'이라고 쓰인 작은 안내판이 주막집 안으로 등을 떠밀어 넣는다. 생두부에 막걸리 한잔하고 가면 배가 든든하고 기분도 좋지 않을까? 내가 첫 손님인가 보다. 의외로 나이 드신 할머니 두 분이 일하고 계신다. 메뉴판에는 오징어 김치전과 파전, 동동주, 도토리묵, 두부가 전부이고 각 5천 냥으로 적혀 있다. 생두부에 동동주 한 병을 주문한다. 곧바로 음식이 나온다. 생두부를 오늘 만들었으니 맛있을 거라고 한다. 노란 양은그릇에 시원한 동동주를 가득 따라 벌컥벌컥 들이키고 고소한 콩비지 냄새가 채 가시지 않은 두부를 김치에 싸서 크게 한 입 먹는다. 머릿속에 그렸던 딱 그 맛이다. 홀에서 서빙하시는 할머니께서 유심히 지켜보시다 "배가 마이 고픈가 보네~"라고 말을 붙인다. 대답 대신 "할머니가 사장님이신가요?"라고 묻자 "아녀~ 아녀~, 동네에서 같이 하는 거여!"라고 하신다. 이 식당은 저 윗동네 유곡마을 부녀회에서 매일 당번을 정해 공동으로 가게를 운영한단다. 연세가 77세라는 할머니는 마을에서 민박집을 운영하고 과수원 농사도 짓는 여장부이시다. 농협에서 일하다

퇴직하신 할아버지는 82세인데 집안일에는 손도 까딱하지 않는 한량으로, 할머니가 과수원 일할 때 농약 줄도 잡아주지 않는다고 흉본다. 그래도 매년 할아버지와 함께 해외여행을 가는데 올해는 미국, 내년에는 이탈리아에 가신다고 자랑한다. 요즈음은 부지런하기만 하면 할 일도 많고 배울 것도 많아 세월 가는 것이 아깝단다. 할머니는 몸 관리하느라 마을 복지관에서 요가를 하고, 할아버지는 서예학원에 다닌다. 어제는 여수에 사는 큰손자 결혼식에 갔다 왔고, 내일은 노래 교실, 모레는 석가탄신일이라 절에 가야 한단다. "참 바쁘게 사시네요. 해외로 그만큼 여행다니시려면 돈을 많이 벌어야 하겠네요."라고 운을 떼자, 유산을 20억이나 물려받아 누구도 부럽지 않단다. "박근혜, 이명박은 뭐야. 여덟아홉 살에 청와대 들어가 호사스럽게 살다가 말년에는 그게 머시여, 나보다 훨씬 못해. 어느 재벌 마누래도 명품 가방이 200개나 나왔다는디 그걸 가지고 모다 어디에 쓸 거여. 땅속에 들고 갈 건 아니재?" 팔순을 바라보는 나이이지만 젊은 사람 못지않게 활기차고 삶에 대한 의욕이 넘치고 자부심도 대단하다. 얘기를 한참 재미있게 듣다 보니 동동주를 다 비웠다. 한 시간은 족히 쉬었나 보다. 적극적인 사고로 세상을 살아가는 주막집 당번 주모에게서 건강한 노년을 보내는 비결을 한 수 배웠다.

다시 길을 나선다. 이제 섬진강은 친구처럼 익숙해졌고 강변 풍경도 자주 지나던 곳처럼 익숙해졌다. 섬진강과 노닥거리며 걷고 또 걷는다. 오후가 되었으니 이제 오늘의 숙소를 정해야 한다. 남은 경로가 점점 산골로 들어가는 형세라 가는 길에 마땅한 숙소가 있을지 모르겠다. 모텔은 편리하나 사람 냄새가 나지 않으니 정겨운 민박집을 찾아보자. 월등면사무소를 통해 민박 한옥촌을 소개받는다. 계월리 외동마을 이장님은 방이 많으니 예약하지 않고 와도 된단다. 산중마을에 한옥 민박집이라니 더 알아볼 필요도 없다. 어떤 분위기일지 이런저런 풍경과 산속에 고즈넉하게 들어앉은 한옥 마을을 상상해 본다.

강 건너 숨어 있는 철길 위로 기다란 대나무 장대가 미끄러지듯 KTX 고속열차가 쏜살같이 내달린다. 멀리 구례교가 보일 무렵 수십 미터 높이의 거대한 콘크리트 교각이 아름답고 순박한 섬진강을 처참히 능멸하며 줄지어 박혀 있다. 교각 위에는 순천-완주 간 고속도로인 섬진대교가 걸려 있다.* 1년에 몇 차례씩 수십 번을 지나다녔던 고속도로인데 단 한 번도 그 아래 펼쳐진 아름다운 섬진강의 실체를 인식하지 못했었다. 다리 밑에서 올려다보니 고속도로 상판이 작아 보일 정도로 교각의 위용이 실로 대단하다. 우람한 교각에는 "남도의 젖줄 섬진강을 후손에게 물려주자"라는 다소 어색한 글귀가 청색 고딕체로 굵게 쓰여 있다. 자연을 훼손하지 말고 깨끗하게 보존하자는 뜻이겠지만 아름다운 강줄기에 무지막지한 콘크리트 기둥을 수십 개나 박아놓고

* 섬진대교는 순천완주고속도로상의 교량으로 전라남도 순천시 황전면과 구례군 구례읍의 섬진강 양안을 연결하는 다리이다. 총길이 620미터, 높이 58미터, 경간 수 10개, 최대 경간 장 60미터이다(디지털순천문화대전).

순천-완주 간 고속도로가 놓인 섬진대교의 교각, 전남 구례군 구례읍 신월리.

할 말은 아닌 것 같다. 섬진강이 살아 있는 생명체라면 가슴에 대못을 박아놓은 것이 아닌가?

동남쪽으로 비껴 흐르던 섬진강은 남쪽에서 치고 드는 황전천을 만나면서 북쪽으로 몸을 꿈틀한다. 이틀 전 운암호에서 만나 앞서거니 뒤서거니 동행하면서 황홀경과 행복감을 듬뿍 안겨주었던 섬진강과 이제 헤어져야 한다. 강물은 앞으로도 50여 킬로미터를 더 달려 광양만으로 빠져나가 태평양의 망망대해로 흘러들 것이다. 아무 일도 없었다는 듯 유유히 흘러가는 강물을 바라보며 구례구역으로 건너가는 다리로 접어든다. '구례교' 표지판이 붙어 있는 난간 위에는 험상궂은 얼굴에 날카로운 이빨을 드러낸 해태상이 악인은 한 사람도 통과시킬 수 없다는 듯이 행인들을 내려다보며 감시하고 있다. 다리를 건너면 정면에 기차역이 있다. 역 광장 앞에는 "어서 오십시오. 순천시 황전면 구례구역입니다"라는 표지석이 있고, 그 뒷면에는 "구례구역(求禮口驛)은 순천시 황전면 선변리에 소재하고 있으나 구례군으로 들어가는 입구라 해서 입 구(口) 자를 사용하여 구례구역이라 불리고 있습니다."라고 친절히 설명하고 있다. 여기에서 구례 읍내까지는 4킬로미터 정도이나, 순천 시내까지는 40여 킬로미터나 떨어져 있어서다. 역 주변에는 섬진강 특산물을 재료로 한 참게, 메기, 쏘가리 매운탕집과 은어횟집, 재첩국 등의 음식점들이 즐비하다. 한 시간 전에 먹은 두부김치와 동동주 때문에 배가 든든하다. 그렇다고 점심을 건너뛰기는 섭섭해 식당으로 들어가 재첩

해장국을 주문한다. 뚝배기에서 보글보글 끓고 있는 해장국이 금방 나온다. 노란 배춧잎과 애호박과 양파를 썰어 넣은 재첩국의 따끈한 국물이 시원하다. 엊저녁에 술을 많이 마셨는데 속풀이 해장국으로 딱이다. 섬진강에서 재첩이 아직도 많이 잡히냐고 묻자 "다슬기는 아직도 많이 잽히는디, 재첩은 거의 없지라. 식당에서 쓰는 것은 다 수입산이여 수입산!" 하고 주인이 답한다. 메뉴판을 다시 보니 재첩은 중국산이라고 작은 글씨로 표시되어 있다. 재첩의 주 생산지인 섬진강의 음식점에서 중국에서 수입해 온 재첩으로 만든 음식을 먹고 있다니 어안이 벙벙할 따름이다. 재첩은 채취하기도 힘들지만, 개체 수 자체가 대폭 줄어들었다고 한다. 그 많았던 재첩은 다 어디로 사라졌을까? 재첩은 1급수에서만 서식한다는데, 깨끗하다는 섬진강도 환경오염이 늘어나고 수량이 줄어들었기 때문이리라. '섬진강을 후손에게 물려주자'라고 쓰인 콘크리트 기둥이 눈앞에 어른거린다.

다시 만난 이순신 장군

점심 식사를 마치고 오늘의 목적지 외동마을로 향한다. 황전IC 부근에서 순천으로 가는 17번 국도 쪽으로 간다. 높지 않은 산들이 중첩된 사이로 요리조리 개천이 흐르고 주변에 작은 들판과 함께 마을들이 형성되어 있다. 용서마을과 내구리 들판 길을 지나 다시 월산교를 건넌다. 구례구역 앞 안내판에는 백의종 군길이 1.2킬로미터 지점에 있었는데 4킬로미터 정도 지난 천변 길에서 이정표를 만난다. 이 길은 이순신 장군이 백의종군을 위해 합천으로 가는 도중 권율 도원수가 순천에 머물고 있다는 말을 듣고 구례에서 발길을 돌려 순천으로 갔던 길이다. 이순신 장 군과 전주에서 길을 달리한 이후 장군은 임실-남원-구례를 거쳐 여기로 왔고, 나는 섬진강을 따라 완주-임실-곡성을 거쳐 이곳에 왔다. 외동마을로 가려면 승주 송치재 아래 어디쯤에서 다시 헤 어져야 하지만, 다시 만나 함께하는 발걸음이 한결 씩씩해진다.

구례구역 앞에서 출발한 지 두 시간 정도 지나 황전면사무소 가 있는 괴목리에 도달한다. 읍내 모습은 3층 이상의 건물이 몇 안 되는 조용하고 규모가 작은 동네이다. 지업사와 이용원, 신발 가게, 얼음가게 등 전통적인 시골 읍내 모습이 현대 문명과 단절 된 듯 30, 40년 전의 모습 그대로 남아 있다. 읍내 장터 입구에 "괴목구나무장"이라는 아치 현판이 걸려 있다. 순천 지방에는 조경업이 발달했는데 이곳이 정원수 등을 전문으로 취급하는 나 무 시장인가? 그런데 장터에는 나무가 한 그루도 없고 그냥 시골 전통 장터 모습이다. 구례구역 이름 때문에 연상작용으로 '괴목 구'의 '나무장'으로 생각했는데 그게 아닌가 보다. 고개를 갸우뚱 거리며 길을 가다 어느 식당 앞에 걸린 '느티나무 이야기'에서 답 을 찾았다. 이 마을은 1620년경 남원 방씨와 나주 임씨가 들어와 터를 잡았는데, 느티나무 아홉 그루가 있어 구나무(九木)라고 불

월산마을 다리 앞에 세워진 백의종군길 이정표(위), 전남 순천시 황전면 월산리.
읍내 장터 입구에 쓰여 있는 '괴목구나무장' 현판(아래), 황전면 괴목리.

이 길은 이순신 장군이 백의종군을 위해 합천으로 가는 도중
권율 도원수가 순천에 머물고 있다는 말을 듣고
구례에서 발길을 돌려 순천으로 갔던 길이다.

렀고, 1910년경 느티나무 괴(槐)자를 쓴 괴목(槐木)으로 마을의 이름이 바뀌었다고 한다.* 괴목구나무장은 시골의 전통 오일장으로 4일과 9일이 장날이다.

　백야마을 앞 버스정류장을 지나면서부터 서서히 오르막길이 시작되는데 갑자기 국도변의 인도가 끊긴다. 이전에도 한두 번 겪었던 일이라 조금 가다 보면 옛 도로나 농로가 나오겠지 생각하고 좁은 갓길로 들어선다. 인도가 없는 4차선 도로의 갓길을 걷는 것은 일종의 모험인 것 같다. 하지만 달리 방법이 없다. 오르막길을 지나기 위해 가속페달을 최대한 밟고 달리는 차들이 포뮬러 레이싱카처럼 쌔~앵 하고 나타났다 순식간에 사라진다. 지나가는 운전자들이 나를 보면 '웬 미친놈이야' 하겠지. 10분쯤 가다가 '17번 국도 순천 19km' 기점 표지판에 백의종군길 빨간색 리본이 매달려 있는 것이 보인다. 백의종군 답사팀도 이 길을 걸었던 게 분명하다. 그들은 장군을 생각하면서 걸었을지 모르지만 나는 이 길을 탈출하는 것 외에는 아무것도 생각할 여유가 없다. 잠시 후 예상대로 농로가 나오지만 바로 코앞에 있는 밭까지만이고 개천과 높은 산에 의해 길이 막히고 만다. 출발하기 전에 좀 더 세밀하게 길과 지형을 살펴봤어야 했는데 불찰이다. 지금 생각하니 여행을 준비할 때도 고갯마루 부근의 송치터널을 도보로 통과할지 우회할지 고민했던 기억이 있다. 위험지대를 빨리

---

* 느티나무식당 앞에 세워진 '느티나무 이야기'.

벗어나기 위해 바짝 긴장하고 최대한 우측으로 붙어 뛰다시피 걷는다. 땀이 비 오듯이 흐른다. 어제까지도 다리가 절뚝거리고 불편했었는데 지금은 오르막길인데도 힘들지 않고 다리가 아프지도 않다. 한 곳에 정신을 집중하면 다른 상황은 무시되는 모양이다. 통증보다 위험 회피가 훨씬 시급하다는 걸 몸이 알고 있어 걷는 기능을 극대화하도록 뇌가 지시한 것이다. 아니면 지속되는 통증으로 신경이 마비되었거나 통증에 적응되어 버렸는지도 모른다. "우리나라에서 도보여행은 자살길이다."라는 말이 자꾸만 머리에 맴돈다. 오늘의 이 사태는 준비 부족과 지름길만을 고수하려고 한 나의 잘못이 크다.*

드디어 '외동·이문마을' 이정표가 나타난다. 휴우~ 하고 안도의 한숨을 내쉰다. 깊게 공기를 들이마신다. 백야마을 앞에서 여기 송치재 아래까지 거의 30분 이상 3킬로미터 정도를 위험천만한 갓길로 긴박하게 걸어왔다. 백의종군길 답사객들도 모두 무사히 통과했겠지? 이순신 장군이 순천 땅 송치 밑에 이르자 구례 원에서 사람을 보내어 밥을 짓게 했으나 장군은 그들을 돌려보냈다고 한다. 장군은 송치재를 넘어 송원(학구리 신촌)에 이르러 권율 도원수가 보낸 군관의 조문을 받았고 저녁에는 고을 수령

---

* 나중에 글을 정리하면서 다시 지도를 정밀하게 조사해 봤더니 망룡삼거리에서 1.5킬로미터 지점에 있는 순천 전원과수영농조합법인 건물 앞으로 작은 오솔길이 있고, 연결된 토끼굴로 17번 국도 밑을 통과해 상동마을로 간다. 이어서 계월리로 가는 길과 송치재로 가는 백의종군길이 갈라진다.

등의 인사를 받았다고 한다.* 나는 여기에서 계월리로 들어가 하룻밤을 자고 다시 길을 찾아보자.

산골 외동마을 한옥 민박

험로를 벗어나자 바로 '촌스러운 로컬푸드'라는 식당 간판이 반겨주고, 오른편 길가에 계월권역 종합안내도가 서 있다. 안내판에는 외동마을, 이문마을, 중촌마을 주변으로 한옥마을, 향매실 체험관, 삼림욕장, 쉼터 등이 사진과 지도로 소개되어 있다. 산골짜기 동네에 한옥 민박집을 누가 이용할까 생각했는데, 매실 농사를 주제로 어느 정도 관광 인프라가 형성되어 있는 것 같다. 단일 면적으로는 전국 최대 규모의 매실 생산지라고 하는데 경관으로 관광객을 유치하는 것은 물론이고, 향매실이라는 자체 브랜드 제품을 만드는 가공공장과 관광 체험장까지 갖춰 소위 말하는 6차산업의 모델이 되고 있다. 외동마을까지는 1.5킬로미터밖에 남지 않았으니 식당으로 들어가 음료수라도 한잔 마시고 숨을 돌리자. 통행인이 거의 없고 시간도 일러 손님은 나뿐이다. 주인아주머니는 보아하니 내가 이 고장 사람은 아닌데 등산객도 아닌 것 같고 어디로 가느냐고 묻는다. 여차여차해서 한옥 민박

* 이순신, 송찬섭 엮어 옮김,『난중일기』, 서해문집, 2014, 340쪽.

에서 하룻밤 묵고 갈까 한다고 했더니, 매우 반가워하면서 자기가 바로 외동마을에서 한옥 민박도 운영한다고 한다. 마을에 올라가도 식당이 없으니 여기에서 저녁을 먹어야 하고 어두워지면 여기도 문을 닫으니 지금 잘 오셨다고 한다. 숙소와 저녁 식사가 동시에 해결된 셈이다. 여행하다 보면 이런 행운도 따르기 마련이다. 조금 전까지 긴장되고 힘들었던 상황이 갑자기 반전되었다. 묵은김치에 돼지고기 듬뿍 넣고 보글보글 끓인 김치찌개가 나온다. 두부와 익은 김치가 풍성한 김치찌개는 집에서 먹던 맛과 비슷하여 식구들이 생각난다.

배낭을 짊어지고 천천히 산책하는 기분으로 산골 마을로 올라간다. 문유산과 바랑산에 병풍처럼 둘러싸인 골짜기에 좁은 들이 형성되어 있고 매실 밭이 여기저기 눈에 띈다. 전체 규모가 25만 평이나 된다고 하니 매화꽃이 만발할 때 찾아오면 장관이겠다. 한옥 민박집은 지대가 높은 데다 앞이 훤히 트여 전망이 좋다. 넓은 마당의 신축 한옥은 전통 기와 담장을 두르고 동네를 지그시 내려다보고 앉아 있다. 댓돌과 툇마루도 있다. 안방의 벽은 편백나무 장식이고 온돌바닥은 전통 한옥답게 콩기름 먹인 종이로 도배되었다. 눈 오는 겨울밤에 누워 있으면 등이 따끈따끈하여 저절로 잠이 올 것 같다.

툇마루에 앉아 하루를 정리한다. 새벽 6시 반경 곡성의 친구 농장을 출발하여 저녁 7시가 다 되어 이곳 외동마을에 도착했다. 밥 먹는 시간 빼고 10시간 40분 동안 38킬로미터를 걸었다. 섬진강과 한가로이 노닐며 올 때는 좋았으나 극도의 긴장 상태로 17번 국도의 갓길을 행군하느라 스트레스를 많이 받았다. 그 선물로 발등에 남아 있던 통증은 모두 날아가고 없다. 확인차 다시 발을 내딛어봐도 걷는 게 전혀 불편하지 않다. 서서히 종반전으로 향하고 있는 이번 여행에서 지금까지 무엇을 느끼고 깨달은 것은 무엇인가?. 아무것도 없다. 그저 그날의 목적지를 향해 달리기만 했으니 당연한 것 아닌가? 깨달은 게 없으면 어떤가. 여행에서 꼭 무엇을 깨우치고 느껴야 하나? 툇마루에서 산들바람을 맞으며 먼 산 보고 마음을 비우다 자면 그만이지. 눈앞에 파노라마처럼 펼쳐지는 산봉우리들 사이로 스멀스멀 어둠이 스며든다.

【오지리-침곡마을-두곡교-가정역-구례읍 논곡리(섬진강출렁다리)-섬진강천문대-은곡마을-진변-예성교-유곡리 입구-월암마을-구례교 삼거리-순천시 황전면 구례구역-용림마을-용서마을-내구교-월산교-황학교-죽동마을 입구-괴목구나무장-황전면사무소-백야마을-망룡삼거리-월등면 계월리-향매실마을 입구-외동마을(외동마님한옥민박)】

13장 호남정맥을 넘어 『태백산맥』의 본거지로

문유산 교향곡

세수할 때 턱 주위에 느껴지는 까실까실한 수염이 자라면서 날이 갈수록 부드러워지고 점점 익숙해져 간다. 걷기 13일째라 몸무게가 많이 줄었으리라 생각해 거울을 들여다보니 그래도 얼굴 모습이 생각보다 야위어 보이지 않는다. 문을 열고 나서자 상쾌한 산바람이 기분 좋게 뺨을 어루만진다. 발도 다리도 허리도 아프지 않고 컨디션은 최상이다.

5시 50분인데 벌써 햇살이 눈부시게 쏟아진다. 만물을 일깨우는 5월 아침 첫 햇살이 너무나 사랑스럽다. 지대가 높은지라 옆 산꼭대기를 막 타고 넘은 해가 수평으로 조명등을 비추는 듯 한옥의 목조 부분만 유난히 강조해서 밝게 비추고 있다. 검은 기

군장마을 가는 길에서 내려다본 외동마을, 순천시 월등면 계월리.

와지붕은 파란 하늘을 배경으로 우아한 곡선을 그리고, 줄지어
뻗은 서까래와 듬직한 나무 기둥들은 햇살을 받아 부드럽고 온
화한 한옥의 멋을 한껏 뽐내고 있다. 피라미드 모양의 능선을 가
진 앞산도 거대한 태양 조명등 빛을 받아 입체감이 또렷하게 살
아 있다. 오늘도 어제처럼 날씨가 쾌청하겠다.

   오늘은 승주를 거쳐 낙안읍성까지가 목표이다. 가는 길에서
조금 벗어나 있기는 하지만 남도의 전통 사찰인 선암사를 그냥
지나칠 수는 없다. 마곡사와 함께 내가 가장 좋아하는 절이다. 몇
시간 후 마주할 선암사가 벌써 기대된다. 오늘 일정도 현지에서
즉흥적으로 경로를 정해야 하는 구간들이 있어 살짝 긴장감이
든다. 한옥 민박을 위해 경로를 변경하여 문유산 기슭으로 들어

왔으니 이곳에서 승주로 가는 길은 산을 넘는 게 최상책인 것으로 보인다. 지도상으로는 민가가 한두 채 있는 곳에서 길이 끊겼지만, 등산로가 있을 것이다. 사람 사는 데 길이 없겠나 생각하고 마을 뒤편 산을 넘으려고 무작정 길을 나선다. 마침 이문마을 입구에 이 지역 주변을 상세하게 그려놓은 안내판이 있다. 이문에서 월내·고산으로 가는 버스 노선과 호남정맥 등산로, 솔바람길이라는 트래킹 코스와 소요 시간 등이 있다. 2킬로미터 정도 떨어진 군장마을 뒤로 문유산과 바랑산을 잇는 호남정맥* 등산로를 가로질러 산을 넘으면 승주와 가까운 월내마을이 나온다. 쾌재라! 이문마을에서 문유삼거리까지 2.4킬로미터의 '편백숲길'에 이어 월내마을까지 3.3킬로미터의 '논두렁길'을 가면 산을 넘을 수 있다. 산속에 논두렁길이라니 이상하다. 산 너머 골짜기 저수지 부근에 논이 있어 이름을 그렇게 붙였나? 아무튼 너무도 마음에 드는 맞춤 지름길이다.

꼬불꼬불 군장길은 금방 끊어질 듯 이어지고 산으로 들어간다 싶더니 시야가 넓어지는 평지로 나온다. 군장마을을 지나 임도를 따라 고개로 올라서면 문유삼거리가 나온다. 오른쪽은 문유산 노고치로 가는 길이고, 왼쪽은 호남정맥을 가로질러 월내마을로 가는 길이다. 울창한 숲속으로 한적한 오솔길이 이어진

---

* 호남정맥은 백두대간에서 갈라져 전북 장수군의 주화산에서 시작하여 정읍 내장산과 광주 무등산, 장흥 제암산, 승주의 백이산, 조계산, 문유산, 순천 송치를 지나 광양의 백운산에서 끝나는 산줄기로 영산강 유역과 섬진강 유역을 가른다.

울창한 숲속으로 이어지는 한적한 솔바람길, 전남 순천시 승주읍 도정리.

다. 걷기는 쉽지만 그래도 호남정맥의 한 부분이라 내려다보이는 산줄기들의 기세가 만만하지는 않다. 숲 사이로 가끔 하늘이 열리고 차곡차곡 포개진 산들의 모습이 아스라하게 멀리까지 펼쳐진다. 저 아래 산골짜기 사이로 빼꼼히 은빛 얼굴을 내미는 것이 월내저수지인가 보다. 이제 길을 잃을 염려도 없어 콧노래가 절로 나온다. 잘 닦인 임도는 말 그대로 '솔바람길'이 된다.

솔바람에 찰랑거리는 나뭇잎들의 춤사위에 맞춰 새들이 노래한다. 삐쯔르꾸 삐쯔르꾸 삐익 삐익! 무슨 새인지 목청도 곱다. 삐비비이 삐비비이! 박새는 아침 일찍부터 먹이를 구하러 다니느라 민첩한 동작으로 분주히 움직인다. 싸르라라락 싸르라라락! 보이지 않는 풀벌레들도 이 지역 서식자의 일원임을 알리고 있다. 길가 풀숲의 작은 새들이 화들짝 놀라 푸르륵 날아간다.

이들에게 방해되지 않고 조용히 지나가고 싶은데 나를 침입자로 인식했나? 숲이 깊어갈수록 새들의 노랫소리도 커지고 다양해진다. 온갖 종류의 새들이 자기만의 음조로 갖가지 사연을 노래하면서 나그네를 황홀경에 빠뜨린다. 한참을 멈춰 서서 귀를 최대한 쫑긋 열고 모든 소리 하나하나를 놓치지 않으려고 정신을 집중한다.

구구욱 국 국! 구구욱 국 국! 머리 위의 높은 나뭇가지에서 짝을 부르는 저음의 베이스 비둘기, 뻐-꾹 뻐-꾹 뻐뻐꾹! 먼 산골짜기를 지나가면서 제가 제일 잘났다고 뻐기는 목청 좋은 뻐꾸기, 꼬~옹 꽁! 이따금 온 산이 울리도록 우렁차게 박자를 넣어주는 꿩, 휘리릭 삐리 삐리 삐리 휘르륵! 다급한 소리를 내면서 동료들에게 이상한 자가 나타났다고 신호를 보내고 있는 새, 피르르륵

굽이굽이 이어지는 호남정맥 산줄기, 순천시 승주읍 월계리.

새들의 놀이터이고 공연장인 숲길, 전남 순천시 승주읍 월계리.

끼꾸 피르르륵 끼꾸! 삐쮜기 삐쮜기! 끼끼루 끼끼루 삐이! 딱따르르 딱따르르! 이 많은 새들의 오묘한 음정과 노랫말을 어찌 글로 표현할 수 있을까. 숲은 온통 새들의 놀이터이고 공연장이다. 신선한 공기를 끊임없이 공급하고 기분 좋게 적절한 온도를 유지하는 초대형 에어컨과, 소나무 사이를 부드럽게 스쳐 지나가는 바람 소리까지 들려주는 최고급 사양의 음향 장치와, 꿈길 같은 연두색 신록의 무대를 비추는 조명 장치가 설치된 거대한 공연장이다. 보이지 않는 봄의 정령의 지휘 아래 피아노, 바이올린, 비올라, 첼로에 북과 장구, 가야금, 피리, 대금까지 동서양의 모든 악기가 총동원된 뒤죽박죽 오케스트라가 베토벤도 모차르트도 흉내 낼 수 없는 문유산의 교향곡을 연주하고 있다. 새들의 공연장에서는 두세 음절 또는 여러 음절의 노랫말이 빠르게 또는 느리게 반복되기도 하고 음정의 높낮이가 자유자재로 바뀌면서 변화무쌍한 합주곡이 연주되기도 한다. 오늘 숲속 공연에서 가장 황홀한 노래 솜씨로 후한 점수를 주고 싶은 목소리의 주인공은 기어코 모습을 보여주지 않는다. 횟 꼬~르! 횟 꼬~르! 횟 꼬~르!

숲 향기와 솔바람과 새소리에 취해 시간 가는 줄 모르고 걷다 보니 주렴처럼 늘어선 편백나무가 나타난다. 그 너머로 월내 저수지가 보이고 길은 천천히 숲을 벗어나고 있다. 매실 밭 아래로 옹기종기 집들이 모여 있다. 승주군 월계리 월내마을이다. '계월리'에서 출발하여 산을 넘으니 '월계리'가 되었다. 표지판은 이제 선암사까지 7킬로미터가 남았다고 알려준다.

할머니 따라 늙어간 쌍암장

산을 넘어온 탓에 목이 마르고 뭔가 먹고 싶은데 가게가 보이지 않는다. 그저께 곡성에서 최 국장이 사준 방울토마토 몇 알이 아직 남아 있어 용계리 간이버스정류장에 앉아 수분과 기력을 보충한다. 적당한 휴식을 취한 후 막 일어서려던 참에 할머니 한 분이 맥이 풀린 듯 옆에 털썩 주저앉으신다. "버스가 금방 가부렀는디, 언제 또 올랑가 몰것네." "할머니 어디 가세요?" 하고 묻자 "오늘이 쌍암 장날이여. 장에 가야 하는디 시방은 12시면 장이 다 파해부러." "장에 가서 뭘 사려고 하세요?" "낼모레 손주

들이 온당께, 과자라도 사다 놔야제." 세상 모든 할머니의 손주 사랑만큼은 똑같은가 보다. "할머니, 조금 기다리셨다가 천천히 버스 타고 오세요. 저도 승주 쪽으로 가는데 저는 걸어서 갈랍니다." 하자 "나도 전에는 걸어댕겼는디, 지금은 다리가 아퍼 걸어서 못 가." 농사일로 햇볕에 검게 그은 얼굴에 세월이 주름살을 더 깊게 새겼다. 갑자기 하늘나라에 계신 어머님 생각에 눈시울이 붉어져 황급히 뒤돌아선다.

9시가 못 되어 승주 읍내로 들어선다. 읍사무소 주변 도로에는 공공근로사업에 참여하는 할머니들이 보호색 조끼에 햇빛 가리개 모자를 쓰고 보도블록 사이의 잡초를 제거하고 있다. 사람들의 통행량이 많다면 풀이 자랄 수가 없을 텐데 여기도 주민 수가 줄고 있는 모양이다. 간선도로의 이면에 승주 전통시장이 있다. 버스정류장의 할머니가 말씀하신 쌍암장이다. 오전 9시면 시골 장이 북적거릴 만한데 장터가 한산하다. 상가 건물인 주름 양철 장옥이 영화의 세트장처럼 박제가 되어 녹이 슬고 찌그러진 채 옛 모습 그대로 지금까지 사용되고 있다. 줄지어 서 있는 장옥의 절반은 문이 닫혀 화려했던 과거를 숨기고 침묵으로 일관하고 있다.

할머니 한 분이 취나물과 죽순, 고사리, 깻잎과 쑥갓 등 각종 나물과 야채를 조그마한 플라스틱 바가지에 소분하여 진열해 놓고 도라지 껍질을 열심히 벗기고 있다. 모진 세월을 가까스로 버티고 서 있는 장옥들의 양철 벽면 주름이 할머니의 주름처럼 늙

승주 전통시장의 풍경, 전남 순천시 승주읍 서평리.

어가고 있다.

읍내를 벗어나 30분쯤 걸으니 신창마을 앞이다. 간이버스정류장에 할아버지 두 분이 중절모를 쓰고 지팡이를 손에 든 채 서로 멀찍이 떨어져 앉아 계신다. 두 분 다 나를 계속 주시하고 있다는 것을 저만치에서부터 느꼈다. 벙거지에 배낭을 지고 찻길을 터벅터벅 걸어오는 내가 이 동네에서는 흔히 보지 못한 모습이라 생각하신 모양이다. 눈이 마주치자 그냥 지나기가 멋쩍어 먼저 인사를 건넨다. "안녕하세요? 어디 가시는가 봐요?" "응, 읍내 장에 갈라고……." 연세가 상당히 많아 보인다. 시골 사람들의 대화는 대개 두 부류이다. 상대방에게 관심이 너무 많아 오지랖 넓게 시시콜콜 이것저것 물어보거나 아주 무뚝뚝하거나. 이분들은 후자인가? "아, 네~ 오늘이 쌍암 장날이지요? 요새는 장이 일찍 파한다면서요?" 지방 사정을 잘 아는 체하면서 버스정류장 이름을 보고 넘겨짚어 말을 붙여본다. "신창에 사시는가요? 신창마을은 어르신들이 많은가요?" "우리 동네는 한 30호 되는데 사람이 없어. 요새 촌에는 어디나 다 그래." 좀 더 젊어 보이는 분이 답을 해주신다. "실례지만 연세가 어떻게 되시는지요?" "나이를 물어 뭐 혀. 묵을 만큼 묵었어." "건강해 보이고 이렇게 활동하시는 것이 좋아 보여서요." "허허, 나는 아흔야닯 살이여." "네에? 굉장히 정정하십니다. 저분은 더 잡쉬 보이는데요." "아녀, 저 사람은 나보다 동생이여. 이제 아흔하나밖에 안 되얐어." 할아버지는 말동무가 반가운지 오래전부터 아는 사람처럼 손주 자

신창마을 버스정류장에서 만난 아흔여덟의 할아버지, 전남 순천시 승주읍 신학리.

랑을 하신다. 손주가 서울에서 대학 다니는데 가끔 내려오면 사진도 찍어주고 학교 얘기도 해주고 재롱을 떤단다. "사진으로 냉겨 놔야지. 언제나 볼 수 있게." 나도 사진을 찍어도 되느냐고 하니 흔쾌히 포즈를 잡아주신다.

손주 자랑이 한창인데 버스가 도착한다. 버스가 늦게 왔더라면 좀 더 많은 얘기를 나눌 수 있었을 텐데 조금 아쉽다. "할아버지, 조심히 다녀오세요." 아흔이 넘은 할아버지 두 분은 슬로비디오 화면처럼 버스에 오른다. 쌍암장에 뭘 사러 가시는지 여쭤보지 못했다. 언제 올지 모를 대학생 손주에게 줄 과자를 사러 가시는가?

죽학삼거리에서 직진하여 선암사로 향한다. 왼쪽 길은 낙안 읍성을 거쳐 벌교로 가는 '조정래길'이다. 소설『태백산맥』의 작가 이름에서 도로명을 따왔다. 이제 대장정의 마무리 단계에 접어들고 있다. 고흥까지 완주할 수 있다는 자신감을 넘어 고향 마을에 입성하는 모습이 2, 3일 후의 현실로 그려지고 있다. 컨디션도 최상이다. 발도 다리도 모두 양호한 상태이다. 선암사에 들렀다 가더라도 부지런히 가면 오늘 벌교까지도 갈 수 있겠다. 그렇다면 내일은 고흥 읍내에서 잘 수 있다. 여기까지 생각이 미치자 뭔지 모를 기대감에 가슴이 벅차고 갑자기 호흡이 빨라진다. 걸음도 더욱 빨라진다.

선암사의 점심 공양

선암사 입구에 '남도 삼백리길 노선'이란 안내판이 서 있다. 지도에는 호남정맥인 조계산 산등성이를 따라 북에서 남으로 '오치오재길'이 승주 접치에서 낙안읍성까지 이어지고, 선암사에서 송광사로 넘어가는 '천년불심길'이 조계산 등성이에서 십자로 교차한다. 산길로 낙안읍성까지 가는 길을 택해도 괜찮을 것 같다. 선암사를 보고 난 후 생각해 보자. 6년 전 겨울엔가 어머니만 홀로 계시는 고흥에 가면서 아내와 딸과 함께 셋이서 이곳 선암사에 들른 적이 있다. 그때는 눈이 많이 와서 세상이 온통 하얇게 뒤덮였고 앙상한 가지에서 떨어진 낙엽 위에도 흰 눈이 덮여 있었다. 산사의 나지막한 돌담 위에 소복하게 쌓인 눈이 희미한 햇빛을 그러안고 촉촉이 물을 머금고 있던 모습이 떠오른다. 그 겨울이 어머니로서는 마지막 겨울이었다. 이후로 지금까지 고흥 집에는 나를 반겨주는 사람이 아무도 없다.

선암사로 올라가는 초입은 숲이 울창하고 경사가 가파르지 않은 흙길이어서 길동무가 있다면 도란도란 얘기하며 걷기 좋은 길이다. 조금 더 올라가면 계곡을 건너가는 아름다운 아치형 다리가 나온다. 조선 숙종 39년(1713)에 호암대사가 6년에 걸쳐 완공했다는 승선교(昇仙橋)이다. 아치를 이루는 홍예(무지개) 부분을 제외하고는 주변 시냇가의 자연석들을 모아 쌓은 것 같다. 아치를 통해 시내 위쪽을 보면 멋진 2층 누각이 무지개 액자 속의 그림처럼 보인다. 선암사의 문루 역할을 하는 강선루(降仙樓)이다. 대체로 다른 사찰에서는 문루가 일주문 안에 있는데 여기는 밖에 있다. 외부 방문객들에 대한 배려라고 한다. 강선루를 지나 이어지는 평지에는 작은 섬을 품고 있는 타원형의 연못이 있다. 보통 절의 입구에 있는 연못은 영지(影池)로 불리는데, 수행자들의 깨달음을 묵언으로 구하는 곳이라 한다. 바람이 없어 고요한 연못에 아름다운 경관이 비치는 것과 마찬가지로 마음이 산란하지 않고 고요해야 불성을 깨달을 수 있다. 영지를 보는 것은 마음의 바탕인 불성을 보는 것과 같다고 한다. 그래서 영지에는 물고기를 기르지 않는다고 한다. 선암사의 삼인당은 불교의 이상을 표현한 연못으로 이 연못에는 연잎이 가득 덮여 영지로서 역할은 할 수 없겠다. 일주문으로 가는 오르막길에는 키가 큰 나무들이 하늘을 가리고, 나무 그늘 밑에는 땅딸막한 야생 녹차 나무가 군락을 이루고 있다.

선암사는 태고종의 사찰로 백제의 아도화상이 창건했다는 설과 신라말 도선국사가 창건했다는 설이 있으나 통일신라 이전 시대부터 천년 세월을 지내 온 것만은 분명한 것 같다. 선암사는 그 외양과 분위기가 그저 편안해서 좋다. 선암사는 설악산의 신흥사나 경주 불국사처럼 관광객들이 북적거리는 그런 사찰이 아니다. 강에 비유하자면 유람선과 모터보트가 질주하는 한강처럼 화려하지 않고 산골 구석구석을 누비며 자연과 하나가 되는 섬진강처럼 정겹고 소박한 그런 절이다. 오는 사람 가는 사람도 자연의 한 부분인 것처럼 막지도 붙잡지도 않는다. 백면서생이나 초야에 묻힌 선비들이 살 법한 동네이고 흥부네 오막살이 초가집처럼 서민적이고 친근하게 느껴진다. 이러한 선암사의 정서는 여기저기 둘러친 담장에서 나타난다. 사립문처럼 대나무를 짧게 잘라 엮어 세운 담장이 갓 출가한 동자승들이 아침 공양을 위해 줄지어 있는 것처럼 서 있고, 안이 훤히 들여다보이도록 키를 낮춘 선암사의 돌담은 침범을 쉽게 허락하지는 않으나 가까이 다가와 보라고 은근하게 발길을 끌어당긴다. 대웅전을 비롯한 목조 건물의 단청은 빛이 바래 고색이 창연하다. 단아하게 늙어가는 할머니의 모습이라고 해야 할까.

선암사 들어가는 길의 무지개다리 승선교(위), 불교사상을 표현한 정타원형의 연못 삼인당(가운데), 키가 낮은 선암사의 담장(아래), 전남 순천시 승주읍 죽학리.

선암사의 이곳저곳을 둘러보고 나니 11시가 되었다. 이제 낙안읍성까지 가는 행로를 결정해야 한다. 왔던 길을 되돌아가 죽학삼거리에서 조정래길을 따라가든지, 아니면 조계산을 올라 '오치오재길'로 가든지 둘 중 하나를 선택해야 한다. 소설가 조정래는 아버지가 대처승으로 선암사에서 태어났고, 여순사건 때 가족들이 고초를 많이 겪었다고 한다. 그래서 조계산은 작가에게 평범한 산이 아니었을 것이다. 소설『태백산맥』에는 조계산에 숨어든 빨치산들이 기거한 숯막이 자주 등장한다. 조계산에는 실제 숯가마 터가 100여 곳이 넘게 있다고 한다. 산길이 고생은 되겠지만 지름길인 데다가 소설의 배경이고 처절한 생존 투쟁이 벌어졌던 역사의 현장이니 길게 고민할 것이 없겠다. 문제는 점심 식사이다. 굶고 대여섯 시간이나 산을 탈 수는 없지 않은가. 아니면 2킬로미터 아래 상가까지 내려가서 식사하고 다시 올라오자면 시간과 에너지의 낭비이다. 혹시 절에서 점심을 얻어먹을 수는 없을까? 공양간 앞을 서성이다가 스님 한 분을 만나 식사를 할 수 있는지 여쭤본다. 스님 왈 "저기 공양간 앞에 가서 기다리다 12시 넘으면 1번으로 공양할 수 있으니 눈치를 잘 살피고 먹으면 될 거요." 하고 웃으신다. 11시 25분이니 한참 더 기다려야 한다. 공양간 입구에 안내문이 붙어 있다. "사전에 공양 예약을 하지 않으신 분은 부득이 공양을 할 수 없으니 양해 바랍니다." 바로 나에게 하는 말이구나. 스님이 웃으신 이유를 알았다. 이것을 두고 절밥이 눈칫밥이라 하는가? 되돌아갈까 망설이는 중에 여

넓은 대청마루에 스님석과 신도석이 구분되어 있는 선암사 공양간, 전남 순천시 승주읍.

자 세 명과 등산복 차림의 남자가 공양간으로 들어간다. 절집 인심은 공양간에서 난다는데 쫓아내지는 않겠지. 안 된다고 하면 되돌아서지 뭐. 공양간은 넓은 대청마루로 스님석과 신도석이 구분되어 있다. 같은 밥인데 스님과 신도가 섞여 앉아 먹으면 안 되는 걸까? 앞쪽에 주방이 있고 벽면 가득한 수납장에는 스님들의 공양 그릇 발우가 질서 정연하게 정돈되어 있다. 공양은 마곡사에서처럼 오는 순서대로 뷔페식으로 원하는 만큼 떠서 먹을 수 있다. 대청마루에 펼쳐진 교자상에는 스님만 두 분이 앉아 있고, 신도석에는 아직 손님이 아무도 없다. 아까 스님 말씀대로 우리(?)가 1번 공양인 셈이다. 주방에서 복지봉사단이란 조끼를 입은 사람들이 쳐다보고 있다. 이왕지사 여기까지 왔는데 당당하자. 큰 접시에 여러 가지 반찬과 밥을 떠 담는다. 쌀밥과 콩나물 뭇국에 반찬은 김치와 오이무침, 취나물, 호박 감자부침, 토마토 무침이다. 절밥치고는 진수성찬이다. 신도석 중간쯤에 자리 잡고 접시를 보니 양이 너무 적다. 좀 더 가져올걸 그랬다. 눈치 보느라 많이 담질 못했다. 부족한 듯한 밥이 입에 착 달라붙는다. 순식간에 그릇이 다 비었다. 음식을 남기면 안 된다는 걸 알고 있지만, 배가 차지도 않았는데 음식을 남길 이유가 없다. 더 먹고 싶은 마음이 있지만 여기까지다. 얻어먹는 주제에 배부르게 먹을 수 있나. 허기를 면하고 발품을 덜었으면 이것으로 만족해야지. 자비로운 부처님의 은덕으로 맛있는 점심 공양을 했다. 빙그레 웃던 스님의 얼굴이 떠오른다. 염화시중의 미소이다.

조계산 능선을 타다

'천년불심길' 이정표가 송광사까지 6.5킬로미터라고 알려준다. 완만하던 산길은 점점 가팔라지면서 흙길에서 돌멩이투성이인 너덜길로 바뀐다. 서울에서부터 신고 온 헌 운동화가 험한 산길을 버텨낼지 모르겠다. 등산화가 아닌데 발목이 다치지 않을까 하는 조바심이 난다. 너덜길 옆으로 계곡물이 졸졸 흐른다. 땀도 비 오듯 흐른다. 어정쩡한 시간이어서 그런지 마주치는 사람이 아무도 없다. 키 큰 나무 그늘 밑에서는 조릿대가 자기들만의 영토를 착실하게 넓혀가고 있다. 1시간 정도 올라가자 드디어 '오치오재길'이 표시된 작은굴목재에 도착한다. 오치오재길은 남도삼백리길 중 하나이다. 남도삼백리길은 '남도의 문화를 걸으면서 느끼는 느림 여행'이라 해서 한들한들 뒷짐 지고 걸으면 되겠거니 생각했는데, 이곳은 호남정맥을 이어가는 산길이다. 편안한 산책길도 있지만 숨을 헐떡이고 다리가 팍팍해지도록 땀 흘리며 올라야 하는 험한 산길도 있다. 이정표가 복잡하다. 장군봉, 선암사, 비로암, 보리밥집, 연산봉사거리, 큰굴목재 등으로 가는 방향과 거리를 알려준다. 어라? 큰굴목재까지 1킬로미터? 아뿔싸! 여기가 큰굴목재라 생각했는데 훨씬 북쪽이다. 선암사에서 천년불심길로 들어서지 못한 것이다. 다행히 오치오재길로 접어든다. 큰굴목재를 지나 고동산 방향으로 직진한다. 산속인지라 지도 앱에는 길이 나타나지 않고 푸른 점만이 나의 현재 위치를 알려준다. 남쪽으로 향하고 있지만 맞게 가고 있는지 확인할 수가 없다. 『태백산맥』 속의 등장인물인 염상진과 하대치 등의 일행도 이 길을 걸었을까? 토벌대의 공격에 쫓겨 조계산으로 후퇴하여 숯막을 아지트로 이용한 이들은 벌교에서 낙안을 거쳐 이 산길을 오고 갔을 것이다. 사범학교를 졸업한 염상진은 그렇다 치지만, 대대로 농사만 짓던 소작농의 자식들인 하대치와 강동식 등은 왜 농사일을 걷어차고 빨치산이 될 수밖에 없었을까? 이

넘이 무엇인지도 모르는 순박한 청년들이 가난과 배고픔을 떨쳐내고 살아남기 위해 절박하게 싸우다가 편이 갈린 것이 아니었을까?

좁은 길에 인적도 없는 적막한 산길이다. 산짐승이 나타날까봐 신경을 곤두세우고 부지런히 걸음을 옮긴다. 깃대봉을 지날 무렵 홀로 산행하는 등산객과 마주친다. 선암사를 떠나 산길로 들어서서 처음 만나는 사람이다. 이런 길에서 마주치는 사람들은 경계심이 들기도 하지만 아무래도 반가움이 앞선다. 내가 가고 있는 길이 맞는지 확인차 인사를 건넨다.

"고생 많습니다. 어디에서부터 오시는가요? 저는 낙안읍성으로 가는 길인데……." "백이산*에서 1박 하고 출발했습니다. 조계산을 넘어 승주 접치로 가고 있습니다." "이 길로 가면 낙안으로 갈 수 있겠지요?" "저는 산길만 타서 잘은 모르겠습니다만, 곧장 가시면 고동산이고 고동치 아래가 낙안읍성이니 이 길이 맞지 않을까 생각됩니다." 하고 위아래를 훑어보며 묻는다. "그런데 어디서 오시는 길인가요?" 작은 배낭을 메고 벙거지에 운동화 차림이 등산객으로 보이지는 않고, 수염은 까치집처럼 덥수룩해서 사연이 매우 궁금한 모양이다. "서울에서 여기까지 걸어서 왔고, 고흥으로 가는 중입니다." "네? 아~ 그렇군요!"

---

* 백이산은 벌교 북쪽의 낙안면과 외서면 사이에 있는 해발 582미터의 산으로 서쪽에 광주로 가는 15번 국도 석거리재 터널이 호남정맥을 관통하고 있다.

고개를 끄덕이더니 질문이 쏟아진다. 나도 궁금한 점이 많다. 아침 6시에 출발했으면 나와 거의 같은 시간에 움직였을 텐데. 그는 700킬로미터가 넘는 백두대간 종주를 완료하고 지금은 아홉 정맥을 종주하는 중이라고 한다. 본인은 전문 산악인이 아니라지만 평일에도 혼자 산행하는 것을 보면 진정으로 산을 좋아하는 사람임이 틀림없다. 내가 해보지 못한 뭔가에 진심을 가진 사람들을 마주칠 때마다 이들의 삶과 생각과 경험담을 듣고 싶다. 언제 다시 만날지도 모르고 알지도 못하는 사람끼리 기념사진 한 장을 남기고 각자 갈 길을 간다.

걷기가 끝나고 몇 달이 지난 후 산을 좋아하는 친구한테서

조계산 능선에 있는 남도삼백리길 안내 이정표, 전남 순천시 승주읍.

전화가 온 적이 있다. "너 혹시 고흥 갈 때 조계산을 넘어갔어? 산에서 어떤 사람 만나서 얘기 나눈 적 있니?" 그렇다고 대답하자, 자기가 그 사람 블로그 애독자인데 서울에서부터 걸어서 고흥으로 가는 사람을 만난 얘기가 실려 있다고 한다. 세상은 참 좁다. 알려준 블로그를 열어보니 우연히 만나서 선 채로 얘기 몇 마디 나누다 서로 헤어진 다음, 멀어져 가는 나의 뒷모습을 찍은 사진과 함께 이러한 글이 쓰여 있다.

"저분을 만났다. 62세, 서울에서 10일 동안 도로 따라 걸어왔다고 하신다. 고향인 고흥까지 걸어간다고. 지도는 네이버로 지점별 거리까지 세세한 정보를 가지고…… 오늘은 낙안읍성에서 잘 예정이라고……, 정년퇴직했고, 국토순례 할 계획이라고…… 아마도 퇴직 후 새로운 인생 설계를 하려고 그러나 보다 추측해 본다."*

오르막이 내리막이 되었다가 다시 오르막으로 몇 번 반복된다. 멀리 펼쳐져 보이는 산들이 색깔을 달리하여 첩첩이 쌓여 있고, 에펠탑 같은 송전탑이 초록 바다의 파도를 타고 달려간다. 신록의 잔치에 끼어든 불청객이다. 호남정맥의 동편 사면을 따라가다 보니 걷기에 편한 임도가 나타난다. 왼쪽 길은 시멘트 포장길이고 가까이에 마을이 있다. 산길을 계속 고집할까 망설이다 쉬운 길을 택하여 하산한다. 오후 3시쯤 화목마을에 도착하여 덩

---

* '사니조은' 님의 블로그. https://sanijoen.tistory.com/18150204(2024.3.13.).

그러니 서 있는 버스정류장 의자에서 쉬어간다. 운동화를 벗어 바닥을 보니 고무 쿠션이 모두 닳아 없어졌다. 배낭에 여분의 운동화가 있으나 걷기에 너무 편해 버릴 수가 없다. 옛날 과거 길에는 짚신 몇십 개를 바꿔 신어야 했을 것이다.

소설『태백산맥』의 무대, 벌교

오후 4시 15분 낙안면 신전마을 앞이다. 선암사로 가기 위해 오전 10시쯤 죽학삼거리에서 벗어났던 857번 도로와 6시간 만에 다시 만났다. 선암사를 가지 않았다면 2시간밖에 걸리지 않았을 거리이다. 자동차 길이지만 차량 통행이 드물고 풍경은 전형적인 시골길이다. 작은 들판 너머로 지붕이 옹기종기 모여 있는 평화로운 마을이 보인다. 동네 앞 작은 들판에는 요즈음 보기 힘든 밀밭이 넓게 깔려 있다. 촘촘하게 줄지어 박혀 있는 밀 이삭이 까끄라기부터 누릿누릿 익어가고 있어 1, 2주 후면 완전히 익겠다.

낙안읍성 3킬로미터를 남기고 마지막 오르막길이다. 오공재라는 고개인데 골짜기에 지네가 많아 한자로 지네의 뜻을 가진 오공치(蜈蚣峙)라 쓴다. 안내문에는 재가 높아 오금이 저릴 정도다 해서 오금재라고 한다는데 해발 고도는 274미터로 그렇게 높지 않다. 고갯마루에 이르자 시야가 확 트이고 새로운 세계가 환하게 열린다. 저 아래로 낙안들의 황금빛 풍광이 파노라마처럼 펼쳐진다. 누렇게 익어가는 들판은 기울어진 햇살의 역광을 받아 누런빛이 더해지고, 멀리 들녘 끝에는 산들이 병풍처럼 둘러서 있다.

해가 지려면 조금 빠른 시간인데 비탈길이라 그런지 아스팔트에 비친 그림자가 신장개업 집에서 춤추는 풍선 허수아비처럼 길게 늘어져 걷고 있다. 아니, 그런데 이게 무슨 조화인가? 내가 서쪽으로 걷고 있으니 그림자가 뒤에서 나를 따라와야 하는데 앞서가고 있다. 해가 서쪽에서 져야 하는데? 귀신에 홀린 기분이다. 오공재를 내려오는 길이 남서쪽으로 향해 있다고 생각했는데 그게 아닌가 보다. 구불구불 고갯길을 걷다 보면 나만의 편견에 빠져 방향을 완전히 착각할 때가 있다. 그림자가 나를 빤히 쳐다보면서 어처구니가 없다고 놀린다. 사람이 살다 보면 그럴 때도 있으니 네가 안내를 잘해 주라고 부탁한다. 앞서가는 그림자는 표정을 감추고 있지만 내 마음을 너무나 잘 알겠다면서 빨리 달리기도 하고, 덩실덩실 춤을 추기도 하면서 재롱을 떤다. 사진을 찍으라고 여러 가지 포즈를 취하기도 한다. 조금 전에 갑자기 만났지만 어디서 많이 본 듯한 모습에 금방 친해지고 오랜 친구처럼 서로 낄낄대며 길을 걷는다.

어느덧 평지에 이르니 성북삼거리가 나온다. 처음으로 '고흥'이라는 이정표를 접한다. 반가움이 뭉클 올라온다. 남쪽으로 직진하면 고흥·벌교로 가는 길이고, 서쪽으로 갈라지는 58번 도로는 광주 방면이다. 그 사이에 낙안읍성이 자리하고 읍성 너머

아스팔트 길에 비친 여행자의 그림자. 전남 순천시 낙안면 상송리.

보리 이삭이 누렇게 익어가는 낙안들, 순천시 낙안읍 이곡리.

로 넓은 들이 펼쳐진다. 낙안읍성은 조선 시대 대표적인 지방 계획도시로 해미읍성 및 고창읍성과 함께 대한민국 3대 읍성 중 하나이다. 1.4킬로미터의 성곽 안에는 290여 동의 초가집에 100여 세대 230여 명의 주민이 거주하는 조선 시대 전통 마을이 원형대로 보존되어 있다.* 주변에 민박집이 하나둘 보이기 시작한다. 오늘 일정을 이쯤에서 마감할까 생각했으나 내친김에 벌교까지 가자. 숙소가 마땅치 않은데다 시간도 이제 오후 5시 40분으로 해가 아직 남아 있고 몸 상태도 아주 양호하다. 사실 숙소는 핑계일 뿐이고 '고흥' 표지판을 본 후 한 걸음이라도 가까이 고흥 쪽

---

* 순천시청, 순천 낙안읍성 소개.

에 가서 머물고 싶은 마음이 작용한 것이다. 고흥에 도착 후 시간이 되면 만나볼 수 있을까 하는 생각에서 순천에 사는 고향 후배 김 교수에게 전화하니 벌교 소화다리 앞에 꼬막무침을 잘하는 식당이 있다며 같이 식사하자고 한다.

조정래길은 낙안을 지나 비닐하우스가 반짝거리고 보리가 누렇게 익어가는 들판을 가로질러 벌교 앞까지 이어진다.『태백산맥』에서는 고읍들과 낙안벌이 주된 들판이지만, 실제 주변 지도를 자세히 보면 평촌들과 감생이들, 송내들, 연산들, 봉림들 등이 벌교까지 연이어 나타난다. 드넓은 들판의 보리밭은 누런 석양빛을 오롯이 받아들이고 있다. 들판 너머로 멀리 수묵화처럼 이중 삼중으로 겹쳐진 산들은 힘들었던 우리네 선조들의 삶의 질곡을 첩첩이 쌓아 놓은 것처럼 보인다. 소설가의 길에는 이따금씩 동화 같은 개구쟁이 조형물들이 거리를 두고 출연한다. 민가의 전통 담장 위에 올라앉은 이 조형물들은 옛 추억을 소환하며 신선한 재미를 선사한다. 굴렁쇠를 굴리는 아이, 매미채를 든 아이, 벌러덩 누워 어른처럼 다리를 꼬고 하늘 바라보는 아이, 강아지가 바짓가랑이를 물고 있어 엉덩이가 반쯤 보인 채 도망가려 애쓰는 아이…… 벽화가 있는 담장보다 유머와 생동감이 있어서 좋다.

계속 펼쳐지는 보리밭의 향연에 빠져 걷다 보니 뉘엿뉘엿하던 해가 벌써 떨어지고 없으나 아직도 그 기운만은 구름을 타고 훤히 남아 있다. 벌교성당 앞이다. 학창 시절 버스를 타고 집을 오

별교로 이어지는 '소설가의 길'에 등장하는 개구쟁이 조형물들. 전남 순천시 낙안면 이곡리.

굴렁쇠를 굴리는 아이, 매미채를 든 아이,
벌러덩 누워 어른처럼 다리를 꼬고 하늘 바라보는 아이,
강아지가 바짓가랑이를 물고 있어 엉덩이가 반쯤 보인 채
도망가려 애쓰는 아이……

갈 때 언제나 지나던 곳인데 신축된 건물은 낯설어 보이지만, 주변 지형은 친숙하다. 성당에서 조금 내려가면 이 지역 사람들이 '횡갯다리'라고 부르는 홍교가 있다. 아치형 다리를 무지개 홍(虹) 자를 써 홍교라 하는데, 벌교의 홍교는 세 개의 무지개가 이어져 있는 돌다리로 보물 제304호로 지정되어 있다. 원래는 강물과 바닷물이 만나는 이곳 포구에 뗏목다리가 있었는데 이를 대신해 홍교를 건설했다고 한다. 벌교라는 지명 자체가 뗏목 벌(筏), 다리 교(橋)로 이 뗏목다리를 의미한다. 그래서 홍교는 벌교의 상징이다. 『태백산맥』에서 김범우는 홍교 다리에 서서 "낙안벌을 보듬듯이 하고 있는 징광산이나 금산은 태백산맥이란 거대한 나무의 맨 끝 가지에 붙어 있는 하나씩의 잎사귀이다."라고 한다.*

사방에 어둠이 깔릴 무렵 소화다리를 건넌다. 사람들은 대부분 부용교라는 이름 대신 일본 천황의 연호를 붙인 소화다리라 부른다. 아직도 이렇게 불리는 것이 도무지 이해되지 않지만, 식민 지배의 치욕을 잊지 말자는 의미로 받아들이자. 다리 건너 천변을 따라 조성된 음식 거리에 하나둘 화려한 네온사인이 들어온다. 대부분 꼬막을 전문으로 하는 식당들이다. 벌교천 양쪽으로 도로가 잘 정비되어 있고 무성한 갈대밭 사이로 잔잔한 물길이 부드러운 곡선으로 흐른다. 이전에 보지 못했던 멋진 풍경들

---

* 벌교 홍교 현지 안내문.

사람들은 대부분 부용교라는 이름 대신 일본 천황의 연호를 붙인 소화다리라
부른다. 아직도 이렇게 불리는 것이 도무지 이해되지 않지만,
식민 지배의 치욕을 잊지 말자는 의미로 받아들이자.

이다. 식당 문을 열고 들어서자 순천에서 출발한 김 교수가 먼저 와서 기다리고 있다. 꼬막정식 한 상이 푸짐하게 차려져 있다. 정오가 못 되어 선암사에서 얻어먹었던 절밥은 조계산을 내려오기 전에 이미 소화가 되었는지라 배가 출출하다. 벌교의 대표 음식 꼬막이 갖가지 요리 형태로 밥상 위에 올라앉아 '나를 먼저 잡쉬봐요!' 하고 쳐다보고 있지 않은가. 오동통하게 살이 오른 삶은 꼬막과 양념꼬막, 노릇노릇 계란에 부친 꼬막전, 밀가루옷을 입은 꼬막탕수육, 버섯과 파프리카 등을 썰어 버무린 꼬막샐러드, 삶은 채 올라온 통꼬막 한 접시…… 피날레는 김가루와 참기름을 두른 큰 대접에 꼬막회무침을 넣고 뜨거운 밥에 비벼서 꼬막된장찌개와 먹는 것이다. 그야말로 꼬막들의 잔치이다. 배는 고프고 맛있는 음식을 쌓아두고 먹어야 할 것도 많은데, 서울에서 여기까지 걸어온 소감이 어떠냐는 둥 김 교수의 질문이 쏟아진다. 그는 무수한 난관을 극복해 낸 입지전적인 인물이다. 남들은 하나도 어렵다는 박사학위를 두 개나 받은 사람이다. 요즈음 지방 대학들의 상황이 매우 좋지 않다고 한다. 학생 수가 급격히 줄어드니 재정이 악화되어 문을 닫아야 하는 곳이 많단다. 학생들을 가르치는 것도 좋지만 부실대학을 인수하여 직접 운영해 보고 싶다고 한다. 농담 반 진담 반으로 일이 잘 되면 초빙교수로 부르겠다고 한다. 순천에서 여기까지 달려와 밥을 사주고 응원해 주는 마음이 너무나 고맙다. 김 교수는 벌교 동쪽 회정리 부근의 모텔에 숙소를 잡아주고 순천으로 간다.

오늘은 아침 6시 순천 월등면을 출발하여 문유산을 넘고 선암사를 거쳐 조계산을 넘었다. 저녁 7시 반 벌교 도착까지 12시간 이상을 걸어 48킬로미터를 돌파했다. 여순사건 후 토벌대에 쫓기는 빨치산들의 행군을 상상해 본다. 목숨을 담보로 걷는 걸음과 유람 삼아 걷는 걸음을 어찌 비교하리오.

【외동마을-이문-솔바람길(군장마을-문유삼거리-월내마을)-월내교차로-승주읍사무소-쌍암장-서평교차로-신성리-송전마을-신창마을-선학마을-죽학삼거리-선암사-오치오재길(작은굴목재-큰굴목재-장밭골-장안골)-화목마을-낙안면 신전마을-금산삼거리-평사리-오공재-성북삼거리-평촌마을-벌교(시드니모텔)】

14장 드디어 고흥이다

벌교에서 주먹 자랑하지 말고 고흥에서 힘 자랑하지 말라

주섬주섬 배낭을 싸고 숙소를 나선다. 상쾌한 아침이다. 파란 하늘에 하얀 구름송이들이 흩어져 있다. 막 돋아나는 새순처럼 부드러운 햇살이 살랑거리는 산들바람과 함께 길가 풀잎에 맺힌 이슬을 건드린다. 이슬은 떨어지지 않으려고 안간힘을 쓰고 있다.『태백산맥』의 현장을 바로 떠나기가 조금 섭섭한 감이 있었는데 다행히도 지척에 태백산맥문학관이 있어 아쉬움을 달랜다. 버스터미널 뒤편에 있는 문학관은 건물부터 독특하다. 건축가는 소설이 그려낸 분단의 아픔을 산의 등줄기를 잘라내는 아픔에 비견해 산자락을 잘라내 건물 일부를 땅속에 묻었다고 한다. 문학관에는 소설의 집필과 탈고, 출간 이후 상황, 육필원고 등이 전시되어 있다.

조정래 작가의 소설 「태백산맥」을 주제로 한 태백산맥문학관(위)과 소설에 나오는 무당 소화의 집(아래), 전남 보성군 벌교읍 회정리.

1988년 태풍으로 쓰러져 없어진 집을 2008년 복원했다는 소화의 집은
여느 무당집과 달리 오방색 깃발이나 금줄 같은 것은 보이지 않고
고고한 선비의 집처럼 단아하고 깔끔해 보인다.

소설에 등장하는 현부자네 집과 소화의 집이 문학관 주위에 복원되어 있다. 1988년 태풍으로 쓰러져 없어진 집을 2008년 복원했다는 소화의 집은 여느 무당집과 달리 오방색 깃발이나 금줄 같은 것은 보이지 않고 고고한 선비의 집처럼 단아하고 깔끔해 보인다. 현부자네 집은 한옥 바탕에 일본식을 가미한 색다른 양식으로 본래 박씨 문중의 소유 건물이 모델이라고 한다. 『태백산맥』의 등장인물과 시간적·공간적 이야기들은 벌교 곳곳에 존재하는 실제 현장들과 여순사건 및 6·25 한국전쟁으로 인한 동족상잔의 비극적인 역사가 혼재되어 어디까지가 사실이고 어디서부터가 허구인지 혼란스럽다.

버스터미널을 지나 벌교천을 건너는 부용교에 이른다. 이곳은 강물이 여자만으로 흘러드는 포구로 주변에 갈대밭이 형성되어 있다. 천 가운데 길게 띠처럼 이어지는 섬에도 갈대가 풍성히 자라 푸른 볏짚을 가득 실은 긴 배처럼 보인다. 다리 남쪽으로는 경전선 철교가 나란히 보조를 맞춰 지나가고 더 아래쪽에는 남해고속도로가 포구를 넘고 있다. 이른 시간인데도 벌교역에 가까워질수록 사람들이 북적거린다. 장날도 아니라는데 벌교시장 주변 길거리에는 상인들의 좌판으로 빼곡하여 겨우 통행인이 지날 정도의 공간만 남아 있다. 대부분 인근 마을에서 직접 생산한 농산물이나 득량만과 여자만에서 채취한 해산물이다. 시장 진열대에도 꼬막이 그물망 가득 담겨 있고, 개불, 짱뚱어, 갈치, 양태와 서대 등이 가득하다. 북적거리는 거리와 달리 시장 건너편 벌교역 앞 광장은 고요하다. 벌교를 통과하는 철도는 경전선이다. 경상도와 전라도를 연결하는 철도라는 의미의 경전선은 밀양의 삼랑진에서 광주 송정역까지 남부지방을 횡으로 느릿느릿 운행한다. 지금은 송정역에서 부산 부전역까지 하루 너덧 차례 무궁화호 열차가 다닌다.

벌교역은 1930년 12월 광주에서 보성, 여수로 가는 광려선이 개통되면서 생겼다. 주로 화물을 운반하는 이 철도는 일제강점기에 전남 내륙 지방에서 생산되는 쌀을 수탈하는 통로가 되었다. 초등학교 6학년 때 광주로 수학여행을 가면서 난생처음 이곳에서 기차를 탔다. 버스조차 몇 번 타보지 못한 촌놈이 길게 이어진 객차와 거대하고 무시무시하게 생긴 기관차의 모습에 압도되고 말았다. 가슴까지 울리는 디젤기관차의 웅장한 동력기관 소리와 삐그덕거리며 미끄러지듯 달리는 기차가 신기해서 광주에 내릴 때까지 두리번거리며 긴장을 풀지 못했다. 버스를 타고 광주 가는 길에 지나다니던 학창 시절에도 벌교역은 그다지 친숙하지 못했다. 이곳에 깡패가 많다는 소문에서다. 옛날의 역전에는 사람들이 붐비기 때문에 불량배들과 소매치기가 많이 모이기 마련이었다. 벌교는 고흥의 관문이기도 하지만, 순천과 부산, 광주와 목포로 나가는 교통의 요충지로 한때는 전남에서 광주와 목포, 여수 다음으로 물류와 상업이 번성한 곳이었다.

이 지역에는 "벌교에서 주먹 자랑하지 말고, 순천에서 인물 자랑하지 말고, 여수에서 돈 자랑하지 말라. 그리고 고흥에서는

상인들의 좌판으로 빼곡한 벌교역 앞 시장 거리, 전남 보성군 벌교읍.

힘 자랑하지 말라"는 말이 있다. 벌교의 주먹은 일제강점기 때
담살이(머슴) 안규홍*이 장터에서 아낙을 희롱하는 일본 순사를
한주먹에 때려눕혔던 데서 연유되었다고 한다. 순천에는 얼굴이
예쁜 사람도 많지만 훌륭한 인물들이 많이 배출되었기 때문에
인물 자랑하지 말라 했고, 여수는 일본으로 정기여객선이 취항
하면서 내륙의 물자와 연안 및 원양의 고깃배들이 몰리던 곳이

---

* 나이 어린 머슴 '담살이' 출신인 안규홍은 1908년 4월 의병장에 추대되어 보성, 여수,
고흥, 곡성, 남원, 구례 등에서 일제의 군경을 상대로 항일투쟁을 벌이다 체포되어 1910년
대구 감옥에서 교수형으로 순국했다. 1963년 건국훈장 독립장이 추서되었다. 한국학중
앙연구원, 〈한국민족문화대백과사전〉.

라 많은 돈이 풀릴 수밖에 없는 곳이었다. 고흥의 힘 자랑은 레슬링 선수 김일과 권투 선수 유제두와 백인철 등 유명한 운동선수들이 많이 배출되었기 때문이다. 고흥 사람들은 힘 좋은 갯장어를 많이 먹어서일까? 먹거리가 풍부하여 기본 체력이 좋아서일 것이다. 배곯던 춘궁기에도 개펄에 나가면 영양분 많은 해산물을 채취할 수 있었기에 다른 지역보다 건장한 사람들이 많았으리라 생각된다.

고흥의 관문 뱀골재와 첨산

벌교여고 앞 장좌교차로를 지나면 고흥으로 넘어가는 고갯길이 나온다. 이 길은 좁고 경사가 심한 데다 급커브가 많아 매우 위험한 곳이었으나 2013년 구조 개선 사업으로 직선도로가 생겼다. 500여 미터 정도의 구불구불한 옛 도로는 유물처럼 그대로 남아 있다. 학창 시절 입석 버스를 타고 광주를 오갈 때면 자갈투성이인 이 고갯길을 덜커덩거리며 지나다녔다. 버스가 낭떠러지로 굴러떨어지지 않을까 하는 조바심에 천장에 붙은 손잡이를 힘껏 틀어잡고 가슴 졸이며 지나던 기억이 있다. 이 고갯길은 구불구불 뱀 모양이어서 뱀골재 또는 사동치(蛇洞峙)라 불리는데, 재미있는 설화가 있다. 옛날에 선량한 선비가 과거를 보기 위해 뱀골재를 넘을 때 아름다운 여인이 나타나 길을 안내해 무사히 고개를 넘어 과거에 급제했다. 그러나 다른 선비는 큰 뱀이 길목을 지키고 있어 뱀골재를 넘지 못하고, 다른 길로 가서 과거를 보았지만 떨어지고 말았다고 한다. 뱀골재는 한양으로 과거 보러 가는 선비들이나 전라감영이 있는 전주로 가는 관리들이 반드시 거쳐야 하는 길목이고, 부임하는 원님이나 군마를 수송하는 감목관 등 외지 사람이 고흥에 들어가기 위해서는 반드시 넘어야 하는 고개다. 부도덕하거나 흠이 있는 사람이 이 고개를 넘으려 하면 뱀이 나타나 고흥 땅으로 들어서지 못하게 했으니 뱀골재는 고흥의 문지기 역할을 한 곳이다.[*]

청명한 햇살이 비치는 고갯길을 터벅터벅 걸어서 올라간다. 그토록 무서워 보이던 낭떠러지는 산이 깎이고 골이 메워져 예전의 긴장감은 없다. 내가 고향으로 돌아갈 자격이 있는 사람이라 판단했는지 큰 뱀이 길을 막아서지 않는다. 그렇다고 어서 오라고 길을 안내해 주는 아름다운 여인도 나타나지 않는다. 대신 어제 오후 낙안의 오공재에서 만났던 그림자가 떠오르는 아침 햇살의 안내로 뱀골재 비탈길 아스팔트에 다시 나타났다. 반갑게 인사하더니 더욱 다양한 모습으로 재롱을 떤다. 아침부터 해그림자와 노는 것도 꽤 재미있다.

고갯마루에 올라서면 고흥군이 시작되는 표지판이 서 있다. 남쪽으로 남해고속도로의 육중한 다리가 도로 위를 가로질러 지

---

* 고흥, 『고흥의 전설』, 고흥문화원, 1999, 10~12쪽.

고흥의 관문에서 수문장처럼 서 있는 첨산, 전남 고흥군 동강면 한천리.

나가고 그 위로 거대한 피라미드 모양으로 뾰족한 산이 보인다. 동강면 한천리와 매곡리 사이에 있는 해발 313미터의 첨산이다. 산 모양이 그대로 이름이 되었다. 순천 낙안에서 보면 그 모양이 붓처럼 생겨서 필봉(筆峰)이라 부르기도 했다. 첨산은 고흥반도로 진입하는 길목이라 조선 선조 때 왜군들과 싸우던 의병들의 활동지이기도 하다. 동강 출신 송대립 장군은 정유재란 때 백의종군하는 이순신 장군의 휘하에서 수군 재건 사업을 돕고 육지에서는 의병을 일으켜 왜군들과 맞서 싸우다 이곳 첨산에서 순절했다.『태백산맥』에서는 김범우가 벌교역에서 순천행 기차를 타면서 첨산을 하염없이 바라보고 있다. 하필이면 구불구불 뱀골재 너머에 자리 잡은 데다 거대한 세모뿔 모양의 생김새 때문에 첨산의 신비스러움이 잉태되고 있으며, 고흥을 지키는 수문장처럼 문턱에 자리 잡고 있어 주민들이 신성시하고 함부로 오르지 않는 산이라고 묘사하고 있다.*

이렇게 고흥의 관문에 뱀골재와 첨산이라는 두 감시자가 떡 버티고 있다. 고흥 땅은 소백산맥 줄기가 호남정맥에서 고흥지맥으로 분기하여 바다로 내리면서 생긴 반도로 벌교 밑의 잘록한 부분인 남양면을 들어낸다면 고흥반도는 서울보다 면적이 훨씬 큰 섬이 된다. 고흥에는 230개나 되는 섬이 있는데 잘 알려진 작은 섬이 둘 있다. 하나는 우주발사기지가 있는 나로도이고, 다른 하나는 한센병 환자들의 애환과 아픈 역사가 있는 소록도이다. 고흥은 최대 인구수가 1966년에 234,592명이었으나,** 2018년 1월 현재 인구는 66,587명에 불과하다.*** 50여 년 만에 70퍼센트가 넘게 인구가 줄어 지방 소멸 위험 순위 최상위권을 맴돈다. 따뜻하고 먹거리가 풍부하여 최근에 귀농·귀촌 인구가 많아졌다고 한다.

* 조정래, 『태백산맥』 제3권, 해냄출판사, 2010, 21쪽.

** 통계청, KOSIS 국가통계포털, https://kosis.kr/statisticsList/statisticsListIndex.do?vwcd=MT_ZTITLE&menuId=M_01_01

*** 행정안전부, 주민등록인구통계·주민등록 인구 및 세대 현황 통계표.

박제가 되어버린 초등학교

첨산 아래 한천리 택촌마을 입구의 터널을 지나면 미로처럼 4차선 국도의 진입로가 있다. 걸어가는 사람에게는 다행히도 진입로 옆으로 옛 국도가 '고흥로'라는 이름으로 남아 있다. 구불구불 굴곡이 심한 이 길은 확장되고 곧게 펴진 새 국도의 이쪽저쪽을 수시로 넘나들면서 고흥반도의 끝인 녹동까지 동행한다.

원매곡마을 앞에 이르자 '동강민속관' 표지판 뒤 잡초 위로 이순신 장군 동상이 큰 칼을 땅에 짚고 근엄하게 있다. 바로 길 건너 무덤 옆에는 세종대왕 동상도 있다. 조금 간격을 두고 나무숲 사이에 또 다른 동상이 있다. 책보자기를 옆구리에 낀 채 주먹을 불끈 쥐고 서 있는 소년상은 이승복 어린이의 동상이다. 이승복은 1968년 12월 울진·삼척 지구에 침투한 무장공비에게 온 가족이 몰살당했을 때 '나는 공산당이 싫어요.'라고 소리친 초등학교 2학년 학생이었다. 그 옆으로 횃불을 든 '류관순' 동상도 있다. 갑자기 웬 동상들이?

동상들은 오랜 시간 비바람에 시달려 초록색 페인트가 벗겨지고 잡초에 묻혀 이끼가 잔뜩 낀 로마 시대의 유적과 크게 달라 보이지 않는다. 처음에는 초등학교 교정에 서 있던 동상들을 민속관에 모아놓은 것이리라 생각했는데, 웬걸? '동강중앙국민학교'라는 교명이 붙은 교문까지 있지 않은가. 민속관의 문을 들어서니 작은 운동장이 나온다. 키 큰 미루나무를 배경으로 낮고 평

평한 2층 건물은 학교 건물로 보인다. 여기에도 동상이 서 있는데 로댕의 〈생각하는 사람〉이다, 얼마나 오랫동안 생각에 잠겨 있었는지 동상의 좌대는 물론 어깨와 얼굴까지 담쟁이덩굴로 뒤덮여 괴기스러운 분위기가 풍긴다. 오래전에 폐교된 학교를 민속관으로 개관한 것이다. 학교 하나가 통째로 박제가 되어버린 것이 옛 추억을 오롯이 간직할 수 있어 오히려 다행일지도 모른다는 생각이 든다.

민속관이 있는 매곡리 뒤쪽으로는 고흥지맥의 병풍산과 두방산이 북서풍을 막아주고 있다. 두방산 남쪽에 당곡마을이 있다. 고향 마을에 당곡 할머니란 분이 계셨는데 이 동네에서 시집오셨는가 보다. 그 옛날 가마를 타고 오셨을 텐데 100리도 넘는 길을 참 멀리서도 오셨다. 어렸을 때 그 할머니는 동네에서 가장 나이가 많으셨다. 아흔아홉에 돌아가셨으니 당시에는 보기 드문 나이였다. 돌아가시기 전까지 꼬부랑 허리에 한 손은 뒷짐을 지고 다른 한 손으로 곰방대를 입에 물고 담배를 피우셨으니 신기할 따름이었다. 동강 읍내에서 10여 분 더 가면 계매삼거리가 나온다. 여기를 지나면 동강면에서 남양면으로 행정구역이 바뀐다. 이 지역은 섬이 될 뻔한 고흥반도가 시작되는 잘록한 부분으로 동쪽 바다가 여자만이고 서쪽 바다가 득량만이다. 그래서 여기를 통과하지 않고 차량이 고흥을 빠져나가기는 쉽지 않다. 1960~1970년대에는 북한의 무장간첩이 남해 연안으로 침투하는 일이 잦았다. 군은 이곳에 검문소를 설치하여 고흥 연안으로 침투하는 간첩을

동상들은 오랜 시간 비바람에 시달려
초록색 페인트가 벗겨지고
잡초에 묻혀 이끼가 잔뜩 낀
로마 시대의 유적과
크게 달라 보이지 않는다.

색출하기 위해 24시간 지나가는 모든 차량을 검문했다. 명실상부한 고흥의 관문이었다. 아직도 길가에는 검문소 시설이 그대로 남아 있다. 이곳을 지날 때면 아무런 잘못도 없는데 주눅이 들기 마련이었다. 총을 든 군인들이 버스에 올라 매서운 눈을 반짝이며 승객 한 명 한 명을 훑어볼 때면 눈을 마주치지 않으려고 애써 딴청을 부리기도 했던 기억이 난다. 지금의 젊은 세대는 경험하지 못한 불행했던 대한민국 역사의 한 장면이다. 2킬로미터 정도 가면 검문소를 대신하는 치안센터가 있는 탄포삼거리이다. 여기에서 고흥까지는 국도 15번과 27번, 77번 3개 노선이 겹쳐진다.

중산 일몰전망대와 우도 이야기

탄포교차로에서 운교마을을 지나 남으로 계속 가면 누런 들판 너머로 드넓은 회색빛 뻘밭이 보인다. 육지 깊숙이 들어온 득량만의 썰물 풍경이다. 조망이 좋은 도로변에 중산일몰전망대가 있다. 자동차로 지날 때면 이곳에 들러 경치를 구경하고는 한다. 밀물 때에는 면경처럼 잔잔한 바다 위에 올망졸망 작은 섬들이 둥둥 떠 있다. 특히 해 질 녘이면 붉은 노을이 바닷물까지 짙게 물들이며 환상적인 장면을 연출한다. 지금은 썰물이어서 섬들이 갯벌에 붙잡혀 있고 대낮이어서 바다 저녁노을의 황홀경을 볼 수 없어 아쉽다. 대신 날씨가 좋아 멀리 물러난 바다 뒤편으로 보성과 장흥까지 볼 수 있다. 휴대폰 지도를 확대하여 눈앞에 펼쳐진 섬들과 대조해 본다. 맨 오른쪽 갯벌에 볏짚을 부려놓은 것처럼 보이는 작은 섬은 지섬이다. 그 왼쪽으로 행계섬과 오리섬이 있고, 상·중·하 세 구룡도가 있다. 각도섬은 아직 물에 잠겨 있고, 맨 왼쪽에는 제일 큰 섬 우도가 온몸을 벌밭에 드러내고 있다. 우도를 제외하고는 모두가 무인도이다.

우도는 썰물 때 홍해가 열리듯 자동차가 다닐 수 있는 시멘트 포장도로가 나타난다는데 한 번도 가보지 못했다. 밀물 때는 바다에 잠길 테니 지금이 건너갈 수 있는 바로 그 시간이다. 우도는 섬에 소머리처럼 생긴 큰 바위가 있어 소섬, 또는 쇠섬이라고도 하는데, 이름의 유래에 관한 설화가 있다. 옛날 세상이 어지럽고 흉년이 겹쳐 흉흉한 때에 책을 열심히 읽는 가난한 선비와 절세가인의 아내가 혼인하여 먹거리가 풍부한 이 섬으로 들어가 살았다. 어느 날 뭍에 나간 남편이 돌아오지 못하고 전장에 끌려나가 전사하고 말았다. 아내는 기일을 정해 시묘를 했는데, 건너편 뭍에 사는 부잣집 아들이 그녀의 미색을 탐내 묘막으로 들이닥쳤다. 그녀는 나를 얻고 싶거든 뒷산 상봉에 올라 동쪽을 보고 크게 소 울음소리를 세 번 내고 오라고 했다. 그가 뒷산을 오르는 사이 그녀는 옷고름으로 목을 매어 자결했다. 마을 사람들은 그녀의 정절을 기리기 위해 그 섬을 쇠섬이라 불렀다.* 어지러운 세

---

* 한국학중앙연구원, 〈한국민족문화대백과사전〉, '고흥군, 설화·민요'.

상을 살아가는 사람들의 이야기를 전해 주는 설화이다.

언제 다시 물이 들어올지도 모르는 갯벌 풍경을 뒤로하고 길을 재촉한다. 중산리 부근에서부터 도로변에 메타세쿼이아 나무가 가끔씩 보이더니 노송리 조금 못 미친 직선 도로에는 원근감이 완벽한 풍경화처럼 대각선 구도를 형성하여 도열해 있다. 도로를 확장하고 포장하면서 훼손되었는지 일부만 남아 아쉽다. 메타세쿼이아는 살아 있는 화석으로 불릴 정도로 오래된 수종으로, 한때 멸종된 식물로 여겨졌는데 미국에서 씨앗을 다량 배양하여 전 세계에 보급했다고 한다. 우리나라에서는 1950~1960년대에 분양받아 전국적으로 식재되었다고 하는데, 담양의 메타세쿼이아 길이 유명하다. 고흥 지역의 확장된 4차선 국도의 가로수는 따뜻한 남쪽 지방에서만 자랄 수 있고 제주도에서나 볼 수 있는 후박나무와 종려나무, 먼나무 등이 가로수로 자라고 있다. 몇 년 후에는 고흥을 상징하는 나무들이 될 수도 있겠다.

노송리를 지나고 장담마을 입구를 지나면 과역면이다. 과역 교차로에서 다시 한번 터널을 지나 국도 서편으로 나가 걷다 보면 과역면 소재지가 나온다. 과역이란 지명의 유래는 조선 시대 역도(驛道)인 벽사도 9역 중 하나가 남양면에 있었는데, 역을 지나왔다 하여 과역이라 칭했다.[*] 벽사도는 조선 시대 장흥의 벽사

---

[*] 고흥군청, 고흥 안내 참조(https://www.goheung.go.kr/contentsView.do?pageId=www245)

중산리 부근에서부터 도로변에 메타세쿼이아 나무가 가끔씩 보이더니
노송리 조금 못 미친 직선 도로에는 원근감이 완벽한 풍경화처럼
대각선 구도를 형성하여 도열해 있다.

역을 중심으로 한 역도이다.

과역에는 커피와 삼겹살 백반이 유명하다. 근래에 고흥의 몇 농가에서 커피나무를 직접 재배하여 원두를 생산하고, 그 원두를 로스팅하여 갈아 내린 커피를 맛볼 수 있다. 바리스타 교육 프로그램을 운영하는 커피사관학교도 있다. 오후 1시가 다 되어 삼겹살 백반 맛집으로 소문 난 원조 기사식당을 찾아 들어간다. 음식을 주문하자마자 종업원은 삼겹살부터 불판에 올려놓는다. 단일 메뉴만 취급해 손님은 달리 선택할 사항이 없기 때문이다. 남도 백반 정식의 특징 그대로 20여 가지나 되는 반찬이 상을 가득 채우고 자리가 모자라 접시를 포개서 놓는다. 8천 원짜리 식사인데 혼자서 한 상을 받기가 미안할 정도로 푸짐하다. 반찬 수만 많고 맛은 별로이지 않을까 했는데 맛도 괜찮다. 다양한 반찬과 부드러운 삼겹살과 저렴한 비용이 인기의 비결인 것 같다.

식당 밖에는 대기하는 손님을 위한 의자가 있다. 식사를 마치고 서비스 커피를 즐기는 비슷한 연배의 남자가 앉아 있다가 엉덩이를 한 편으로 밀면서 자리를 내어준다. 고맙다는 인사를 하고 커피를 홀짝거리는데 자꾸만 쳐다본다. 혹시 나를 아는 사람인가? 그는 대뜸 어디 사느냐고 묻는다. 서울에서 산다고 했더니 어디 가느냐고 다시 묻고 뭘 타고 왔는지 또 묻는다. 행색이 이상하게 보여서 그렇겠지. 고흥이 고향인데 서울에서 여기까지 걸어서 왔고 아직 하루는 더 걸어야 한다고 하자, 어쩐지 수상하다고 생각했단다. "형씨도 방랑기가 있는 모양이오, 나도 역마살이 꺼서 전국을 돌아다니다 몇 년 전에야 고향에 주저앉았소." 두 원면 운대가 고향이고 나와 동갑내기라는 그의 얘기는 이렇다.

14년 전 여수에서 산 25톤짜리 중고 트럭에 부산 번호판을 달고 전국을 누비고 다니다가 2011년도에 고향으로 돌아와 소를 키우고 있단다. 고흥이 살기 좋다는 것을 이제 알았다고 한다. 진즉 고향에 돌아오지 못한 것을 후회한다. 처음 소 네 마리로 시작해 지금은 암소를 30마리까지 불렸고, 새끼를 낳아 길러서 파는데 연 매출이 1억이 넘는다. 오늘은 사료 저장할 막사를 짓고 있다. 혼자서 재료 사서 운반하고, 재단하고, 용접하고, 모든 것을 다 하는 전천후 일꾼이 되어야 한다. 몸은 힘들지만, 고향에 정착해 일하는 것이 너무 행복하단다. 왠지 우도의 그 선비와 소 키우는 트럭운전사 사이에 운명 같은 연결점이 있는 듯하다.

고마운 옛 친구들

이제 걷는 데 이력이 나서 다리도 허리도 무릎도 모두 견딜 만하다 싶었는데 발바닥에 물집이 다시 생겼다. 지난번에 생겼던 곳이다. 눈으로 보지 않았으면 그러려니 할 텐데 확인하고 나니 더 쓰리고 걸음이 불편해진다. 까짓것 물집쯤이야. 지금까지 잘 버텨 왔고 이제 목적지가 얼마 남지 않았는데 물집이 무슨 대수이겠는가? 남아 있는 체력도 충분하다. 아니, 갈수록 힘이 더 솟아나는 것 같다. 집까지 25킬로미터 정도밖에 남지 않았다. 어제처럼 걸으면 저녁에 집에 도착할 수 있다. 내친김에 오늘 끝장을 볼까 하는 욕심도 생긴다. 그렇지만 걷기가 곧 끝난다고 생각하니 아쉬움과 허전함이 밀려온다. 그래, 서두를 필요가 없다. 오늘은 읍내에서 자고 차분하게 여행을 정리하는 마무리 보행을 하는 것이 좋겠다.

때마침 고흥 읍내에서 택시 운전하는 친구한테서 전화가 온다. 3주 전엔가 둘째 아들을 장가보낸 초등학교 동창이다. 감사 인사를 하는 전화인 줄 알았더니 지금 어디냐고 묻는다. 내가 오늘 고흥에 도착할 것이라고 서울의 친구가 알려줬다고 한다. 읍내 사는 친구들 서너 명이 식당과 호텔을 잡아뒀으니 도착하거든 전화 달라고 한다. 고마운 친구들이다. 함께 식사하면서 간단히 술 한잔하는 것도 괜찮겠다는 생각이 든다. 이왕지사 이렇게 된 것, 군청에서 근무하다 작년에 정년퇴직한 고등학교 동창 친구에게 전화하니 깜짝 놀라면서 반가워한다. 자초지종을 얘기했더니 밤늦게라도 얼굴이나 보자고 한다. 여행이 끝나지 않았는데 샴페인을 미리 터뜨리고 있는 것이 아닌가 하는 생각이 든다. 아직 긴장의 끈을 놓으면 안 되는데, 친구들 생각에 발걸음이 더욱 빨라진다.

점암면 봉북마을을 지난다. 길가 담벼락 옆에 붙은 뽕나무에 시커멓게 잘 익은 오디가 잔뜩 달려 있다. 옛 생각에 손을 뻗어 한 움큼 따서 먹어 보니 예전만큼 맛이 없다. 오디를 많이 따먹어 입

고흥의 주산물인 양파의 수확 풍경(위)과 마늘 집하장(아래), 전남 고흥군 점암면.

술이 보랏빛으로 물든 개구쟁이 친구들의 얼굴이 생각난다. 도로 옆 밭에서는 마늘과 양파의 수확이 한창이다. 씨알이 굵은 양파가 가득 담긴 그물망이 들판에 가득하다. 젊은 일꾼들은 보이지 않고 허리가 굽은 할머니들이 대부분이다. 안치마을 부근 농산물위탁판매소의 넓은 집하장에는 다발로 묶인 마늘이 산더미처럼 쌓여 있고, 짐을 가득 실은 경운기와 트럭들이 분주히 드나든다. 고흥은 마늘의 주산지로 대부분의 농가에서 마늘을 재배한다.

오후 4시쯤 두원면 운대리에 접어든다. 이 지역은 고려 말에서 조선 초까지 고려청자와 분청사기를 굽던 가마터 여러 기가 발견된 곳으로 15세기 무렵 도예 산업이 발달했다. 발견된 도요지만 30여 군데로 가마터가 있는 곳에 2017년에 고흥분청문화박물관이 설립되었다. 도예 마을답게 박물관 뒤쪽 운암산에 도공의 설화가 전해진다.

원수지간이었던 집안에서 태어났지만 서로 사랑하게 된 도공과 옥녀는 운암산 골짜기로 도망가 행복하게 지내고 있었다. 어느 날 도공이 먹을 것을 구하러 나간 사이 커다란 독수리가 나타나 옥녀를 죽이고 말았다. 도공은 옥녀의 한을 풀기 위해 독수리를 찾아 나섰다. 옥녀는 이웃 마을 촌장의 꿈에 나타나 독수리를 죽여달라 청했고, 촌장은 활시위를 당겨 하늘에 나타난 독수리를 떨어뜨렸다. 이후 사람들은 옥녀가 죽은 봉우리를 옥녀봉이라 부르고, 독수리가 떨어진 곳을 독수리봉이라 불렀다고 한다.* 먹고 살기 힘든 시절의 애절한 남녀 간 사랑 얘기는 이야기꾼들에 의해 자연 지명으로 승화되어 오늘까지 이어지고 있다.

지등교차로에서 터널을 통과하여 국도의 왼쪽 길로 나아가면 완만하게 오르막길이 계속되고 고갯마루에서 삼거리가 나온다. 오른쪽으로 가면 두원면으로 가는 길이고, 왼쪽 길로 들어서면 고흥읍이다. 이제 정말 다 왔다는 안도감이 든다. 읍내의 좁은 차선과 도로변의 낮은 건물은 예전과 그대로인데 거리가 좀 더

---

* 이야기가 있는 마을, 고흥분청문화박물관 설화마당의 조형물 설명문,《동아일보》, 2016.6,14.

깨끗해지고 밝아진 느낌이다. 읍내 가운데를 흐르는 하천은 아직도 복개되지 않은 상태로 위아래 동네를 구획하고 있다. 예약해 두었다고 알려준 호텔에 친구가 먼저 와서 기다리고 있다. 구레나룻을 말끔하게 밀어버린 친구는 나를 덥석 끌어안고 완주를 축하한다는 말을 반복한다. 호텔 방의 탁자 위에 놓인 예쁜 꽃다발을 보고 울컥 감동이 밀려온다. 친구들에 대한 고마움과 내 자신에 대한 대견함에서다. 꽃다발에는 "축, 서울에서 고흥까지 도보 완주"라는 리본이 달려 있다. 다른 친구들 셋이 먼저 자리하고 있는 식당에서 다시 한번 코가 시큰해진다. 진심 어린 축하와 함께 언제나 먹고 싶은 진짜배기 고향 음식이 한 상 가득 차려 있다. 보기만 해도 군침이 도는 싱싱하고 새콤한 서대회무침과 부드럽게 데친 낙지에 미나리를 쑴벅쑴벅 썰어 버무린 낙지 무침, 노릇노릇 구운 양태와 서대, 도미 등 생선구이, 잘게 토막 낸 산낙지에 참기름을 듬뿍 두른 다음 계란 노른자를 살짝 올리고 깨를 송송 뿌린 낙지탕탕이 등등. 모두 한 상에 올릴 수가 없어 접시가 포개지고 옆자리까지 넘어간다. 친구들의 마음 씀씀이가 너무나 고맙다.

홀로 터벅거리며 걸었던 날들의 외로움을 일시에 날려버린다. 여행이 아직 끝나지 않아 축배를 들기에 이르다고 말해 보지만 동의하는 친구는 없다. 이렇게 맛있는 음식을 베풀어 주는데 마음껏 먹지 않을 수 없다. 가물가물 잊혀 가는 어린 시절의 추억들을 안주 삼아 시간 가는 줄 모르고 얘기를 나눈다. 밤 9시가 넘

친구들이 마련한 고향 음식 한 상(위)과 서울에서 고흥까지 도보 완주 축하 꽃다발(아래), 전남 고흥군 고흥읍 서문리.

어서자 초등학교 친구들은 서둘러 자리를 양보한다. 낮에 통화했던 친구가 찻집에서 기다리고 있어서다.

친구는 '오랜만에 만났는데 그래도 입가심 정도는 해야 하지 않겠는가?' 하고 손을 잡아끈다. 그래, 내일은 굴러서 가더라도 집에까지 못 갈쏘냐. 고향 땅에 도착한 특별한 날이지 않은가. 포근한 선술집 분위기의 음식점에는 서대와 병어, 준치 등의 싱싱한 회를 파는데, 황가오리회라는 이 집만의 특별한 메뉴가 있다. 이 친구의 숨겨둔 맛집이다. 황가오리는 여름철 서남해안에서 잠깐 잡혀서 흔하지 않은 고기이다. 갯장어, 민어와 함께 여름을 대표하는 음식으로 꼽힌다. 두툼한 부위의 회는 하얀 살에 붉은 살이 섞여 있어 언뜻 보면 마블링이 잘 된 소고기 모양이다. 참기름에 찍어 먹으면 찰진 소고기 육회의 맛이 나는데 식감은 꼬들꼬들하고 쫄깃하다. 우린 서로 다른 중학교를 졸업했으나 같은 고등학교에 진학하면서 고향 친구가 되었다. 딸만 둘인 친구는 은퇴자들 대부분이 그렇듯 정년퇴직 후 지인들과 고흥 주변의 산들을 유유자적 섭렵하면서 천천히 앞길을 찾아보고 있다고 한다. 애들 다 키웠으면 자연과 벗하며 나만의 방식으로 생을 즐기는 것도 한 방편이다. 하지만 우리는 놀고만 먹기에는 아직 젊은 나이라는 것에 의견이 일치한다. 일정한 주제도 없이 많은 얘기를 나누고 술이 얼큰하게 취한 후에야 호텔로 돌아온다. 자정이 다 된 시간이다. 멋진 내일의 마무리 여행길을 생각하니 가슴이 고동치고 술기운이 확 달아난다.

오늘은 벌교에서 고흥까지 38킬로미터를 10시간에 걸쳐 걸었다. 눈에 익은 길이었지만 걸어서 가는 길이라고 한 번도 생각해 보지 못했던 먼 길이었다. 굽이굽이 돌아가는 옛날의 신작로와 아직도 그 길가에 버티고 서 있는 포플러와 플라타너스, 메타세쿼이아 나무들이 응원하고 낮은 야산들이 함께 보조를 맞춰 걸었다. 모두 제자리로 돌아간 고마운 친구들의 얼굴을 하나씩 떠올려 본다. 이제 남은 거리는 13킬로미터, 3시간만 더 가면 종착역인 집이다. 고향 마을로 들어서는 길이 아련히 꿈속에서 가물거린다.

【벌교역-선근삼거리-뱀골재-한천교차로-장동마을-원매곡마을(동강민속관)-당곡마을-동강초등학교-침교마을-탄포마을-중산일몰전망대-남양교차로-노송마을-장담마을 입구-과역교차로-과역면사무소-점암면 연봉리-봉복마을-상신마을-안치마을-두원면 운대리-반산마을-고흥읍 지동교차로-송곡마을-남계리(W호텔)】

15장 영원한 나의 안식처

눈이 시리도록 푸르른 아침

눈을 뜨지도 못한 채 이불 속에서 꿈틀거린다. 아주 느리게 페이드인 되는 영화 장면처럼 흐릿하고 몽롱하던 의식이 천천히 깨어나고 있다. 창문의 두꺼운 커튼 사이를 헤집고 날카로운 빛줄기가 파고들어 온다. 여기는 어디고 나는 왜 여기 있는가? 지금이 몇 시인가? 머리맡에 둔 휴대폰을 더듬어 찾는다. 화면에 07:30이란 숫자가 표시되어 있다. 용수철처럼 벌떡 일어나 커튼을 확 걷어 젖힌다. 갈 길을 잃었던 햇살이 소나기처럼 쏟아져 들어온다. 오늘은 걸어야 할 길이 멀지 않다. 애초에 서둘러 일어날 생각이 없어 다른 날보다 두어 시간은 더 늦었다. 어젯밤의 일들이 스쳐 지나간다. 과음하고 친구들에게 실수나 하지 않았는지 조각난 필름을 더듬더듬 재생해 본다. 무슨 얘기를 그리 오래 했는지 다 기억나지 않는다. 진심으로 반겨주는 친구들 덕분에 너무 즐겁고 편안한 시간을 보냈다. 자, 이제 떠날 준비를 해보자. 오늘은 동네를 지키고 계시는 어르신들을 만날 테니 용모를 단정히 해야지. 서울에서 출발한 이후 보름 동안 한 번도 깎지 않았던 수염을 일회용 면도기로 자르니 보통 때와 소리도 느낌도 다르다. 면도날에 사각사각 잘려 나가는 수염들이 살려달라고 아우성을 치지만 어쩔 수 없다.

아침 8시 10분이다. 출근 시간이 다 되었는데도 읍내 거리는 비교적 한산하다. 숙소가 있는 읍내의 남쪽에는 봉황산이 동네를 굽어보고 있다. 버스터미널로 가는 길 사거리 건물 전면에는 지방선거에 입후보한 어느 예비후보자의 대형 포스터가 붙어 있다. 누가 당선되든 이 고장에 주어진 천혜의 자연환경을 온전히 보전하고 이를 바탕으로 고흥을 발전시켰으면 한다. 언젠가 고흥만 방조제를 지나가면서 이런 생각이 들었다. 이 제방을 허물고 득량만의 물길이 다시 저 들판을 적신다면 얼마나 많은 자연의 생명체가 다시 소생할 수 있을까? 방조제가 헐릴지라도 이전의 갯벌로 돌아가려면 몇십 년, 몇백 년이 걸릴까? 갯벌은 사람의 손길이 닿지 않아도 언제나 풍부한 먹거리를 제공한다. 원시적인 자연과 아름다운 풍경은 그대로 관광자원이 되어 또 다른 수입원이 되고 도시로 흩어져 나간 사람들까지 불러들일 수도 있다. 다행이랄까, 이곳은 상대적으로 교통이 낙후되어 있어서 남해안의 다른 지역과 비교해 자연환경이 잘 보전되고 있었다.

그러나 근래에 들어 나로도 우주발사기지와 고흥만 시험비행장 등 국가의 최첨단 시설들이 들어서고 있다. 아름다운 산림과 애써 가꾼 농지를 훼손하면서까지 곳곳에 태양열 패널들도 설치되고 있다. 한때는 원자력발전소와 군 공항이 논란이 된 적도 있었다. 국책사업을 유치하여 지역 경제를 살리고 인구를 유인하는 것도 지역을 발전시키는 하나의 방법인 것은 맞다. 그러나 하늘이 준 자연의 선물에서 먹거리를 찾고 미래를 찾는 것도 또 다른 방법이라는 것을 알았으면 좋겠다.

녹동 방향으로 나가는 외곽에 새로 이전한 군청의 청사가 사각의 성벽처럼 우뚝 서 있고 주변의 개발이 한창이다. 국가 경제가 발전하면서 자치단체의 살림 규모도 커지다 보니 그에 걸맞은 시설이 필요하겠지만 재정자립도가 12.7퍼센트에 불과한 지자체의 번듯한 새 청사가 그리 좋게만 보이지 않는다. 인구가 급감하는데도 공무원 수와 청사의 규모는 계속 커지기만 한다. 업무량과 관계없이 공무원 수가 증가하는 파킨슨 법칙이 이곳에서는 예외가 되기를 바란다.

등암교차로를 지나면 오른편으로 조그마한 들판이 나타난다. 산기슭에는 고흥군보건소가 들판을 내려다보고 있다. 읍내를 벗어나 한적하고 평화로운 곳에 자리를 잘 잡았다. 다른 논에는 모가 제법 자라서 연둣빛이 진해지고 있는데 바로 앞에 보이는 논은 이제 막 모내기가 끝났는지 논바닥의 맨살이 다 드러나다. 줄지어 늘어선 어린 모들은 살랑바람에도 간지러운 듯 몸서리를 친다. 멀리 초록빛 산등성이 위로 파란 물감을 칠한 캔버스에 새하얀 목화솜 너풀들이 흩어져 있고 덩이째 뭉쳐진 솜타래가 들판 너머로 비스듬히 걸쳐 있다. 도롯가 논두렁에는 노란 금계국 무리가 잊을 만하면 나타나서 길을 안내한다. 이 모두가 산뜻한 한 폭의 그림이 된다.

이순신 장군은 임진왜란 직전인 1592년 2월 전라좌도 수군절도사에 임명되어 고흥 지역을 순시했다. 그때 보았던 들꽃의 아름다운 풍경을 『난중일기』에 이렇게 썼다. "흥양현에 이르렀다. 좌우의 산마다 피어 있는 꽃들과 들가의 향기 어린 풀이 마치 그림 같았다."* 400년 전에도 고흥의 길가에는 봄꽃이 만발했나 보다. 밝은 햇살에 적당히 데워진 아침 공기가 기분을 좋게 한다. 시원한 공기를 가슴 깊숙이 들이마셔 쌓인 숙취를 몰아낸다. 어젯밤 그렇게 술을 마셨음에도 불구하고 몇 분을 걷고 나니 컨디션이 금방 회복된다. 몇 시간 후면 집에 도착한다는 생각 때문일 것이다. 새삼 튼튼한 다리와 건강한 신체를 물려주신 부모님께 감사드리고, 항상 지나치리만큼 가족들의 식단과 일상을 관리해준 아내에게 감사드린다. 신선한 공기와 청명한 하늘과 초록빛 나무들과 아름다운 들꽃들이 어우러져 눈이 시리도록 푸르른 고흥의 아침이다.

---

* 이순신 장군은 흥양현(고흥군)의 녹도진, 발포진, 사도진 등을 순시했다. 이순신, 송찬섭 엮어 옮김, 『난중일기』, 서해문집, 2014, 31쪽.

시름 깊은 고흥유자공원

9시 반쯤 고흥읍에서 풍양면으로 접어든다. 옛 국도와 거의 붙어 지나가는 4차선 도로의 표지판에는 '녹동 16km, 소록도 17km'라고 쓰여 있다. 녹동은 조선 시대 수군 만호의 진이 있던 곳으로 임진왜란 때 충무공 휘하에서 싸우다 순절한 두 장군을 모신 사당 쌍충사가 있다. 녹동항에서 600여 미터 떨어진 소록도는 우리의 아픈 역사를 끌어안고 있는 애환의 섬이자 우리에게 인간이란 무엇인가에 대하여 많은 것을 생각하게 하는 섬이다. 이번 여행의 연장선에서 이른 시일 안에 두 발로 걸어 소록도를 다시 둘러봐야겠다는 생각이 든다.

햇살이 제법 매서워질 때쯤 하림삼거리에 이른다. 왼쪽 길 851번 지방도는 풍남항과 도화면으로 연결되는 길이다. 이 길로 가면 봉우리가 하늘에 닿는다는 천등산*이 나오고, 이순신 장군이 36세 때 만호로 부임하여 18개월간 근무했던 발포가 나온다. 장군은 재임 시절 전라좌수사가 거문고를 만들기 위해 객사 뜰에 있는 오동나무를 베어오라고 사람을 보내자 관아의 오동나무는 나라의 것이라고 하면서 돌려보냈다는 일화가 있는 곳이다.

삼거리에서 직진하여 남쪽으로 발걸음을 옮길수록 날씨가

---

* 해발 554미터의 천등산에는 신라 선덕여왕 때 원효대사가 창건했다는 금탑사가 있고, 절 아래쪽에는 수령이 100년이나 된 비자나무숲을 볼 수 있는데 이 숲은 천연기념물로 지정되어 있다.

너무 좋다. 조금 전까지만 해도 하늘에 몇 조각 흩어져 남아 있던 하얀 솜사탕 구름까지 깨끗하게 청소되어 파란 바탕색만 남아 있다. 한동마을 앞에는 '고흥 유자공원'이란 노란 색깔의 표지판이 푸른 하늘을 배경으로 높게 서 있다. 고흥은 1월 평균기온이 영상 1.6도로 유자 재배의 적지로 꼽힌다. 전국 유자 생산량의 60~70퍼센트 정도를 차지하는 유자의 주산지이다. 이 지역은 일조량이 많은데다 바다에서 불어오는 해풍을 받아 맛과 향이 좋다. 예전에는 유자나무 몇 그루면 자식을 대학에 보낼 수 있다고 해서 대학나무로 불릴 정도로 고소득 작물이었다. 유자는 제사를 지낼 때 과일 중 맨 윗자리에 놓을 정도로 귀한 대접을 받았다. 어린 기억에 동네 꼬마 아이들은 시제가 끝난 후 샛노란 유자 한 개를 얻기 위해 줄을 서서 자리다툼 했었다. 시골집 모퉁이에 아주 오래되고 커다란 유자나무 한 그루가 있어 모두에게 부러움의 대상이었다. 어머니는 매년 유자로 동동주를 담그셨다. 따뜻한 아랫목을 차지한 술독에서는 시큼한 술 냄새와 향긋한 유자 냄새가 섞인 동동주가 익어가고 있었다. 유자 막걸리는 지금 고흥 지역의 특산품이 되었다.

풍양면의 북쪽 지역은 갯벌이 넓어 해산물이 풍부했었으나 고흥만방조제가 완공되고 나서 갯것이 사라져 농사일에 전념할 수밖에 없게 되었다. 이 지역에는 유자와 석류 등의 특산품과 마늘과 양파, 배추 등을 주로 재배하고 있다. 국도 남쪽으로 봉양리가 있다. 외갓집이 있는 마을이다. 대부분 외갓집에 대한 추억이 있기 마련인데, 처음 가본 외갓집 여행길에 대한 특별한 기억이 있다. 무슨 일 때문이었는지 기억에 없으나, 초등학생 때 두 살 아래 동생과 함께 외갓집에서 텅 빈 수레를 끌고 신작로를 따라 집으로 걸어왔던 적이 있다. 한 번도 가본 적이 없는 길을 어린 동생과 걷는 것은 호기심 반 두려움 반 낯설고 긴 여행이었다. 지금 보니 7킬로미터쯤 되는 거리로, 어린 두 형제에게는 아득히 먼 길이었다. 평지에서는 수레에 태워주기도 하고 오르막길에서는 앞에서 끌고 뒤에서 밀기도 하면서 덜컹거리는 자갈길을 땀을 뻘뻘 흘리며 갔다. 맨발의 고무신은 땀이 차서 자꾸만 미끄덩거리고 신작로에 나뒹구는 돌부리가 발바닥을 사정없이 찔러대는 악조건을 이겨내고 천신만고 끝에 집으로 돌아왔다. 50여 년 전 동생과 함께 갔던 그 길을 지금 빈 몸으로 혼자서 다시 걸어가고 있다. 이제는 아스팔트로 깨끗하게 포장되어 맨발로 걸어도 될 정도로 잘 다듬어진 길이다. 젊음을 다 바쳐 끙끙대며 살아왔던 직장이라는 짐을 벗고 텅 빈 수레가 되어 옛날 그 길을 따라 혼자 걸어서 집에 돌아간다. 나중에 어디에 가서 또 무슨 짐을 지고 살지 아직은 모르지만, 언젠가는 모든 것을 완전히 내려놓고 그야말로 빈손으로 터벅터벅 다시 돌아와야만 할 이 길이다.

외가 친척들이 모여 사는 신평리와 당두리를 지나면 도덕면*

---

* 도덕면은 백제시대 도량부곡이었다. 고려 때 도양현으로 승격되고, 조선 세종 23년 (1441) 흥양현으로, 1895년 흥양군 도양면으로, 1983년에 도양읍에서 도덕면으로 분면이 되었다. https://www.goheung.go.kr/contentsView.do?pageId=www205(고흥군청-고

도덕면의 경계 표지석, 전남 고흥군 도덕면 도덕리.

의 첫 마을이 나온다. 여기에서부터는 같은 초등학교 학군이고 집까지는 한 시간도 채 남지 않았다. 이 마을은 조선조 세종 때 장흥부의 목장이 있었던 도량현으로 들어가는 문이라는 뜻에서 문관(門串; 문꼬지)이라는 이름이 유래했고, 목장 일을 맡았던 감목관이 지켰던 검문소였다고 한다. 한참을 더 가 신양리 입구 주유소 맞은편 공터에 처음 보는 빵집이 생겼다. '안흥찐빵·만두'라 쓰인 노란색 간판에 풍선 기둥이 새것인 걸 보니 개업한 지 그렇게 오래되지 않았나 보다. 여행지에서 자주 만난 옛 추억도 있지만 부

홍안내-읍면소개-도덕면-연혁 및 유래) 참조.

이제야 모내기를 마친 남녘의 논, 전남 고흥군 도덕면 신양리.

드러운 촉감과 촉촉한 빵 속에 들어 있는 달콤한 팥소의 맛 때문에 그냥 지나칠 수가 없다. 60이 조금 넘어 보이는 주인아주머니는 찐빵이 곧 익으니 잠시만 기다리란다. 어떻게 이런 데다 찐빵집을 열 생각을 했는지, 이렇게 한적한 곳에서 장사가 되는지 궁금해서 물으니 피식 웃으면서 답하기를 "밑천이 많이 안 드는 장사라 팔리면 좋고 안 팔려도 어쩔 수 없지요. 여기는 돈 쓸데도 없는데 조금 벌어도 마음 편하면 좋은 게 아닌가요?"라고 한다. 강원도가 고향인데 남편과 함께 정착할 곳을 찾아 이곳저곳 돌아다니다 보니 고흥이 제일 좋아서 눌러앉았단다. 여기에 마침 거주가 가능한 빈 가게도 있고, 우선 쉽게 현금을 만질 수 있는 일이라 고향 음식인 빵집을 시작했다고 한다. 찐빵이 다 익었나 보다. 솥뚜껑을 열자 뭉게구름 같은 수증기와 함께 구수한 찐빵 냄새가 덮쳐 온다. 동네 할머니들을 위해 찐빵 두 팩을 더 사서 가게를 나선다. 오늘도 여느 때와 마찬가지로 할머니들은 마을회관 경로당에 함께 모여 무료함을 달래고 시간을 보내고 계실 것이다. 대부분 연세가 여든이 훨씬 넘었고 가장 막내 할머니도 여든이 다 되어간다. 가구 수가 1970년대에 50호에서 지금은 20호 정도로 쪼그라든 작은 동네인데 이분들마저 가신다면 경로당은 곧 문을 닫을 것이다. 더 젊은 사람이 고향으로 되돌아오거나 안흥 찐빵 부부처럼 외지인이 들어오는 등 새로운 변화가 없다면 경로당은 10년을 버티기 어려울 것이고, 한 세대가 지나면 우리 동네 같은 자연마을이 통째로 사라질 가능성이 크다. 태어나고 자란 고향이 없어진다는 것은 슬픈 일이다.

그래, 실컷 울어라

거리에는 점점 익숙한 장면들이 자주 나타난다. 옛 생각들과 얽혀 있는 풍경도 많아진다. 집이 가까워질수록 다시는 볼 수 없는 부모님 생각이 난다. 주마등처럼 스쳐 가는 기억 중 어떤 것은 어제처럼 또렷하다. 오늘처럼 가로수 잎들이 초록으로 짙어가던 2010년 5월 어느 날, 고흥종합병원에서 야윌 대로 야위어지신

아버지를 구급차로 모시고 서울 여의도성모병원까지 달렸다. 가는 동안 아무 일이 없어야 할 텐데 하고 마음졸이며 가던 길이 왜 그리도 먼지. 몇 시간 동안 쉬지 않고 번쩍거리는 구급차의 경광등 불빛과 귓전을 때리는 사이렌 소리가 지금도 생생하다. 다행히도 아버지는 호전되어 반년을 더 사셨지만, 자연의 순리를 역행하고 시간을 이길 수는 없었다. 그리움과 회한만 남을 뿐이다. 7남매나 되는 형제들 틈바구니에서 부족한 것이 많았으나, 돌이켜보면 모든 것이 감사하다. 남들보다 더 많은 기회를 주심에 감사드리고, 호적에 늦게 올려 주신 덕분에 공직에 1년 더 근무할 수 있어 감사하다. 조금 더 해드리지 못해 죄송하고, 감사하다는 말씀조차 못 해드려 죄송하고, 한 번이라도 더 찾아뵙지 못해 죄송하다. 아버지는 항상 심각한 표정에 웃음기가 그리 많지 않았는데 왜소한 몸집에 두꺼운 돋보기안경까지 착용하셔서 더욱 근엄하게 보였다. 5대조 할아버지께서 좌수(座首)*를 지내셨다는 자부심 때문인지 집안의 체면과 신분을 무척 중시하셨다. 학교에 다닐 때 항상 내가 법관이 되기를 바라셨지만 법대에 진학하지 못했다. 그렇지만 공무원이 된 것을 벼슬로 알고 자랑스러워하셨다. 승진을 하게 되자 빙그레 웃으시며 "어허! 잘했다. 그래야지."라고만 하셨지 그뿐이다. 내심으로는 덩실덩실 춤을 추셨을

---

* 좌수는 조선 시대에 지방의 자치 기구인 향청의 우두머리로 수령권을 견제하는 기능을 담당했다가 향원 인사권과 행정 실무의 일부를 맡아보았다. 고종 32년(1895) 향장으로 변경되면서 유명무실한 존재가 되었다.

것임이 틀림없다. 이후 몇 차례 더 승진했으나 아버지께 더 이상의 기쁨을 드리지 못했다. 아버지 산소에 가서 조용히 승진을 고했을 뿐이다. 살아 계셨다면 어떤 표정을 짓고 계실 것인지 상상하면서. 이제 아버지께서 그토록 자랑스러워하셨던 공직을 무사히 마쳤다는 보고를 드리기 위해 걸어 걸어서 집으로 간다.

먼 길을 걸어서 집에 가면 뭐하나. 이제는 어머니마저 안 계시는 아무도 없는 텅 빈 집인데……. 하지만 세월이 갈수록 집이 그리워지고 부모님 생각이 더 간절해진다. 늦게 철이 드는 것인지. 중학생 때로 기억되는데, 언젠가 학교를 파하고 집에 오니 아무도 없었다. 농번기라 어머니는 항상 들녘에 계셨다. 밭이 넓어 온 동네 사람들이 우리 집 일을 돕는 대신 어머니는 그만큼 품앗이하러 다니셔야 했다. 배가 고파 여기저기 뒤적거려 봐도 먹을 것이 없다. 혼자 투덜거리며 방문을 열고 들어가니 문 앞에 무엇인가 그려진 종이가 놓여 있다. 비료 포대 종이 조각에는 연필로 꾹꾹 눌러 쓴 글자가 삐뚤빼뚤 쓰여 있었다. "솟태 밥 무거라." 어머니께서 더듬더듬 글을 읽으시는 것은 보았지만, 연필 잡는 것을 여태껏 한 번도 본 적이 없어 글을 못 쓰시는 줄 알았다. 들판에서 농사일로 바쁜 와중에 잠깐 짬을 내어 급히 집에 오셔서 따뜻한 밥을 지어놓고 얼마나 힘들게 글을 쓰고 가셨을까 하는 생각에 가슴이 뭉클했다. 빈 껍데기만 남은 부잣집 맏며느리 역할을 하면서 평생을 하인처럼 살아오신 어머니, 자식들이 무슨 일을 하더라도 묵묵히 뒷바라지해주시고 편을 들어주신 어머니,

고등학생 때 광주에서 집에 다녀갈 때면 동구 밖까지 나오셔서 아버지 몰래 꼬깃꼬깃한 천 원짜리 지폐 몇 장을 주머니에 슬쩍 찔러 넣어주시던 어머니, 그 많던 자식들 객지로 다 떠나보내시고 아버지까지 돌아가셔서 홀로 외로움을 달래시던 어머니, 노환에 치매까지 더해져 혼자 집을 지킬 수 없어 결국은 요양원에 가시게 된 어머니, 내 손을 힘없이 잡고서 '거기 안 가면 안 되겠냐'고 하시던 어머니. 그때 왜 단 며칠만이라도 집으로 모시지 못했을까. 어머니가 너무도 보고 싶다. 이제 곧 집에 도착한다. "인자 오냐! 고상했다!"라는 어머님의 목소리를 혹시 환청으로라도 들을 수 있지 않을까. 2주 전 아침에 이곳을 향해 발걸음을 내딛던 그 떨림이 수십 배 수백 배로 증폭되어 가슴이 방망이질 친다. 학동으로 넘어가는 고개를 오르면서 이런저런 생각에 깊은 한숨과 함께 가슴이 뭉클해지고 눈시울이 뜨거워진다. 이내 한 움큼 눈물이 울컥 쏟아진다. 주먹으로 눈물을 훔치자 더 많은 눈물이 나고 주체할 수가 없다. 흐르는 눈물을 닦아서는 안 될 것 같다. 약해지지 않으려고 지금껏 통제하고 억눌러 왔던 감정들을 여기서는 마음껏 토해내고 싶다. 아무 일 없이 잘 놀다가 엄마를 보자 서럽게 우는 아이처럼 집이 가까워지자 울음이 터진다. 하늘에 계신 아버지와 어머니는 보고 계실지 모르지만 보는 사람이 아무도 없는데 실컷 울면 어때? 보는 사람이 있으면 또 어때? 한참을 걸어도 눈물이 멈추질 않는다. 여름 준비에 여념이 없는 산들바람이 양 볼을 타고 흐르는 눈물을 열심히 다독거리고 쓰다듬어 준다.

귓등 고개를 넘어서니 완공을 눈앞에 둔 신축 도덕면사무소가 나타나고 언덕 위에 뾰족한 첨탑을 가진 교회도 보인다. 신작로를 함께 걸었던 동생과 나, 둘을 제외한 형제들이 열심히 다녔던 교회이고 어머니께서도 노년에 절을 포기하시고 다니시던 교회이다. 왼편으로는 시원한 물이 가득 담긴 넓은 저수지도 보인다. 동네 앞 들판과 이어지는 오마도 간척지의 들판까지 적셔주는 저수지이다.

여기서부터는 눈을 감고도 장애물을 피해 집에까지 갈 수 있다. 책보자기를 메고 6년 동안 다녔던 초등학교가 있는 곳이고 면사무소와 우체국과 약국, 식당과 각종 생필품 가게가 있는 학동이다. 매번 다니는 곳이지만 오늘은 달리 보인다. 거리는 더 정겨워 보이고 건물들은 더 친숙해 보인다. 저수지도 더 아름답게 보인다. 지나가는 사람들 아무에게나 말을 걸고 싶지만 행인들은 거의 보이지 않는다.

이번 여행의 마지막 식사로 우체국 옆 경성식당에 들어가 백반 한 그릇을 주문한다. 동갑내기 아주머니가 반갑게 맞아준다. 입에 딱 맞는 반찬과 국물이 흔히 말하는 집밥 같은 곳이어서 자주 찾는 식당이다. 시원한 바지락국에 서대구이와 참게장, 갑오징어 무침, 김자반 등 맛있는 바다 음식 외에도 취나물, 버섯볶음, 콩나물무침, 열무김치 등 푸짐한 반찬이 안흥찐방으로 달래 놓았던 허기를 되살려 식욕을 돋운다. 역시 고향 음식이 최고다.

뾰족한 첨탑을 가진 도덕중앙교회(위)와 동네 앞 들판과 오마도 간척지까지 적셔주는 학동저수지(아래), 전남 고흥군 도덕면 도덕리.

언덕 위에 뾰족한 첨탑을 가진 교회도 보인다.
동생과 나, 둘을 제외한 형제들이 열심히 다녔던 교회이고
어머니께서도 노년에 절을 포기하시고 다니시던 교회이다.

녹음에 파묻혀 졸고 있는 나의 보금자리 어영마을

학동에서 아스팔트 길을 따라 400여 미터쯤 가다가 오른쪽 길로 들어서면 어영마을의 집들이 하나둘씩 나타난다. 이 동네 안쪽에 내가 태어나고 자란 곳, 나의 보금자리가 있다. 이번 여행의 종착지이다. 마을 입구에는 네 기의 비석이 줄지어 서 있다. 이 중 하나는 5대조 할아버지의 효행비이고 또 하나는 2013년에 돌아가신 어머니의 효부 행적비이다. 종갓집 맏며느리 역할을 하시면서 허리가 굽도록 평생을 고생하신 공로를 인정하여 문중에서 세운 비석인데 요즘 세상에 누가 그것을 읽어보기라도 할 것이며 또 그것을 읽고 알아준들 어떠하리. 어머니는 이 세상에 계시지도 않은데.

초등학생이던 1960년대 자갈길인 동네 앞의 신작로는 자동차 한 대가 겨우 지나다닐 정도로 폭이 좁았다. 이 길은 27번 국도의 본래 신작로였다. 생전 처음 버스를 탔을 때가 생각난다. 버스가 출발하자 차창 밖에서 줄지어 뒤로 물러가는 신작로의 벚나무와 덜컹거리는 버스에 현기증이 났다. 이 국도는 1970년대 초 왕복 2차로로 확장되고 선형이 개선되면서 본래 도로에서 300여 미터 멀어졌고, 새천년 초에는 왕복 4차로로 확장되면서 200여 미터나 더 물러났다. 지금이야 전국 어디서나 벚꽃을 구경할 수 있지만, 어렸을 때 동네 앞길은 이 고장에서는 보기 드문 벚꽃길로 소문난 곳이었다. 학교에서 「고향의 봄」을 부를 때면

요즘 세상에 누가 그것을 읽어보기라도 할 것이며
또 그것을 읽고 알아준들 어떠하리.
어머니는 이 세상에 계시지도 않은데.

'울긋불긋 꽃 대궐 차린 동네'가 바로 우리 동네를 노래한 것으로 생각되었다. 반세기가 지난 지금 그 벚나무들은 대부분 시간의 무게를 이겨내지 못해 사라졌고 '꽃 대궐'의 영화는 세월 속에 묻혀버리고 말았다.

마을 앞에서 물고기가 헤엄치는 곳이라 해서 이름 지어진 어영(漁泳)마을은 1960년대 오마도 간척사업으로 바닷물이 3킬로미터 정도 멀어졌다. 동네 어귀 논에는 이제야 모내기를 하려고 써레질을 해놓았으나 물을 다 채우지 못해 논바닥이 반쯤 드러나 있다. 낮은 야산에 옴팍하게 둘러싸인 동네는 조용하기 그지없다. 마을회관 앞 누대 위의 정자에는 무성하게 자란 느티나무가 시원한 그늘을 만들어 놓았으나 쉬어가는 사람은 보이지 않고 녹음 짙은 뒷산에서 놀러 온 바람만이 살랑거리며 머물다 간다. 늦봄의 영글어진 햇살은 만물을 더 졸리게 한다. 고요한 어영마을은 나른한 햇살 아래 꾸벅꾸벅 졸고 있다. 오직 벽돌 담장 위의 빨간 장미만이 어서 오라고 반기며 활짝 웃는다. 마을회관 경로당에는 예상했던 대로 할머니들 대여섯 분이 모여 두런두런 얘기를 나누고 계신다. 잘 지내셨는지 안부를 여쭙고 사 왔던 찐빵을 내민다. 친구 어머니께서는 대뜸 "워메, 먼 일이당가! 자네가 시방 서울서 여그까지 걸어와부렀담시롱?" 하고 말씀하신다. 동네 할머니들은 내가 올 것을 미리 알고 있었다. 같은 동네 살던 서울 친구가 어머니께 안부 전화 하면서 내가 어영까지 걸어온다는 얘기를 흘렸다고 한다. 모두가 한두 마디씩 질문 공세를 퍼부으

늦봄의 영글어진 햇살은 만물을 더 졸리게 한다.
고요한 어영마을은 나른한 5월의 햇살 아래 꾸벅꾸벅 졸고 있다.

시다가 "심들었을 것인디, 어여 가서 쉬소!" 하면서 놓아주신다.

뭔가 큰일을 해치웠다. 이제 정말 끝났는가? 집으로 들어서기 전에 동네 한가운데 서 있는 팽나무 아래 잠시 앉아 완주의 벅찬 감동을 추스른다. 31년 공직의 짐을 내려놓은 것만큼이나 후련하고 아쉽다. 오늘은 동네가 확연히 달라 보인다. 언제나 말없이 버티고 서 있던 팽나무가 이렇게 우람하고 그늘이 많은지, 그 아래 걸터앉은 붉은 벽돌 담장이 이렇게 편하고 시원한지, 살짝 휘어지는 골목길이 이렇게 정겨운지, 동백나무 이파리가 이렇게 반짝거리고 윤이 나는지…… 모든 것이 새삼스럽다. 중학교를 졸업하고 동네를 떠난 이후 지금까지 수백 번 집에 왔다. 매번 '머무르기 위해 돌아온 것'이 아니라 '잠시 다녀간 것'이다. 언제부터인지 고향이 낯설어지기 시작했다. 부모 형제가 없는 고향 집은 현실에서 자꾸만 멀어져 갔다. 그러나 이상하게도 그럴수록 고향 집이 꿈속에 출연하는 빈도가 높아지고, 내면의 무의식은 어린 시절을 보낸 이곳을 잠시도 떠나지 못한다. 지금도 꿈속에 나타나는 고향의 배경 화면은 그 시절의 집뿐이다. 어릴 적의 친구들과 이웃들의 수많은 추억이 새록새록 떠오른다. 꼬리를 무는 상념을 떨치고 일어선다.

대장정을 마무리하는 마지막 발걸음을 딛고 대문을 열어젖힌다. 그동안 인적이 끊긴 마당 앞 정원에서 마음대로 노닐던 새들이 화들짝 놀라 날아오른다. 서울에서 출발한 이후 오매불망 그려왔던 집이다. 이곳은 나의 생명이 잉태된 곳이고 나의 육체

관계 맺혀 있는 고향 집 대문(위)과 정초가 점령한 마당과 정원(아래), 전남 고흥군.

하나하나 눈길이 닿는 곳마다 따뜻한 생명의 기운이 느껴진다.
다시 익숙해진다. 다시 정이 든다.
이곳은 나의 포근한 보금자리이다.

를 키워준 곳이고 내 정신의 씨앗을 품어준 곳이다. 내가 어디로 가든 내 정신의 연원은 이 집과 연결되어 있어 절대로 끊어질 수가 없는 곳이다. 아름드리 큰 감나무 아래 이끼 낀 지붕이 우두커니 서 있는 집이며, 잡초 가득한 마당이며, 마음대로 키가 자라 숲을 이룬 정원이며, 담쟁이덩굴이 빈틈없이 완벽하게 점령한 담벼락이며…… 모든 곳을 찬찬히 둘러본다. 인간의 손길을 싫어하는 자연의 힘은 실로 대단하다. 풀과 벌레들은 바늘구멍만 한 틈새도 여지없이 쳐들어오고 약간의 습기만 있어도 곰팡이 천국이 된다. 조금만 게으름을 피워도 잡초가 금방 세력을 넓혀 귀찮은 인간을 추방하려고 한다. 마당과 정원과 담벼락과 샘과 집안의 모든 것들이 살려달라고 아우성친다. 하나같이 나의 손길을 간절히 바라고 있다. 이 집을 지켜야 한다는 생각이 점점 강해진다. 그것은 애착이 되고 숙제가 되고 의무가 되어간다. 하나하나 눈길이 닿는 곳마다 따뜻한 생명의 기운이 느껴진다. 다시 익숙해진다. 다시 정이 든다. 이곳은 나의 포근한 보금자리이다.

【고흥읍　남계리-고흥버스터미널-등암교차로-풍양면　상림리-하림삼거리-죽시-한동마을-신평마을-당두리-문관마을-신양리-도덕교차로-신성마을-학동(도덕면사무소)-어영 본가】

16장 그리고 넉 달 후, 당신들의 천국 소록도

도보여행을 마친 지 거의 4개월이 지났다. 벼가 누렇게 익어갈 무렵, 추석 성묘를 위해 자동차로 다시 고흥 집에 왔다. 아침 일찍 부모님 산소에 나가 서둘러 벌초를 끝냈다. 지난 도보여행의 연장이라 생각하고 같은 복장으로 집을 나섰다. 목적지는 소록도이다. 저번에 수원천에서 한하운 시비를 만난 후, 소록도를 제대로 알아야 한다는 숙제가 생겼기 때문이다. 집에서 옛 국도를 따라 2시간에 걸쳐 9.5킬로미터를 걸어 도양읍사무소 소록도 출장소에 도착했다. 문화해설사의 도움을 받아 한센병박물관과 중앙공원 등 시설과 현장을 둘러보았다. 박물관에서 소록도의 역사를 정리한 책 두 권을 얻었다.

소록도는 고흥반도 끝 녹동항 맞은편에 있는 작은 섬으로, 여의도 면적의 1.3배 정도 크기이다. 2009년 소록대교가 완공되면서 자동차와 도보 통행이 가능해졌다. 어릴 때 소록도에 대한 기억은 즐거움과 두려움이 함께하며 호기심을 자아내는 섬이었다. 매년 5월 병원의 개원기념일에는 소록도가 외부에 개방되어 한센인들의 대규모 운동회를 관람할 수 있는 이상한 관광지였다. 섬의 반쪽인 철조망 너머 환자 지대는 '문둥이'들이 산다는 무서운 금단의 구역으로 일반인들의 접근이 금지되었고, 나머지 반쪽인 직원 지대는 부드러운 모래 해변과 울창한 해송이 어우러진 아름다운 풍광의 해수욕장과 잘 다듬어진 정원수가 아름다운 일본식 중앙공원이 있었다. 이 공원이 한센병 환자들의 피땀으로 만들어진 것임을 나중에야 알았다. 작은 사슴을 닮아 소록도라 이름 지어진 아름다운 이 섬은 사람들의 무지와 편견 속에서 식민 지배 권력에 의해 노동 착취와 감금, 고문, 불임시술, 생체실험 등으로 한센병 환자들의 삶이 참혹하게 짓밟히고 뭉그러진 아픈 역사와 슬픔이 남아 있는 곳이다.

소록도의 애환은 일제강점기인 1916년 자혜의원이 설립되면서 시작되었다.[*] 지금의 국립소록도병원이다. 조선총독부는 온난한 기후와 풍부한 해산물 수급이 가능한 격리된 섬이라는 자연 조건 때문에 한센병[**] 환자를 격리 치료하기에 적합한 장소

---

[*] 소록도의 역사와 환자들의 기록에 관한 많은 사항은 문화해설사의 설명과 2017년 12월 국립소록도병원에서 발간한 『소록도 100년(역사편), 한센병 그리고 사람, 백 년의 성찰』의 기록을 참고했다.

[**] 한센병을 지칭하는 용어는 일제강점기와 광복 이후 상당 기간까지도 나병이었다. 나병이란 용어는 인권 침해적 의미를 담고 있다는 비판에 따라 나균을 발견한 학자의 이름을 딴 한센병이란 명칭이 국제적으로 사용되었다. 우리나라는 1999년 국회 결의로 나

로 소록도를 선정했다. 조선총독부는 일본군 대위급 장교를 병원의 초대 원장으로 임명하고, 원주민들의 강렬한 저항에도 불구하고 토지를 강제 매수했다. 이듬해 5월 100명 정원의 환자 수용 시설과 병원을 개원한 다음, 전국 각지에서 유랑 걸식하는 환자들을 붙잡아 강제 이송하기 시작했다. 인류 역사상 오래된 질병 중 하나인 한센병은 피부와 말초신경에 병변을 일으키는 질환으로, 천형이라 여겨졌다. 과거에는 전염되는 유전병으로 잘못 인식되어 환자들은 아무도 모르게 집에 격리되거나 스스로 떠나거나 또는 이웃에게 발각되어 마을 밖으로 추방당하기도 했다. 그로 인해 환자들은 차별과 혐오, 기피와 냉대, 그리고 동정의 대상이 되었다. 19세기 중반 하와이를 점령한 백인들도 원주민 한센병 환자들을 몰로카이섬에 강제로 격리했다.* 영화 「벤허」나 「빠삐용」에서도 환자들이 동굴이나 숲속에 숨어 사는 것을 보면 격리되고 냉대받기는 서구에서도 마찬가지였던 것 같다. 소록도에 수용된 환자들은 영호남 출신이 압도적으로 많았지만, 강원도나 경기 지역뿐만 아니라 멀리 함경도나 평안도 출신도 있었고, 나이도 5세 이하 어린아이부터 60세가 넘는 사람까지 남녀 구분 없이 다양했다. 일제 말기에 급증한 소록도의 환자 수는 해방 직후 6천 명을 넘기도 했다. 이들은 환자라는 것 자체

병을 한센병이란 용어로 사용하기로 했다.

* 가반 도우즈, 강현주 옮김, 『문둥이 성자 다미안』, 바다출판사, 2001.

가 고통스러운데도 가족과 생이별하고 고향을 떠나 '가도 가도 붉은 황토길…… 천 리 먼 전라도길'을 걸어 남쪽 바다 수용소에 치료라는 명분으로 강제 격리되었다. 이들은 무상으로 치료받는 대가로 자유와 인권을 박탈당했다. 근대화라는 명분으로 식민 지배의 무단통치가 이뤄지던 때, 일본인 원장들은 환자들에게 일본식 생활양식을 강제했다. 환자들은 이른 새벽 기상 점호로 하루를 시작하여 저녁에 취침 점호로 일과를 마쳐야 했다. 환자 들을 규율하는 지침서에는 병원이 천황의 은덕으로 설립되었고, 환자들은 직원들의 지시에 절대복종해야 한다고 규정했다. 원불교 회당 근처에 신사가 설치되었고, 환자들에게 참배와 궁성요배를 강요했다. 병원의 운영에 필요한 작업은 대부분 강제노동 성격을 띤 환자들의 노동력으로 충당되었다. 1934년 갱생원으로 전환된 후에는 병원 내부의 필요 물품뿐만 아니라 외부 판매를 위한 작업까지 환자들이 떠맡았다. 환자들은 노역을 통해 벽돌공장을 세워 늘어나는 환자들을 수용할 병사를 짓고, 벽돌을 만들어 팔아 병원 재정에 기여했다. 태평양전쟁 당시에는 부족한 물자를 확보하기 위해 송탄유 제조를 위한 송진 채취와 목탄 제조 등 전시 물품 생산에도 동원되었다.

경증 환자는 중증 환자와 동거하면서 간호 인력으로 활용되었다. 부부 환자가 동거를 허가받기 위해서는 단종수술(정관절제)이 조건이 되었는데, 이는 해방 이후에도 한동안 계속되었다. 일제 말기에는 억압적인 운영과 통제에 항거하거나 음주, 도박 등

국립소록도병원의 옹벽 벽화에 새겨진 얼굴 중 하나, 전남 고흥군 도양읍 소록리.

병원 규칙을 위반하여 감금실에 유폐되었던 환자들이 출감할 때에는 예외 없이 단종수술을 받았다. 지금도 소록도에는 감금실과 검시실 등이 가슴 아린 등록문화재로 남아 있다. 인간의 존엄성이란 찾아볼 수가 없었다. 1942년, 4대 일본인 원장 스오 마사스에는 자신의 동상 참배 행사 때 이러한 억압과 통제에 항거한 환자에게 살해당했다. 소록도의 역사를 정리한 책에서는 이 사건을 인권 투쟁일 뿐만 아니라, 대표적인 민족운동이었다고 평가하고 있다.[*] 해방 직후 일본군이 아직 철수하지 못했던

---

[*] 국립소록도병원, 『소록도 100년(역사편), 한센병 그리고 사람, 백 년의 성찰』, 2017,

국립소록도병원 한센병 박물관(위), 한센인들이 직접 지은 소록도병사성당(가운데), 소록도 중앙공원에 있는 구라탑(아래), 전남 고흥군 도양읍 소록리.

1945년 8월 22일, 처우개선과 자치를 요구하던 환자들의 협상 대표 84명이 무장한 직원들과 치안대에 의해 집단학살당하는 사건도 있었다. 소록도는 6·25 한국전쟁 때에도 피해를 입었다. 1950년 8월 5일부터 2개월간 소록도에 진주한 인민군과 북의 보안 요원들은 식량 운반과 공습 대비를 위한 방공호 파기 등의 노역에 환자들을 동원했으며, 퇴각하면서 고흥의 정치보위부에 감금했던 병원의 직원들을 처형하는 등 전쟁 과정에서 약 16~17명의 직원이 희생되었다.

소록도의 아픈 역사 중에서 오마도 간척사업을 빼놓을 수 없다. 이 사업은 1962년 음성 환자들의 자활 정착지 조성을 목적으로 총연장 2.7킬로미터에 이르는 방조제를* 만들어 소록도의 2배 크기인 330만 평의 간척지를 조성하는 사업이었다. 작업은 소록도 병원장을 개척단장으로 삼아, 일을 할 수 있는 환자 2천여 명이 동원되었다. 삽이나 괭이 같은 원시적인 도구로 돌을 깨서 등짐으로 날라 바다에 던져 제방을 쌓았다. 이들은 완공 후 자기 소유의 토지를 분양받을 수 있다는 희망을 품고 일당 30원을 받고 열악한 노동 환경과 거대한 자연의 힘에 맞서고 있었다. 1964년 공정률이 70퍼센트까지 올라갔으나, 민정 이양과 함께

144쪽.

* 1호 방조제는 풍남반도와 오동도를 연결하는 843미터 길이, 2호 방조제는 오동도와 오마도를 연결하는 350미터 길이, 3호 방조제는 오마도와 봉암반도를 연결하는 1,560미터 길이이다.

오마도 간척사업을 주제로 소록도병원 한센병박물관에 전시된 그림,
고흥군 도양읍 소록리

시작된 국회의원 총선에서 오마도 간척사업이 쟁점화되면서 공
사권이 국가권력에 의해 전라남도로 강제 이관되었다. 지역 주
민들은 연안 어장 소멸로 생존을 위협받을 것이라며 간척사업에
반대했고, 환자들이 섬에서 나오는 것도 반대했다. 그들과 함께
섞이는 것을 원하지 않았기 때문이리라. 1965년 방조제가 준공
되었고, 1989년 간척공사 준공이 승인되었다. 환자들은 간척사
업의 가장 힘든 초반 2년 동안 많은 희생과 노동을 제공했음에도
불구하고 개척 농지 분양에서 배제되었으며 어떠한 보상도 받지

못했다.* 이청준의 장편소설『당신들의 천국』은 소록도 병원과 한센병 환자들의 오마도 간척사업을 배경으로 쓴 이야기다. 확고한 신념과 적극적인 실천력으로 '환자들의 천국'을 건설하려는 원장과 '환자가 아닌 우리들의 천국'을 원하는 환자들 사이의 갈등을 그리면서 1960~1970년대 개발독재 시대의 사회상을 적나라하게 보여주는 소설이다.

소록도에는 아픈 역사만 있는 것은 아니다. 환자들을 위해 평생을 헌신한 숭고한 사랑도 있었다. 2005년 11월 어느 날, 소록도에서는 집마다 한 통의 편지가 배달되었다. "헤어지는 아픔을 이 편지로 대신합니다. (……) 이제는 저희들이 천막을 접어야 할 때가 왔습니다. (……) 우리는 언제까지 일할 수 있는 건강이 허락될지 몰라 이곳을 비워주고 (……) 고향으로 떠나기로 했습니다." 제대로 일할 수가 없고 자신들이 있는 곳에 부담을 줄 때는 본국으로 돌아가는 것이 좋겠다는 내용으로, 소록도에서 참 행복했고 이별의 아픔을 남길까 봐 조용히 떠난다는 편지이다. 편지의 주인공들은 오스트리아 국적의 마리안느 스퇴거와 마가렛 피사렉이다. 이들은 20대의 젊은 나이인 1962년과 1959년에 의료봉사 구호단체인 다미안 재단**의 간호사로 자원하여 우

---

* 같은 책, 201쪽.

** 다미안 재단은 '문둥이 성자'로 알려진 다미안 신부의 숭고한 희생정신을 기리기 위해 설립된 단체로, 1966년 우리 정부와 5년간 의료지원 협정을 체결하고 간호사들을 파견하여 한센병 환자들을 위한 의료 활동을 했다. 1840년 벨기에에서 태어난 성 다미안

리나라에 파견되었다. 파견 기간이 끝난 후 본국에 돌아가지 않고 자원봉사자 신분으로 70이 넘도록 소록도에 남아 환자들을 돌보며 조건 없는 사랑을 베풀었다. 이들은 당시 의학을 전공한 사람들조차 쉽게 접근하지 못했던 환자들을 맨손으로 간호하며 한센병에 대한 인식을 개선하는 데 큰 역할을 했다. 또한 본국에 호소해 의약품을 비롯한 다양한 재정적 지원을 받아 환자들의 치유를 도왔고, 퇴원 환자들이 정착촌으로 이주해 자립할 수 있도록 지원했다. 이들은 간호사로서 40여 년간 무보수로 오로지 환자들만을 돌본 자원봉사자의 표상이다. 환자들은 천주교 그리스도 왕 시녀회 소속이었던 두 간호사를 수녀님이라 불렀다. 2016년 국립소록도병원 개원 100주년을 맞이해 이들의 숭고한 삶을 기리기 위한 다큐멘터리 영화 「마리안느와 마가렛」이 제작·상영되었고, 노벨평화상 추천을 위한 100만인 서명운동이 진행되었다.[*]

신부는 1863년 호놀룰루에서 사제 서품을 받았다. 1873년 하와이 몰로카이섬에 격리 수용된 나환자들의 참상을 듣고 그곳에 건너가 700여 명이 넘는 환센병 환자들의 집을 지어주고, 의사 도움 없이 맨손으로 환자들의 환부를 씻어주며 붕대를 갈아주었으며, 매일 죽어가는 이들을 위해 관을 만들고 무덤을 파고 장례를 치러주었다. 환자들을 위한 희생적인 활동을 전개하자 냉담하던 환자들은 신뢰와 존경심을 가지고 따르게 되었다. 1885년 자신이 한센병에 감염된 것을 알았으나 계속해서 환자들을 돌보다가 1889년 결국 세상을 떠났다.

[*] 1959년 경북 왜관의 한센인 정착지에서 일하던 마가렛 피사렉은 1966년 벨기에 다미안재단에서 파견한 의료진의 일원으로 소록도에 오게 되었는데, 2005년 고향인 오스트리아 인스부르크로 돌아가 요양원에서 지내다 2023년 9월 향년 88세의 나이로 선종했다.

소록도는 오래전부터 오해와 편견으로 차별받아 온 환자들의 아픔을 직간접적으로 달래주기 위한 발길이 끊이지 않아 자원봉사자들의 성지가 되었다. 1984년에는 교황 요한 바오로 2세가 방문해 환자들을 위로하고 용기와 사랑을 심어주었다. 2005년에는 국가인권위원회의 실태조사가 이뤄졌고, 2007년 국회에서 「한센인 피해 사건의 진상규명 및 피해자 지원 등에 관한 법률」이 제정되어 한센인들의 처우 개선과 인식 전환에 큰 도움이 되었다. 2019년 소록도가 내려다보이는 녹동항의 전망 좋은 언덕 위에는 마리안느와 마가렛의 숭고한 봉사 정신을 계승하고 발전시키기 위해 간호사와 자원봉사자들의 교육 공간으로 '마리안느와 마가렛 나눔연수원과 기념관'이 문을 열었다. 소록도는 모두 함께 따뜻한 손길로 치유하고 보듬어 가야 할 섬이며, 우리에게 많은 생각과 교훈을 주는 섬이다.

【어영마을-구령목길-원동-관리-유전-차경-용정-녹동2교차로-소록대교-도양읍사무소 소록출장소-국립소록도병원-한센박물관-중앙공원-소록도성당】

글을 마치며

걷기는 삶이다. 살기 위해 걷고, 살아 있으니 걷고, 살아 있음
을 확인하기 위해 걷는다. 사람은 태어나 요람에 누워 버둥거리
다가 본능적으로 일어서서 걷게 된다. 때가 되면 두 다리에 힘을
주어 기를 쓰고 일어서며 한 걸음씩 뒤뚱거리며 걷기 시작한다.
그러고는 평생 걸어 다니면서 삶을 영위하다가, 병들거나 나이
가 들어 걷지 못하면 눕게 되고, 생을 마감한다. 살아가는 동안 두
다리는 삶을 지탱한다. 그래서 걷는다는 것은 사람이 살아가는
과정이다.

걷는다는 것은 또한 두 발로 어디론가 이동하는 것이다. 원
초적인 걷기는 생존을 위한 것이다. 먹을 것을 구하기 위해 걷고,
살기 좋은 장소로 이동하기 위해 걷고, 적으로부터 도망가기 위
해 목숨을 걸고 달리기도 한다. 문명이 발달하여 탈것이 등장하

면서 사람이 걷는 목적은 단순한 이동에서 정신적 차원으로 변화되었다. 체력을 증진하기 위해 걷고, 놀이나 경기를 위해 걷고, 뛰고, 달린다. 또는 마음을 달래고 생각을 정리하고 깨달음을 얻기 위한 고행의 방편으로 걷기도 한다. 산책이나 유람, 등산, 하이킹, 경주, 마라톤, 순례 등이 그러한 것들이다.

나의 걷기는 유람이고 경주이고 순례의 여행이었다. 섬진강의 소박한 물길과 신비한 풍경들을 벗 삼고 문유산의 산새들과 노닐며 유유자적했던 국토종단 유람이었고, 고흥이라는 목표 지점까지 낙오하지 않고 끝까지 완주하기 위해 극심한 통증을 삼키며 혼신의 힘을 다해 걸었던 자신과의 경주였으며, 내가 태어나고 부모님들이 잠들어 계시는 신성한 나의 성지, 고향을 찾아가는 순례 여행이었다.

고흥길은 확장되고 수선되어야 할 길이다. 은퇴의 선물로 주어진 무한한 시간과 완전한 자유는 목적지에 도착해야 한다는 생각에 구속되었다. 걷는 일 자체를 목적으로 삼은 장거리 여행은 스스로를 증명하기 위한 전투적 보행이 되었다. 눈 뜨면 일어나고, 일어나면 걷고, 목표 지점을 향해 마냥 걷는다. 걷는 것이 목표다. 여행의 의미가 축소되고 만다. 걷는 일 자체에 신경을 쓰다 보면 주변을 살필 여유가 없다. 기록을 정리하면서 비로소 알게 된 사실이다. 되돌아보니 지나쳐 온 것이 너무 많았다. 다시 장거리 도보여행을 시도한다면 조금 더 여유를 가지고 더 많이 보고 듣고, 더 많은 사람을 만나 함께 느끼고 싶다. 시간에 쫓기지 않고 발길 닿는 대로 가고 싶다. 그렇다고 이번 여행의 의미를 부정하거나 축소하고 싶지는 않다. 여행마다 하고 싶고 바라는 바가 다르기 때문이다. 다만, 지나고 보니 아쉬움이 남는다는 것이다. 욕심이다.

여행이란 새롭게 마주치는 것들에 대한 생경함과 첫 경험의 흥미로운 기대감으로 인한 떨림이고 설렘이다. 신비한 베일을 걷어내고 미지의 세계에 들어가는 탐험이다. 그래서 모르는 것을 하나씩 알아가고 친숙해지는 즐거움이 있고, 스쳐 지나가는 사람들에게서 그들만의 행복을 찾아내는 즐거움도 있다. 무엇이 행복인지 본인들은 모를 수도 있겠지만 걸으면서 마주쳤던 사람들의 소소한 일상에서 행복을 보았다. 걸음걸이가 불편한데도 매일 아침 서너 시간씩 도란도란 이야기를 나누면서 손을 맞잡고 조용한 천변길을 산책하는 부부, 막걸리 한잔을 마시기 위해 십리 길을 달려가야 하는 첩첩산중에서 손바닥만 한 꽃밭을 정성으로 가꾸는 구담마을 동갑내기 부부의 일상이 그런 것이다. 돈 없는 예술가들에게 무료로 전시관을 대여하고 숲속 청소년수련관을 운영하고 싶다던 왕궁마을의 금속공예가, 바쁜 시간을 쪼개 주말마다 혼자 서울로 걸어가던 목포의 세무 공무원, 자전거를 타고 유라시아 대륙을 누비겠다는 원대한 꿈을 품은 삼례의 식당 주인, 서울에서 주말마다 내려와 고향의 야산에 야영장을 일구는 곡성의 친구, 전국을 돌다가 고향에 돌아와 소를 키우는 고흥의 트럭 운전사, 이들의 삶이 진정한 행복임이 틀림없다.

여행은 일상에서 떠났다가 다시 일상으로 돌아오는 것이다. 사람으로 태어나 이승에 왔다가 영원으로 사라지는 것이 삶의 여행인가? 삶이란 시간 여행에서 나의 일상은 어디인가? 어찌 보면 나에게 고흥은 일상이고 서울은 여행이다. 청소년기에 고흥이라는 일상을 떠났다가 서울에서 주된 여행을 끝내고 고흥으로 돌아왔다. 마무리 여행을 위해 다시 서울로 가겠지만 여행이 끝나면 모든 것을 비우고 결국은 일상인 고흥으로 다시 돌아올 것이다.

태어나서 지금까지, 서울에서 고흥까지, 어찌 보면 참으로 긴 여행이었다. 하지만 여행은 아직 끝나지 않았다. 잠시 쉬어갈 뿐이다. 긴 여행을 마쳤지만, 이제 어디로 가야 할 것인지 아직은 모르겠다. 인생은 짧은 여행이라는데…….

걸음마다 비우다

1판 1쇄 발행 2024년 11월 10일

지은이 | 김학배

펴낸이 | 조영남
펴낸곳 | 알렙

출판등록 | 2009년 11월 19일 제313-2010-132호

주소 | 경기도 고양시 일산서구 중앙로1455 대우시티프라자715호

전자우편 | alephbook@naver.com

전화 | 031-913-2018, 팩스 | 031-913-2019

ISBN 979-11-89333-86-7 03810